金庸武俠史記〈天龍編〉

三版變遷全紀錄下

金庸學研究叢書 金庸小說的奇妙世界系列

Śūnyatā

書名：金庸武俠史記〈天龍編〉三版變遷全紀錄（下）
系列：心一堂　金庸學研究叢書　金庸版本的奇妙世界
作者：王怡仁
執行編輯：潘國森　陳劍聰
封面設計：陳劍聰

出版：心一堂有限公司
通訊地址：香港九龍旺角彌敦道610號荷李活商業中心十八樓05-06室
深港讀者服務中心：中國深圳市羅湖區立新路六號羅湖商業大厦負一層008室
電話號碼：(852) 90277110
網址：publish.sunyata.cc
電郵：sunyatabook@gmail.com
網店：http://book.sunyata.cc
淘宝店地址：https://shop210782774.taobao.com
微店地址：https://weidian.com/s/1212826297
臉書：https://www.facebook.com/sunyatabook
讀者論壇：http://bbs.sunyata.cc

版次：二零二一年一月初版

平裝：上下二冊不分售

定價：港幣　三百六十八元正
新台幣　一仟四百八十八元正

國際書號　978-988-8582-24-2

香港發行：香港聯合書刊物流有限公司
香港新界大埔汀麗路36號中華商務印刷大厦3樓
電話號碼：（852）2150-2100　傳真號碼：（852）2407-3062
電郵：info@suplogistics.com.hk

台灣發行：秀威資訊科技股份有限公司
地址：台灣台北市內湖區瑞光路七十六巷六十五號一樓
電話號碼：+886-2-2796-3638　傳真號碼：+886-2-2796-1377
網絡書店：www.bodbooks.com.tw
台灣秀威讀者服務中心：
地址：台灣台北市中山區松江路二〇九號1樓
電話號碼：+886-2-2518-0207
傳真號碼：+886-2-2518-0778
網址：www.govbooks.com.tw

中國大陸發行 零售：深圳心一堂文化傳播有限公司
地址：深圳市羅湖區立新路六號羅湖商業大厦負一層008室
電話號碼：(86) 0755-82224934

心一堂微店二維碼

心一堂淘寶店二維碼

目錄

丁春秋愛摸阿紫的胸脯

——《天龍八部》第二十八回〈草木殘生顱鑄鐵〉版本回較

這一回版本修訂的主要變革就在於阿紫以「神木王鼎」練功，三種版本各有不同的練功方法。

介紹「神木王鼎」前，先說新三版增寫的阿紫故事。

阿紫拜星宿老怪丁春秋為師後，為甚麼會偷了「神木王鼎」逃離星宿海，來到中原呢？新三版較二版多了一段解釋，說阿紫「待得年紀稍長，師父瞧著她的目光有些異樣，有時伸手摸摸她臉蛋，摸摸她胸脯，她害怕起來，就此逃了出來。」

看來新三版的男師父們還真是個個風流好色，《射鵰》黃藥師是對著女弟子梅超風大寫「恁時相見早留心，何況到如今」的暗戀紙箋，丁春秋則乾脆用鹹豬手摸上了阿紫的胸脯，新三版的江湖門派還真是比二版多了許多旖旎風光。

接著再談以「神木王鼎」練功之事的版本差異。

且說蕭峰離去後，一版游坦之俯身在雪地中尋找那條小黑蛇，竟意外撿拾到蕭峰掉落的《易筋經》。二版改為游坦之俯身拾起石灰包，因而拾獲《易筋經》。

後來游坦之被阿紫套上鐵頭套，並成為阿紫以「神木王鼎」練功的工具。

二版的「神木王鼎」，一版原為「碧玉王鼎」，兩者的操作方法並不一樣。

一版阿紫帶游坦之到山谷之中，以碧玉王鼎吸引毒物，碧玉王鼎先是吸引來一條頭上殷紅如血的蜈蚣，而後陸續來了黃褐色的蠍子、壁虎、花紋斑斕的怪虫、以及一隻毒蜘蛛。五隻毒物先後進了王鼎，而後，五隻毒物在鼎中互鬥，蜘蛛、壁虎，怪虫及蠍子紛紛死去，最後只剩紅頭蜈蚣。

一版的碧玉王鼎是一次吸引五種毒物，五種毒物互鬥後，留下毒性最強的一隻，但這樣的情節與《碧血》五毒教何鐵手取青蛇、蜈蚣、蝎子、蜘蛛及蟾蜍「五聖」互鬥，最後蜈蚣勝出成為「大聖」的故事實在太過雷同，二版因此做了修改，改為只要是毒物，都可以拿來練功。

二版阿紫將神木王鼎於山谷中一放，吸引來一條全身閃光的大蜈蚣。

捕捉得蜈蚣後，一版說阿紫從懷中取出一個布包，打了開來，裡面是一塊厚厚的錦緞，錦緞上閃動著各樣的色彩，便似流動不定一般，錦緞在她手上一動，緞上的彩色便生變幻。阿紫走上前去，將錦緞罩在玉鼎之上，隨即將玉鼎包起。游坦之向地下的蠍子、蜘蛛等毒虫瞧去，只見四隻毒虫都是身子乾癟，全身汁液都被吸乾。

一版的錦緞顯然也是星宿派的寶物，但因這塊錦緞後來並無相關情節，二版也就將其神異之處刪了。

二版改為阿紫從懷中取出一塊厚厚的錦緞，將錦緞罩在木鼎上，生怕蜈蚣鑽出來。

阿紫與游坦之而後回到了「端福宮」中。一版阿紫隨後幾日繼續與游坦之捕捉毒物。第二日又以玉鼎引來五般毒虫，一番爭鬥之後，賸下一隻黑蜘蛛。第三日再捉到一隻癩蛤蟆，第四日捉到一隻全身碧綠的蠍子。第七日捉到一條小青蛇。阿紫將五隻毒物分別放在瓦甕中，再命游坦之每日殺一隻雄雞，用雞血餵養這些毒虫。足足養了十餘天後，阿紫將毒物所在的瓦甕蓋子打開，五隻毒物聞到碧玉王鼎的香氣，爭先恐後游入玉鼎之中，並隨即互鬥起來。最後紅頭蜈蚣咬死了其餘四隻毒物，蜈蚣的紅頭由紅轉紫，由紫轉碧，變成了綠色。阿紫掩不住滿臉的喜悅之情，低聲道：「成啦，成啦！這門功夫可練得成功了！」

二版阿紫以神木王鼎練功，操作方法比一版的碧玉王鼎簡單。

二版阿紫回到端福宮中，第二天一早，在大蜈蚣所在的瓦甕中放入一隻大公雞，大蜈蚣隨即躍上公雞頭，吮吸雞血，不久大公雞便中毒而死。蜈蚣身子漸漸腫大，紅頭便是如欲滴出血來。阿紫滿臉喜悅之情，低聲道：「成啦，成啦！這門功夫可練得成功了！」

而後，一版與二版的情節均是阿紫令游坦之讓蜈蚣吸血，只見那蜈蚣漸漸腫大起來，游坦之的中指上卻也隱隱罩上了一層深紫之色。紫色由淺而深，慢慢轉成深黑，再過一會，黑色自指而掌，更自掌沿手臂上升。游坦再將蜈蚣放入小木鼎中，阿紫蓋上了鼎蓋，過得片刻，木鼎的孔中有一滴滴黑血滴了下來，阿紫於是運功將血液都吸入掌內。

一版游坦之以為阿紫練的是五毒掌之類的毒掌功夫，二版改為阿紫只用毒蜈蚣練功，游坦之以為阿紫練的是「蜈蚣毒掌」。

蜈蚣吸了雞血後，阿紫接著令游坦之讓蜈蚣吸血。

二版說阿紫練的是「化功大法」，新三版改為阿紫練的是「不老長春功」與「化功大法」，「不老長春功」能以毒質長保青春，「化功大法」則是消人內力的邪術。

阿紫練功後離去，游坦之為驅毒，意外由蕭峰掉落的《易筋經》中，學得神功。二版游坦之所學即是《易筋經》，新三版改為游坦之學到的是傳自「摩伽陀國」的《欲三摩地斷行成就神足經》，此書乃是天竺國古代高人所創的的瑜伽秘術，與《易筋經》並不相干。二版《易筋經》上的圖畫是「枯瘦僧人」，新三版《神足經》的圖畫則是「蜷髮虬髯」的「外國僧人」。

一版金庸小說中有三部假託達摩之名的武學秘笈，即《九陰真經》、《九陽真經》與《易筋經》，《九陰》與《九陽》二經是金庸創造出來的書，因此內容可以天馬行空的任意發揮。《易筋經》雖也託名是達摩所著，但此書畢竟是現實世界中真存實在的武術書籍，而既然世上有此書，讀者就能買到，並核對書上是否真有游坦之所練的「冰蠶神功」，或能不能驅毒止癢？為免無謂的爭議，新三版將《易筋經》改為《神足經》，《神足經》是虛擬的，讀者也就無法質疑此經的內容是否真實，這對於小說的創作是比較合宜的。

【王二指閒話】

《射鵰》、《神鵰》與《倚天》合稱「射鵰三部曲」，若再加上《天龍》則可稱為「射鵰四部曲」中，在這四部曲中，《射鵰》是「射鵰正傳」，《神鵰》是「射鵰續傳」，《倚天》是「射鵰後傳」，《天龍》則是「射鵰前傳」。

《射鵰》中有「天下五絕」，即「東邪西毒南帝北丐中神通」，一版的「射鵰四部曲」就是以這「天下五絕」來互相串連的。

《神鵰》的故事接續在《射鵰》之後，《神鵰》男主角楊過集東邪西毒北丐中神通及林朝英的武功於一身，足可與《射鵰》男主角郭靖分庭抗禮。《神鵰》之後的一版《倚天》仍延續著天下五絕的故事結構，在一版《倚天》中，張無忌學會了三招北丐的「降龍十八掌」、金花婆婆為西毒白駝派後人所傷、朱九真的武功傳承自南帝弟子朱子柳、倚天劍、屠龍刀中藏著中神通的《九陰真經》、以及北俠的《武穆遺書》，可知《倚天》的武林幾乎處處都可見到《射鵰》「五絕」的遺跡。

金庸在創作《天龍》時，原本似乎也有意讓「五絕」的前人出現，使得《天龍》既是「射鵰前傳」，也是「五絕前傳」。那麼，《天龍》究竟有哪些人物可能是五絕的前人呢？

且由天龍的男主角來分析，《天龍》有五位男主角，即喬峰、段譽、虛竹、游坦之、慕容復，其中慕容復最後發瘋，因此不可能再傳承「天下五絕」的任一人。

另外四個男主角，即虛竹、游坦之、段譽、喬峰，有可能就是東邪、西毒、南帝、北丐的前人。北宋的丐幫幫主喬峰傳承於南宋的丐幫幫主洪七公，大理皇帝段譽傳承其孫子一燈大師段智興，北丐與南帝的傳承是毫無疑義的。

至於東邪與西毒的傳承，金庸或許原本構想虛竹是東邪的前人，游坦之則是西毒的前人。虛竹的內力承襲自逍遙派的無崖子，無崖子集琴棋書畫、醫卜星相、絕世武功等長才於一身。若是虛竹後來離開靈鷲宮，東渡桃花島，開啟桃花島一派，黃藥師也就有師門源流可循了，這也就可以解釋為什麼黃藥師琴棋書畫、醫卜星相、絕世武功，無一不會，無一不精。

而在一版故事中，游坦之善於駕馭毒蛇，又練得了詭奇的武功《易筋經》，若說游坦之而後遠走西域白駝山，自成一派，也非常合理。

當然，這一切都只是揣測，不論金庸是否真曾預設虛竹與游坦之為東邪與西毒前人，可能性都已經破局了。游坦之在《天龍》書末已墜崖而亡，也開不了白駝派。而關於「東邪」的源流，金庸在新三版《射鵰》中有新說明，即黃藥師祖父為宋高宗御史，因為幫岳飛申冤，全家遭流放雲南麗江。在雲南長大的黃藥師從小詛罵皇帝，隨著年紀成長，武功逐日高強，卻謗罵朝廷依舊，因此得了「邪怪大俠」的名號，最後黃藥師至桃花島自開一派。而既然黃藥師是桃花島的創派始祖，他跟虛竹當然也就毫無關係了。

第二十八回還有一些修改：

一．二版提到游坦之老是胡思亂想，老師說道：「子曰，學而時習之，不亦說乎？」他便道：「那也要看學什麼而定，爹爹教我打拳，我學而時習之，也不快活。」老師怒道：「孔夫子說的是聖賢學問，經世大業，哪裡是什麼打拳弄槍之事？」游坦之道：「好，你說我伯父、爹爹打拳弄槍不好，我告訴爹爹去。」總之將老師氣走了為止。這段新三版全刪。因游坦之的角色份量較輕，新三版將游坦之的部份出身故事刪除了。

二・被套鐵頭罩後，過得幾天，游坦之感到飢餓。二版說他聞到羊肉和麵餅的香味，抵不住引誘，拿來便吃。但此刻的游坦之還能「拿來便吃」麼？新三版改為他聞到羊肉和麵餅的香味，抵不住引誘，將食物塞入鐵罩開口，送入嘴裡，吃下肚去。

三・阿紫要游坦之給大蜈蚣吸血，二版說游坦之抬起頭來向阿紫瞧去，只見她紅紅的櫻唇下垂，頗有輕蔑之意，登時亂懷情迷，就如著了魔一般，說道：「好！」新三版在「頗有輕蔑之意」之下，又加了「襯著嘴唇旁雪白的肌膚，委實美麗萬分」，以突顯游坦之貪戀阿紫的美色。

四・游坦之練功後，二版說第二日早上剛起身，阿紫走進殿來，見到他赤身露體的古怪模樣。新三版改為「赤身露體、蜷曲在地的古怪模樣」。

五・一版的游坦之是十七歲，二版增了一歲，改為十八歲。

六・游坦之想到阿紫時，一版說，他在這世上一十七年，直到今日，才突然有這麼一種古裡古怪的感覺，只覺得想到這臉色蒼白、纖弱秀美的小姑娘之時，心中是說不出的舒服。二版將游坦之這段春心刪了。

七・欲將游坦之烙上鐵頭罩時，一版三個契丹人帶著游坦之走過幾條小巷，走進一間黑沉沉的房子之中，走下一條數十級長的石級。二版鐵匠的「工作坊」不再如此神秘了，由「地下室」改到「一樓」，二版說三個契丹人帶著游坦之走過幾條小巷，走進一間黑沉沉的大石屋。

八・游坦之醒轉後，一版說他大聲叫嚷，耳中卻聽不到自己的半點聲音。他初時還道自己的耳朵聾了，但大叫了一會，這才發覺，根本是發不出聲息。但鐵頭罩並未傷及聲帶，干聲音何事？二版改為游坦之大聲叫嚷，只聽得聲音嘶啞已極，不似人聲。

九・一版游坦之練《易筋經》，僧人圖形是直接繪在書上。然而，若真繪在書上，當初喬峰又怎會沒有發覺？二版改為書中圖形是用天竺二種藥草浸水繪成，濕時方顯，乾即隱沒，是以阿朱與蕭峰都沒見到。游坦之則因淚水、鼻涕、口涎都從鐵罩的嘴縫中流出來，滴在梵文經書上，這才見到。

十・飼養冰蠶的和尚，一版法號「三淨」，但沒說是少林僧人，二版改作是掛單憫忠寺的少林僧，法號也按少林寺「靈玄慧虛」敘輩，改為「慧淨」。

第二十九回〈蟲豸凝寒掌作冰〉版本回較（上）

天竺胡僧波羅星至少林寺盜經，被囚於少林寺中

一版此回有一段多達數萬字的少林寺拘禁天竺波羅星的故事，二版全數刪除了，且來看看這段情節。

且由游坦之被阿紫手下的室里丟入溪中，僥倖不死說起。一版游坦之忽聽得阿紫的笑聲，原來阿紫是與蕭峰出來打獵。憫忠寺的三淨和尚見到阿紫，問她有沒有看到他的「寒玉虫」，阿紫這才知道，她拿來練功的冰蠶名叫寒玉虫。她將冰蠶的屍體拿給三淨看，三淨大怒，身子如大皮球般躍了開來，猛向阿紫撞去。蕭峰將阿紫提了過來，三淨又向蕭峰撞了上去，蕭峰左足在三淨身上一撐，借勢飄了開去，三淨卻因此跌斷了兩條小腿。

蕭峰問三淨是那一座寺院的的和尚，要帶他回寺，三淨拒絕，蕭峰遂與阿紫揚長而去。

蕭峰與阿紫離去後，游坦之見三淨斷腿可憐，自願負他回憫忠寺，不料行了數日後，忽來八名黃衣僧人挺兵刃指住三淨，三淨只好隨八名僧人南回少林寺。

回少林寺後，少林寺戒律院認定游坦之相助三淨逃走作惡，除打他一百法棍外，又判他服侍

胡僧波羅星。

波羅星住在少林寺竹林的小石屋中，每日均面壁而臥，病了數日，始終不痊。卻在某一日，游坦之半夜裡到竹林出恭時，發現波羅星由石屋挖了地道出來，前往少林寺的藏經樓。

而後，游坦之即常見到波羅星閱讀跟《易筋經》一樣，彎彎曲曲奇異文字的外國書。

如此又過月餘，一晚半夜，五個身披大紅袈裟的老僧來到波羅星的石屋。原來少林寺發現波羅星每晚均至藏經樓取閱武學秘笈，並悉數背誦，因此決意將波羅星終生監禁在少林寺。

波羅星發現自己無法出寺，於是心生一計，他決定將自己所記下的秘笈背給游坦之聽，再強迫游坦之背下來，然而，游坦之資質本就不高，波羅星又要求速成，於是弄得一塌糊塗。

游坦之背書背得痛苦不堪，晚上即練《易筋經》自娛。此時的游坦之無心習功，只求好玩嬉戲，竟在不知不覺間功力大進。

一版這一段長達三十六頁的內容，二版刪得只剩游坦之習得《易筋經》。然而，這一大段確實是頗有瑕疵的，刪之大宜。

這一大段情節的問題是：

一、游坦之並非少林寺僧人，少林寺戒律院怎能因游坦之將三淨背回少林，就將游坦之判為三淨同夥，並依寺規定罪？

二、一版《天龍》走筆至此時，金庸理當還未構思出天山童姥的情節。游坦之背負三淨之事，與虛竹背負天山童姥的情節雷同度極高，刪之為宜。

三、一版《天龍》連載至此時，金庸可能也還沒構思出蕭遠山與慕容博至少林寺偷書的情節。波羅星盜書，與蕭遠山及慕容博盜書，幾乎是完全重複的情節。

四、少林寺怎能以私法判波羅星「無期徒刑」，強迫他終身監禁在少林寺中呢？

五、波羅星逼游坦之背經之事，顯然暗伏游坦之未來將貫通少林武笈，成為一代高手。但游坦之的角色分量並沒這麼重，因此刪之為宜。

六、還有一點頗令人不解的是，在這段故事中，少林僧稱游坦之為「阿游」？這究竟是香港人的口吻，還是河南人的？

因為以上種種原因，這三十六頁內容的全數刪除，確實刪得很合宜。

緊接著仍是大幅刪改的情節，一版接下來的故事是：一天傍晚，波羅星發現游坦之蠢如牛馬，根本不可能背下他口述的那三十幾部天竺遺經，頓時悲從中來。

此時突然遠遠傳來一縷簫聲，波羅星隨後也傳出了三下尖銳的笛聲，原來是波羅星的天竺國同伴，前來接應波羅星。

半月之後的某日深夜裡，波羅星屋中竟爬滿了數千百條各式各樣的毒蛇，只見波羅星抓起一條黃蛇，取刀在蛇腹上劃了半寸來長的口子，再在蛇腹上推了幾推，取出一根三寸來長的管子，似乎是截短了的麥桿。波羅星剝開麥管，裡面藏得有物，那物原來是一張極薄的薄紙，上面寫滿了密密麻麻的天竺梵文。

波羅星而後取出兩張薄紙，用一段短炭在紙上草草寫了幾行字，塞入麥管，再藏入蛇腹。他再在衣襟撕下兩條布巾，纏在兩條黃色毒蛇的傷口之處，然後推開窗子，將一條毒蛇放入草叢。他正要再放第二條蛇時，即被少林寺僧劫了去。少林僧這才發現，波羅星是要通知同夥，月圓之夜接他出去。

少林僧而後指責波羅星偷背少林寺的武功秘笈，波羅僧則辯駁他背的都是梵文書。兩人爭辯時，游坦之趁機逃走，因游坦之近日習練《易筋經》，內力大增，轉眼間過了兩道山嶺，來到山荒林密之處。此時，西北角上忽然傳來一陣和波羅星所吹的一模一樣的笛聲，而後從西北山坡上來了十來個胡僧，身批黃衣，左臂袒露在外。每個人都是面目黝黑，顯然是波羅星的族人。這群胡僧走到山坡左首，各自盤膝坐下，四個一排，一共是一十六人。

十六個胡僧開始唸起梵文咒語，轉瞬間東北角又走下來一群人，這群人都穿著黃麻葛布的衣衫，且都拿著一根又長又粗的鋼杖。中間一位身材魁梧的老翁，比之旁人高出一個半頭。老翁搖著一柄鵝毛扇，他臉色紅潤，又嬌又嫩，滿頭白髮，頦下三尺銀髯，童顏鶴髮，當真便如圖畫中的神仙人物一般。

老翁吹起口哨，胡僧紛紛摔倒，眼見他若再吹幾下，便要將十六名胡僧一齊制服。此時忽聽得噓溜溜的一聲響，原來是胡僧發出了幾下笛聲，並招來一條五彩斑斕的大蛇，群蛇而後越來越多，這群人紛紛舞動兵刃殺蛇，其中有幾個人被蟒蛇捲住了身子。

老翁見狀，忙發掌殺蛇，他一運勁殺蛇，顧不得再吹口哨，四名胡僧於是繼續吹笛，並招來更多蛇群，老翁的腰間和右腿被兩條巨蟒纏住，他奮起平生之力，將纏在腰間的巨蟒扯為兩截，豈知此蟒雖斷，一時卻不便死，吃痛之下，猛力纏緊，只箍得那老翁腰骨幾欲折斷。

胡僧見狀，對老翁大罵：「星宿老怪，你我來到中原，河水不犯井水，為什麼你好端端地捉了我養大的蛇兒來開膛破肚？」

原來這個童顏鶴髮，飄飄欲仙的老翁，正是中原武林人士對之深惡痛絕的星宿老怪丁春秋。

一版長達十六頁的這段故事，二版被金庸「偷天換日」，波羅星不見了，十六名胡僧也沒有了，丁春秋被巨蟒纏身之事猶在，但招喚巨蟒之人，卻換成了丐幫。

二版的故事改為：游坦之練就《易筋經》後，不斷向南而行，來到中州河南地界。這一日他在路邊一座小破廟中睡覺，忽聽得腳步聲響，有三人走進廟來。這三人是丐幫幫眾，游坦之聽三人不斷議論喬峰的是非。

而後，游坦之跟蹤三人來到一個山坳，山谷中生著一個大火堆，原來是丐幫大智分舵在此聚會，大智分舵此時仍由全冠清任舵主，幫眾正在討論將來推選何人出任幫主。

便在此時，星宿老仙的弟子前來，告訴全冠清等人，說星宿老仙要二十條毒蛇，一百條毒蟲，叫丐幫立刻備齊，否則就要將他們全殺了。

眼見星宿老仙即將來犯，全冠清命丐幫幫眾布下巨蟒陣，跟星宿老怪一決高下。

不久之後，星宿老仙在弟子簇擁下前來。星宿老仙一到，吹出幾聲極尖銳的口哨，坐在地下的群丐竟紛紛仰天摔倒。

而後，全冠清吹起了鐵笛，丐幫的大布袋隨即游出幾條五彩斑斕的大蛇，筆直向星宿老仙游去。轉瞬之間，群蛇越來越多，星宿派弟子紛紛舞動兵刃殺蛇，其中有幾個人被蟒蛇捲住了身子。

星宿老仙忙發掌殺蛇，他劈死三條巨蟒後，腰間和右腿又被兩條巨蟒纏住。而後他運起內力，伸指抓破了纏在腰間巨蟒的肚腹。豈知此蟒肚子雖穿，一時卻不便死，吃痛之下，猛力纏緊，箍得星宿老仙腰骨幾欲折斷。

全冠清見狀，笑吟吟的道：「星宿老怪，你星宿派和我丐幫素來河水不犯井水，好端端地幹麼惹到我們頭上來？現今又怎麼說？」

至於一版丁春秋為什麼會與胡僧結怨呢？原來是因為丁春秋率眾弟子要到少林寺打探蕭峰與阿紫的消息，進入河南境內後，一天突然在道上見到大批毒蛇，丁春秋遂命眾弟子捕捉，取毒塗掌，以補益他的「化功大法」。豈知這些毒蛇是天竺十六僧從天竺一路帶過來的，尤其數十條長達數丈的巨蟒，更是來自天竺邊境大森林的中土罕見之物。這些胡僧本要驅使這成千成萬條毒蛇湧入少林，攻少林寺一個措手不及，以援救波羅星，並劫奪一些經書，想不到毒蛇竟為丁春秋捕殺，胡僧因此與丁春秋火拼起來，聲勢赫赫的星宿老怪丁春秋還為巨蟒所擄，動彈不得。

二版因已將十六名胡僧改為丐幫大智分舵，這段故事也改為丁春秋被巨蟒纏身後，問全冠清喬峰在哪裡？全冠清問他何事，丁春秋傲然道：「星宿老仙問你的話，你怎地不答？卻來向我問長問短。喬峰呢？」

因為以巨蟒纏住丁春秋的，一版是胡僧，二版改為丐幫群雄，星宿派弟子的諂媚拍馬之語，也隨之改變。

一版星宿派弟子向胡僧說：「大師父收容了星宿派的眾弟子，西域和中原群雄震動，誰不佩服天竺高僧？」「甚麼高僧？『高僧』二字，不足以稱眾位大師父，須得稱『聖僧』、『神僧』、『活佛』才是！」「倘使由我這種能言善道之人去周遊四方，為大師父宣揚德威，天竺聖僧的名望就天下無不知聞了。」「呸，天竺聖僧的名頭已天下皆知，何必要你去多說？」「大師父，大師父，聖僧，活佛的稱號，是小人第一個說出來的。他們拾我牙慧，毫無功勞。」

二版改為星宿派弟子對全冠清等人說：「丐幫的大英雄武功威震天下，又有驅蛇制敵的大法術，豈是星宿老怪所能比擬？」「是啊，丐幫收容了星宿派的眾弟子，西域和中原群雄震動，誰不佩服丐幫英雄了得？」「『英雄』二字，不足以稱眾位高人俠士，須得稱『大俠』、『聖人』、『世人救星』才是！」「我能言善道，今後周遊四方，為眾位宣揚德威，丐幫大俠的名望就天下無不知聞了。」「呸，丐幫大俠的名頭已天下皆知，何怕要你去多說？」「『聖人』、『世人救星』的稱號，是小人第一個說出來的。他們拾我牙慧，毫無功勞。」

丁春秋為巨蟒所纏後，一版與胡僧相鬥的結局是，餘下九名胡僧以九柄飛刀同時向丁春秋射來，丁春秋腦袋轉了三轉，頭上的滿頭白髮甩了出去，竟似一條短短的軟鞭，將九柄飛刀都擊落在地。那九名胡僧半聲不出，一個個軟癱而死，十六名胡僧也就全被丁春秋解決了。

二版改為丁春秋為巨蟒所纏，八九名丐幫四五袋弟子同時掏出暗器向丁春秋射去。丁春秋腦袋急轉，滿頭白髮甩了出去，便似一條短短的軟鞭，將十來件暗器反擊出來。有的丐幫幫眾擦破一些肉，還有幾名幫眾立時軟癱而死。全冠清本要再吹笛引蛇，竟也中毒摔倒。群丐於是擁著全冠清，奔逃散去。

一版胡僧全死（二版丐幫散逃）後，潛伏一旁的游坦之見到丁春秋一行為毒蛇所困，於是挺身而出，放火燒蛇。

為游坦之所救後，丁春秋欲以「化功大法」殺游坦之而未果。

一版說丁春秋和游坦之對掌，只感胸口一涼，掌心中有一股內力迅速異常的離體外洩。

二版改為丁春秋和游坦之以手相交，只覺他內力即強，勁道陰寒，怪異之極，而且蘊有劇毒。

一版游坦之的「冰蠶神功」跟段譽的「朱蛤神功」一樣，都能吸人內力，二版則改為「冰蠶神功」並不吸人內力。

最後，丁春秋決定將游坦之收入門下，這段情節一版與二版又是大為不同的。

一版丁春秋見游坦之身上毒質豐沛，問游坦之是否偷了碧玉王鼎，游坦之中坦承見過阿紫用碧玉王鼎，並說阿紫現在遠在遼國南京。丁春秋聽游坦之說起阿紫的聲音，便知他對阿紫十分愛慕。

丁春秋問游坦之道：「你想娶阿紫這小丫頭做媳婦，是不是？」又問他：「我問你：若是我將阿紫嫁給你做媳婦，你要是不要？」游坦之說他不敢妄想，丁春秋說：「阿紫是我的徒兒，徒兒當然要聽師父的吩咐。我叫她嫁你，她不敢不從。她盜我碧玉王鼎，我不殺她，已是天大的恩惠了，她敢不聽我的話？」

丁春秋又道：「你若想娶阿紫為妻，那是容易得緊。只不過我門下有一條規矩，女弟子不能嫁給外人，必須嫁給本門弟子。這個嘛……你這人雖然古裡古怪，瞧在你今日的份上，若是拜我為師，我也可以答允。」說到「娶阿紫為妻」，游坦之仍是不敢妄想，但想：「若是拜了這位老先生為師，我便是姑娘的同門了……」丁春秋見他遲遲疑疑，不即有所表示，便道：「阿紫這小姑娘，相貌也算是很不錯的了，本門中的男弟子，有很多人都想娶她為妻。不過你若是拜我為師，瞧在你今日的功勞份上，我對你另眼相看，那也不妨。」游坦之聽他如此說，不由得心熱如火，心想：「我若是錯過了這個機會，那是終身遺恨。我是決計不敢娶姑娘為妻，可是……可是……我決不能讓她嫁給這些豬狗一般的卑鄙畜生。」霎時間熱血湧向胸口，雙膝跪倒，說道：

「師父，弟子游坦之願歸入師父門下，請師父收容。」

二版則刪改為，丁春秋與游坦之比拼後，游坦之磕頭求饒，丁春秋說游坦之必須拜他為師，才要饒他性命，游坦之馬上拜入丁春秋門下。

拜丁春秋為師後，游坦之將生平經歷告訴師父，說起冰蠶乃少林寺的三淨和尚（慧淨和尚）得自崑崙山，丁春秋遂起意前往少林寺擄三淨和尚。

一版游坦之對前往少林寺感到畏懼，丁春秋問他怕甚麼？游坦之說他怕少林寺裡的一個西域胡僧（即波羅星），丁春秋叫他別怕，並說看到那胡僧時，只要心中暗叫：「星宿老仙，星宿老仙，護佑弟子，剋敵制勝，一三五七九！」師父就會遙施法力相助。

二版因慧淨和尚在憫忠寺掛單，稍後才由玄難、玄痛一行以擔架將受傷的慧淨抬回，故而丁春秋不須進少林寺劫人，又因二版此回也沒了波羅星這號人物，因此將這段全刪了。

比較過一版與二版的情節後，再繼續說二版到新三版的變革。

二版為應付丁春秋來襲，丐幫擺出的是「巨蟒陣」，新三版則改為「毒蛇陣」。新三版這一回最大的改版變革是將丁春秋為巨蛇所綑之事全刪了，新三版丁春秋未遇任何挫折，即放毒驅散全冠清為首的丐幫大智分舵幫眾，並收游坦之為徒。

而關於「化功大法」，二版的說法是，丁春秋所練的那門「化功大法」，經常要將毒蛇毒蟲的毒質塗在手掌之上，吸入體內，若是七日不塗，不但功力減退，而且體內蘊積了數十年的毒質不得新毒克制，不免漸漸發作，為禍之烈，實是難以形容。

新三版改說丁春秋所練的那門「化功大法」，經常要將毒蛇毒蟲的毒質塗在手掌之上，吸入體內，若是七日不塗，功力便即減退。可知新三版的「化功大法」並不像二版那般會傷害練功者。

二版還說丁春秋成名數十年的「化功大法」，中掌者或沾劇毒，或內力於頃刻間化盡，或當場立斃，或哀號數月方死，全由施法隨心所欲。又說段譽的「北冥神功」吸人內功以為己有，與「化功大法」劇毒化人內功不同，但身受者內力迅速消失，卻無二致，是以往往給人誤認。

新三版則將「化功大法」稍作調整，改說丁春秋成名數十年的「化功大法」，中掌者或沾劇毒，或經脈受損，內力無法使出，猶似內力給他盡數化去。新三版刪去了「化功大法」與段譽的「北冥神功」頗為相似的說法。

在一版《天龍》的原創意中，金庸顯然還要將故事的格局從中國擴展到達摩的故鄉天竺，但可能因為這麼一來，整個故事會變得非常龐大且複雜，因此天竺僧波羅僧的故事後來被捨棄，修訂成二版後，也就全數刪除了。

【王二指閒話】

在一版「射鵰四部曲」中，來自天竺的達摩有三部武學巨作，即《九陰真經》、《九陽真經》與《易筋經》，波羅星想要盜回天竺的中原武林秘笈，或許就是這三部經典。

《九陰真經》引發了天下五絕的第一次「華山論劍」，最後歸武功第一的王重陽保管，《射鵰》與《神鵰》的男主角郭靖與楊過都因習此經而功力大進。在一版《射鵰》中，老頑童曾說此經的來歷是「達摩祖師東來，與中土武士較技，互有勝負，面壁九年，這才參透了武學的精奧，寫下這部書來」。

至於《九陽真經》的來歷，在《神鵰》書末，覺遠大師曾說《九陽真經》亦為達摩手創，一版黃藥師等人聞言，均想「那想到除了《九陰真經》之外，達摩祖師還著有一部《九陽真經》」，又想「少林寺的武功為達摩祖師所傳，他手寫的經書自然非同小可。」

《九陰真經》、《九陽真經》造就了郭靖、楊過與張無忌的絕世神功，《天龍》游坦之則是因為習練《易筋經》，再加上冰蠶異功，由紈絝子弟瞬間升格為絕頂高手。

或許金庸在一版的初構想是「外來的和尚會唸經」，因此才把這三部秘笈都歸於達摩的創作，然而，達摩以其三部著作，竟左右一版「射鵰四部曲」從北宋到元末數百年的武林，簡直匪夷所思。不過，也就因為達摩是這三部秘笈的作者，導致小說產生了幾個「bug」。

最明顯的「bug」是，達摩是佛教禪宗初祖，陰陽之學卻屬於道家，《九陰真經》與《九陽真經》兩經皆本於陰陽之學，這與達摩的佛教出身相扞格。至於《易筋經》則是少林寺時至今日仍持續流傳的武學著作，任何人只要想看，都可以買到，書中有沒有驅毒止癢的方法，或頭鑽胯下的動作，一閱便知。小說中的《易筋經》若與真實的《易筋經》內容不同，未免自我打臉。

為了改掉這兩處「bug」，從一版、二版、到新三版，金庸大刀闊斧，將達摩驅逐出小說，二版《射鵰》將《九陰真經》的作者改為雕版印刷《萬壽道藏》的道教高手黃裳。新三版《倚天》則增說，《九陽真經》的作者是鬥酒勝了全真教創派祖師王重陽，得以借觀《九陰真經》，而後創出「陰陽並濟經」，單稱《九陽真經》的中土高人。至於二版游坦之所練的達摩《易筋經》，新三版也改為天竺修士所寫的《神足經》。

經過金庸一再改版，達摩即從中原武林被踢了出去，這對於金庸小說或許有加分的效果，畢竟金庸小說的主要閱讀族群都是華人，若是一個天竺僧人的著作可以影響數百年的中原武林，未免太傷民族情感或民族自尊心。改版後將《九陰真經》與《九陽真經》的作者從天竺的達摩改為中國人，讀者的認同度理當會更高。至於波羅星盜經之事，因在二版已無天竺前輩達摩創經之事，整段刪去，也就無礙全書了。

第二十九回還有一些修改（上）：

一．游坦之捉得冰蠶來獻阿紫，一版說其時正當五月初夏，天氣本來頗為暖和。二版改說其時正當七月盛暑，天氣本來甚為火熱。新三版再改為其時三月暮春，天氣漸暖。

二．游坦之捕得冰蠶養入端福宮偏殿中，二版說過不多時，連殿中茶壺、茶碗內的茶水也都結成了冰。新三版刪去了這說法。二版的冰蠶竟能將偏殿變成了一間冷凍櫃，委實太過誇張。

三．在溪水中解除冰凍後，二版說，到第二日傍晚，游坦之百無聊賴之際，便取出那本梵文易筋經來，想學著圖中裸僧的姿勢照做。但若真如此用功精進，他還能是游坦之麼？新三版改為到第二日傍晚，游坦之突然身子發冷，寒顫難當，便取出那本《神足經》來，想學著圖中怪僧的姿勢照做，盼能如當日除癢一般驅寒。

四．二版蘇星河遣人送來的請柬，其上所書為「蘇星河奉請天下精通棋藝才俊，於二月初八日駕臨河南擂鼓山天聾地啞谷一敘。」新三版將「二月初八日」改為「六月十五日」。

五・關於擂鼓山的位置，二版朱丹臣道：「擂鼓山在嵩縣之南，屈原岡的東北。」新三版改為朱丹臣道：「擂鼓山在汝州上蔡之南。」

六・說到段譽於無錫救出丐幫幫眾後之事，二版說王語嫣五人要北上尋慕容公子，段譽要跟，包不同不允，王語嫣只是絮絮和風波惡商量到何處去尋表哥，對段譽處境之窘迫竟是視而不見。新三版增說，唯有阿碧眼中流露出盼望段譽同行，但她溫順靦腆，不敢出口。新三版這段是要為阿碧對段譽的善意加分。

七・二版全冠清稱呼天狼子為「閣下」，二版改稱「大仙」。

八・二版丁春秋至丐幫聚會處，忽地撮唇力吹，發出幾下尖銳之極的聲音，羽扇一撥，將口哨之聲送了出去，坐在地下的群丐登時便有四人仰天摔倒。新三版將丁春秋的的功力降低了，改說他將一根鐵哨子放到唇邊，撮唇力吹，發出幾下尖銳之極的聲音。二版接著說，丁春秋的口哨聲似是一種無形有質的厲害暗器，片刻之間，丐幫中又倒了六七人。新三版丁春秋不再如此神異，以口哨噴毒了，改說其實擊倒丐幫人眾的不是口哨聲，而是從他鐵哨子中噴出的毒粉，以羽扇撥動傷人。

九．丐幫弟子以鋼鏢等暗器向丁春秋射去。二版丁春秋一聲大喝，腦袋急轉，滿頭白髮甩了出去，便似一條短短的軟鞭，將十來件暗器反擊出來。看來二版丁春秋與《神雕》以長鬍子為武器的樊一翁恰是一對活寶，新三版丁春秋不再是以白髮為武器的「白髮魔男」了，改為丁春秋衣袖揮動，將十來件暗器反擊出來。

十．游坦之因冰蠶之毒而全身結冰，阿紫伸手去摸他身子，觸手奇寒，衣衫也都已冰得僵硬。一版說阿紫不明白其中道理，怔怔的向他瞧了一會，這才出去。次日阿紫再到偏殿中來看時，見游坦之仍是這麼倒立，身上的冰結得更厚了。阿紫又是驚訝，又是好笑，傳進室里，命他將游坦之的屍身拖出去葬了。一版這段跟一版《射鵰》歐陽鋒被冰封在冰柱中三日一樣，都是超越人類生理極限，將「人」當作「神」的奇想，二版刪了「次日阿紫再到偏殿中來看游坦之」之事，二版阿紫一見游坦之結冰，當下就令室里將他拖出去了。

十二．關於「化功大法」，一版說丁春秋當年親見本門的一位長輩，在練成化功大法之後，被他師父制住後，並不加以戕害，只是將他囚禁在一間石屋之中，令他無法捕捉蟲豸加毒，結果體內毒素發作，難熬難當，自己忍不住將全身肌肉一片片的撕落，呻吟呼號，四十餘日方死。由一版此處可知，金庸走筆至此，還沒構思（或完整構思）出丁春秋與逍遙派的門派關係，否則說本門長輩，他逍遙派的本門長輩，也不過無崖子、天山童姥及李秋水三人，豈有誰被囚禁石屋而死？二版將這段改為當年丁春秋有一名得意弟子，得他傳授，修習化功大法，頗有成就，豈知後來自恃能耐，對他居然不甚恭順。丁春秋將他制住後，也不加以刀杖刑罰，只是將他囚禁在一間石屋之中，令他無法捕捉蟲豸加毒，結果體內毒素發作，難熬難當，自己忍不住將全身肌肉一片片的撕落，呻吟呼號，四十餘日方死。

十三．提到「化功大法」，一版有一段話說，那碧玉王鼎天生有一股特殊的氣息，再在鼎中燃燒香料，片刻間便能引誘毒虫到來，方圓十里之內，什麼毒虫也抵不住這香氣的吸引。丁春秋有這王鼎在手，捕捉毒虫不費吹灰之力，「化功大法」自是越練越深，越練越精。練這門功夫猶如酒徒飲酒一般，一上了癮，每日裡越飲越多，不能自休。這功夫只能向敵人使用，自己體內的毒質才宣洩一部份在敵人身上。但他僻處星宿海旁，周圍數百里之內，任何武人都不敢走近，有哪個敵人給他洩憤？這麼每日加一次毒，只增不減，日積月累，體內所蘊積的毒質，自是多得驚人了。這段二版全刪。

阿碧要向少林寺討還阿朱
——第二十九回〈蟲豸凝寒掌作冰〉版本回較（下）

《天龍》有五位男主角，即段譽、喬峰、虛竹、游坦之與慕容復，在這五位男主角中，虛竹是最後出場的一個。為了平衡五大主角的份量，金庸在修訂一版為二版時，將一版等同二版第三十一回，蘇星河邀天下群英解珍瓏棋局，才隨玄難出場的虛竹，提前到第二十九回出場，以增強虛竹的角色份量。又為了讓虛竹提前登場，二版此回較一版增寫了多達九頁的內容，且來看看版本間的差異。

一版的故事是丁春秋與游坦之為擄劫三淨和尚而上少林，來到少林寺前，恰逢鄧百川、公冶乾、包不同與風波惡等慕容家四大家臣也到少林寺拜山，少林僧玄難、星宿派與慕容家臣就在少林寺前有了交會。

二版改為故事背景不在少林寺，而是在路邊的涼亭，虛竹即由此登場。

二版的故事是，游坦之拜師後，這一日，星宿派眾人來到一座涼亭中喝水休息，鄧百川、公冶乾、包不同與風波惡等慕容家四大家臣隨後也到此涼亭歇息。

就在此時，一位少林僧到此涼亭喝水，這位僧人約二十五六歲年紀，濃眉大眼，一個大大的鼻子扁平下塌，容貌頗為醜陋，此僧人就是虛竹。

包不同要虛竹跟他比武，虛竹說自己武功低微，不敢動手，還說他此次下山是奉命到各處送英雄帖，而後取出一張英雄帖送給風波惡。英雄帖上寫著：「少林寺住持玄慈，合什恭請天下英雄，於九月初九重陽佳節，駕臨嵩山少林寺隨喜，廣結善緣，並睹姑蘇慕容氏，『以彼之道，還施彼身』之風範。」鄧百川等人這才知道，少林派召開英雄大會，是要對付姑蘇慕容。

鄧百川而後問起，慕容復數月之前說要到少林寺，是否有前往，虛竹說沒有，鄧百川告訴虛竹，大半年後的英雄大會慕容復一定前往與會。

此時少林僧玄難與玄痛以擔架抬著慧淨和尚，途經此涼亭，游坦之告訴丁春秋，慧淨和尚就是捉到冰蠶之人，丁春秋於是決定強擄慧淨，並逼他帶路到崑崙山捉冰蠶。他告訴玄難，他正在找慧淨。

二版的增寫就到此處。

故事接著說到星宿派與慕容家的衝突。

話說風波惡見游坦之頭戴鐵頭罩，好意要為游坦之除去鐵頭罩，卻為游坦之所傷，姑蘇慕容及星宿派因此開始互鬥，最後，一版丁春秋灑出毒粉，乘亂離去，鄧百川與包不同追了出去，亭中只剩下公冶乾與風波惡二人。

玄難問公冶乾與風波惡雙方為何會起衝突，就在此時，阿碧騎馬到來，問公冶乾有沒有見到阿朱。原來阿朱日前喬裝打扮，到少林寺盜經，久久不歸，阿碧擔心之極，日日催請慕容復前來探詢。但慕容復身有要務，不願為了一個侍婢而興師動眾到少林寺來查究，一直遷延到此時，這時一來他自己確也掛念阿朱的安危，二來被阿碧纏得難以再交代，只得率同部眾前來拜山。

公冶乾不答阿碧所問之事，反問阿碧慕容復在哪裡，阿碧說慕容復看見有個和尚追趕欺侮一位姑娘，他打抱不平，追那和尚去。

阿碧再轉頭看風波惡，只見他頭髮上結了薄薄一層白霜，公冶乾說風波惡已中劇毒

此時忽聽得少林寺噹噹噹鍾聲大鳴，群僧臉色陡變。而後，兩位少林僧前來向玄難稟告，說少林寺後山有敵人來犯，玄痛身受重傷。敵人不知來歷，已然退去。此外，少林僧還在寺後發現鄧百川與受傷的包不同。玄痛與包不同所受之傷，與風波惡一模一樣，都是全身冰冷。

少林派高僧們於是先取少林派「正氣六陽丹」給包不同三人服用，再以「純陽羅漢功」為三人治傷。

而後，知客僧虛風領鄧百川一行至西首一間偏屋，見少林寺方丈玄慈大師，玄慈詢問虛風等人，這才明白來犯敵人是為了劫走三淨和尚，玄痛三人則是傷在一名鐵頭人手下。

阿碧要玄慈方丈放了阿朱，她對玄慈說：「我的阿朱姊姊啊，她年紀小，很愛胡鬧，請各位大和尚別跟她一般見識。我早求公子爺修書來向方丈求情。公子爺說阿朱得罪貴寺，應當受各位責罰，須得讓她多吃些苦頭，然後公子爺親自來貴寺謝罪。」玄慈與少林群僧均不解阿碧之意。

原來當時阿朱喬裝少林寺僧智清，偷了梵文秘本的易筋經，而後為玄慈方丈的「大般若金剛掌」所傷，但少林寺無人知曉當日的智清即是阿朱。玄慈對阿碧說：「這位姑娘說甚麼敝寺扣人不放，必是傳聞之誤，少林寺乃出家清修之地，戒律素嚴，決不敢有誰為非作歹。」阿碧急道：「我不是說你們為非作歹呵。我那阿朱姊姊頑皮得很，一定冒犯了你們，得罪了你們，所以公子爺今日是要陪不是，說好話來著。求求你們，放了阿朱姊姊吧，我再給你們磕頭。」玄難當下袍袖一拂，擋住阿碧的身子，她便跪不下去。玄寂而後下令幫忙尋查阿朱的下落。

而後，眾人紛紛推測鐵頭人的來歷，包不同說鐵頭人的掌力和少林派的「達摩神掌」極為相似，玄痛、玄慈、玄難等少林高僧均以為然。玄難而後問鄧百川，慕容復是否也到了少林寺，阿碧回說，慕容復見到吐蕃國大輪明王鳩摩智追趕一位臉上遮著一張黑色面幕，身形婀娜的姑娘，為了救那姑娘，慕容復追鳩摩智去了。

突然間，風波惡與包不同、玄痛又倒了下來，原來三人所中寒毒再次發作，顯然少林寺的「正氣六陽丸」與「純陽羅漢功」無法驅治三人寒毒。鄧百川於是決意請薛神醫為風波惡與包不同治毒，玄難也認為如此甚妥，於是就由玄難親率六名慧字輩的弟子，護送包不同等人，前往洛陽之西的柳宗鎮求診薛神醫。

二版將這段修改為，星宿派與慕容家在涼亭狹路相逢，少林僧虛竹及玄難隨後到來。星宿派與慕容家互相衝突後，丁春秋等人擄劫了慧淨和尚而去，鄧百川、包不同及玄難、玄痛等人追了過去，不料風波惡、包不同及玄痛三人皆為鐵頭人所傷，全身冰冷。

玄難取少林派的「六陽正氣丹」為三人治寒毒，卻無法解三人之毒，鄧百川於是提議請薛神醫治毒，玄難也認為如此甚妥，眾人於是雇了三輛大車，將包不同三人送往洛陽之西的柳宗鎮求診薛神醫。

經過二版大幅改寫之後，二版慕容復未因鳩摩智追趕木婉清而見義勇為，二版阿碧也不曾上少林寺索還阿朱。

一版阿朱與阿碧姊妹情誼深厚，阿朱不見了，阿碧日日催請慕容復前來少林寺探詢。修訂為二版後，阿碧就不再如此在意阿朱了，慕容家似乎也無人發現阿朱失蹤。而既然慕容家對阿朱如此冷漠，那也就難怪阿朱一見蕭峰，就義無反顧，棄她從小生長的慕容家而去了。

【王二指閒話】

在傳統武俠世界中，少林寺向來佔有龍頭的領袖地位。金庸小說中也多次出現少林寺，《倚天》與《天龍》的少林寺分量尤其吃重，然而，在此二書中，少林僧人幾乎都是惡形惡狀，少林寺也宛如妖僧邪寺。

雖說《倚天》與《天龍》中的少林寺都像妖僧邪寺，但在此二書中，妖邪的層面並不一樣。《倚天》少林寺的譏詐奸邪是主動攻擊他人，意欲奪取武林第一門派的地位。比如一版武當張三丰到少林寺，欲以「太極十三式」及「武當九陽功」交換「少林九陽功」，空智即命陳友諒將之全文背下，並詐騙張三丰說「太極十三式」及「武當九陽功」乃是少林本有武功，不算是與張三丰交換而得。此外，《倚天》的少林寺還樂於以「帶頭殺人」滿足領袖江湖的虛榮，比如上武當山逼死張翠山，以及上光明頂勦滅明教教眾，都是少林派當領頭羊，少林僧幾乎都以血染僧袍為榮。最不可思議的是，少林群僧竟接受成崑的建議，以謝遜為誘餌，在少林寺開「屠獅大會」，意圖讓各大門派為爭奪謝遜而血濺少林寺，似乎各大門派高手傷亡越多，少林寺的屠獅大會就越成功。

一版《天龍》的少林寺雖也多有惡行惡狀，但其為惡並不像《倚天》少林寺這般主動。較之《倚天》，一版《天龍》少林寺較少參加江湖事務，《天龍》少林寺主要的惡行乃在私設酷刑，草菅人命。比如三淨觸犯戒律，少林僧竟將之強關入比他身體還小的「懺悔房」，導致肋骨多處折斷，這與刑罰致死有何不同？而游坦之只因背負三淨回少林，竟也被少林寺以少林私法，將之視為同夥判刑，杖刑一百法棍，而後又將他拘禁至菜園，罰他為少林寺服勞役；此外，天竺僧波羅星唯因到少林寺盜取經書，竟慘遭判為「無期徒刑」，須關押至死。一版《天龍》的少林寺彷若無法無天的黑道組織，蔑視王法，私監私刑，不論是誰犯了少林戒律，一律以少林私法定罪。

小說之所以將少林如此妖魔化，其實也是出於文學技巧的運用。少林派是傳統武俠小說中的龍頭門派，然而，在金庸小說中，除了虛竹之外，沒有任何主角正式出身少林（喬峰只能算是玄苦大師秘密授功）。小說中為突顯主角獨一無二的光芒，只能醜化或矮化其他門派或其他俠士，因此對於傳統位居江湖龍頭的少林寺，在文學大格局的考慮下，只能加以矮化。

傳統門派被矮化的並不只少林寺，除了少林寺之外，全真教與武當派也都在文學技巧的運用下被矮化，為了突顯主角的雍容大度，《射鵰》全真七子被塑造成一群冥頑不通的牛鼻子老道，《倚天》武當七俠則幾乎全是性格迂腐，思維狹隘的俠士。

矮化了少林、武當與全真教，就能彰顯蕭峰、張無忌與郭靖的人格是多麼磊落光明，這即是文學創作技巧。

第二十九回還有一些修改（下）：

一・二版少林寺住持玄慈邀請群雄前來少林寺的日期是「九月初九重陽佳節」，新三版改為「十二月初八臘八佳節」。

二・見到虛竹發少林寺「英雄帖」意欲橫挑姑蘇慕容，二版鄧百川道：「我家公子於數月之前，便曾來貴寺拜訪，難道他沒來過嗎？」新三版將「數月之前」改為「兩年多前」。

三・二版說虛竹二十五六歲年紀，新三版虛竹變年輕了，改為二十三四歲。

四・玄難一行至薛神醫家裡，見薛家正辦喪事，一版說玄難等見紙燈籠上扁扁的兩行黑字：

「薛公慕華之喪，享年六十五歲。」二版將薛神醫享年從「六十五歲」改為「五十五歲」。

五・眾人在薛神醫家裡，西北角天空忽然放起了烟花。一版說阿碧拍手道：「好看，好看，是誰在放煙花。」隨即又說，阿碧雖是年幼，終也是關心三哥，四哥之情，勝過了看煙花的童心。二版則因阿碧此時並不在場，故而將阿碧的相關情節都刪了。

阿碧的師父是函谷八友之首康廣陵

——第三十回〈揮洒縛豪英〉版本回較

「廣陵散」理應是金庸認為最神秘且最迷人的一首中國古曲。在金庸書系中，多處可見到金庸對於「廣陵散」的崇慕，比如一版《倚天》謝遜一連掘了二十九個古墓，終於在蔡邕的墓中，覓到了「廣陵散」曲譜。這段故事後來轉為《笑傲》中的曲洋所用，變成是曲洋在蔡邕的墓中，覓到了「廣陵散」曲譜。後來向問天為救任我行而至梅莊，想要打動黃鍾公，送給黃鍾公的大禮，也是「廣陵散」曲譜。此外，《天龍》函谷八友之首，亦是精通音律的高手，金庸將之名為「康廣陵」，此名自是取自「廣陵散」。

《天龍》琴仙康廣陵可有傳人？一版中是有的，那就是在太湖上，以過彥之的軟鞭與崔百計的算盤為樂器的阿碧。且來看看一版康廣陵與阿碧之間，師徒的妙趣情節。

話說函谷八友力戰慕容家臣與少林高僧時，忽聽得遠方樹林中，琴音一陣又一陣傳了過來。一版接下來的的故事是，眾人聞琴音，聽得心煩意惡，只聽那琴聲越響越快，各人的心也是隨著頻繁急促的跳動，玄難、公冶乾、包不同、風波惡等諸人一齊坐地，各以深厚內力與之相抗，只有玄難和公冶乾兩人，勉強還能控制心跳。

包不同擔心阿碧受不住琴音而受傷，抬頭看阿碧時，卻見她臉帶微笑，宛如沒事人一般。而後，只聽得阿碧以小琴發出丁丁兩聲，樹林中傳來的琴聲即漸漸趨緩。過得片時，林中琴聲越來越快，阿碧起先以琴音勉力跟隨，但頃刻間便追趕不上。再過得一會，阿碧突然五指一劃，丁東兩聲，戛然而止，笑道：「師父，我是再也跟不上了啦！」原來林中彈琴之人即是阿碧的師父。

而後，一個老者大袖飄飄，緩步走了出來，高額凸顙，容貌奇古，笑瞇瞇的臉色極為和藹。此人一現身，阿碧便歡然叫道：「師父，你老人家好。」並快步向他奔了過去。那人伸出雙手，抓住了阿碧的手掌，笑道：「阿碧，阿碧，你可越長越好看啦！」阿碧臉上微微一紅。

一版這段長達三頁半的情節，二版刪為眾人聽聞琴聲，苟讀叫道：「大哥快來，大哥快來！乖乖不得了！你怎麼慢吞吞的還彈什麼鬼琴？子曰：『君命召，不俟駕行矣！』」

而後康廣陵即走了出來。

康廣陵出場後，與玄難等人敘過話。一版康廣陵而後叫阿碧將他放在樹上的琴取下來，阿碧於是前往樹林中，取回康廣陵的的瑤琴，但從林中回來時，忽然身子一晃，摔倒在地。

康廣陵連忙運起輕功，奔至阿碧身邊，抱起阿碧。只見阿碧臉如朝霞，紅撲撲的極是精神，嘴角邊兀自微笑。康廣陵見狀，臉淚簌簌而下，他知道阿碧已然中了星宿老怪丁春秋的劇毒。

因為發現丁春秋就在左近，康廣陵連忙叫眾人進屋去。

一版阿碧取琴後中毒一事，二版改為康廣陵與函谷諸友相會後，遠處忽然傳來一個細細的聲音，說：「薛慕華、薛慕華，你師叔老人家到了，快快出來迎接。」康廣陵等人聞此聲，即知丁春秋到來，於是連忙叫眾人進屋避難。

而後，康廣陵等人進了薛神醫家裡，並全都進入薛家地道。

一版薛神醫見到阿碧所中之毒，說他救不了，康廣陵聞言即哭了出來。苟讀要康廣陵別哭，康廣陵道：「我這個徒兒和我分手了八年，今日才得重會，她若就此死了，我如何不悲？唉，唉，阿碧，你可不能死，千千萬萬死不得。」公冶乾和包不同等人看著阿碧時，只見她臉色更加紅了，雖是嬌豔可愛，但皮膚中便如有鮮血要滲出來一般。

康廣陵而後輕撫著阿碧的肩膀，道：「阿碧啊阿碧！害死你的，乃是你太師叔，你師父可沒本事為你報仇了。」公冶乾不解康廣陵為何稱丁春秋為師叔。原來阿碧在慕容氏府中已有多年，公冶乾雖和她結義為金蘭兄妹，但於她的師承來歷，因她向來不說，一直不知。

而後薛神醫向眾人逐一介紹函谷八友各人之所能，一版薛慕華說及：「咱們為提防那星宿老怪重來中原，給他一網打盡，是以每五年聚會一次，來時卻散居各處。這位阿碧姑娘是大師兄所收的徒兒，其餘師兄弟竟然都不知道，否則也不會有這場誤會爭鬥了。」二版將函谷八友「每五年聚會一次」改為「每兩年聚會一次」，至於阿碧的相關情節，則是全數刪除了。

丁春秋隨後來到了薛神醫家裡，並對函谷八友出言威脅。

面對丁春秋的挑釁，一版李傀儡大聲說道：「我乃天仙童姥是也，你這不長進的小畜生，我一拐杖打斷你的狗腿！」他說話時學著一個老婦人的口音，嗓音蒼老，卻是十分響亮。康廣陵等聽到「天仙童姥」四個字，身子都是一震。丁春秋一直瀟洒安詳，但聽到了那人的名字，臉色也是不禁一變，目光中射出異樣的光芒。

二版將此段改為李傀儡突然大聲道：「我乃星宿老怪的母是也。我當年跟二郎神的哮天犬私通，生下你這小畜生。我打斷你的狗腿！」他學著老婦人的口音，跟著汪汪汪三聲狗叫。康廣陵，包不同等盡皆縱聲狂笑。丁春秋怒不可遏，眼中陡然間發出異樣光芒

由一版此處可知，「天山童姥」原本的名號應是「天仙童姥」，一版的「天仙童姥」可能對丁春秋有過威脅，因此丁春秋聞其名而色變，二版的「天山童姥」則是跟丁春秋八竿子打不著了，反倒是天山童姥的情敵李秋水成了與丁春秋私奔的不倫人妻。

在此回的最後，丁春秋將眾人全擄上驢車押走，一版說這干人中以阿碧中毒最深，丁春秋卻一時不想她便死，給她服了一點解藥，令她身上的毒性略減，不死不活。而後與其他人一齊上車而去。

二版阿碧從未於此回出現，自然也無阿碧中毒，及丁春秋給予解藥之事。

一版阿碧學琴於琴仙康廣陵，因而能以過彥之的軟鞭及崔百計的金算盤為樂器，師徒均是擅使樂器的高手。二版刪去了此回康廣陵與阿碧師徒間的故事，直到第四十七回，才說阿碧是康廣陵的女徒，但就只是一語帶過。

看過一版到二版的修訂，再看二版到新三版的變革。

且說薛神醫談起丁春秋叛師之事，二版說的是：「丁春秋使了種種卑鄙手段，又不知從哪裡學會了幾門厲害之極的邪術，突然發難，將祖師爺打得重傷。」

新三版薛神醫增說：「那丁春秋仗著比我祖師爺年輕二三十歲，又生得俊俏，竟去姘上了我祖師爺的情人。這件事大傷我祖師爺臉面，我們也只心照，誰也不敢提上一句。」

丁春秋姘上的「祖師爺情人」，就是李秋水。

新三版《天龍》除了大幅增寫丁春秋與李秋水的姦情外，還詳細解釋了丁春秋的「天長地久

「不老長春功」及「化功大法」。

新三版於此回增寫了一頁半函谷八友與玄難等人的對話，述說丁春秋的兩大神功，增寫的內容是：

鄧百川對薛幕華等人說起，慕容博曾說丁春秋的祖師爺有一門「天長地久不老長春功」。還說：「慕容老爺說道，長生成仙是騙人的，世上決無不死之人。但如內功修得對了，卻可駐顏不老。三四十歲的女子，可練得宛似十八九歲；五六十歲的婦人，可練得皮光肉滑，面白唇紅，便如二三十歲一般。女子人人想長保青春，男人何嘗不然？丁春秋不殺你們祖師爺，料來是想逼得他傳授這門『長春功』。丁春秋多半曾練過這門功法，但效力有時而盡，現在也慢慢顯現了老態。他若知『長春功』漸漸失效，多半要到蘇州來查書。」

鄧百川接著解釋：「丁春秋勾引了祖師爺的情人，兩人逃到蘇州，隱居之地就是在太湖的一處莊子。他兩人盜來的大批武功秘笈，也就藏在蘇州。」

而後，鄧百川又談起丁春秋的「化功大法」，玄難問薛神醫，「化功大法」是怎樣的一門武學。薛慕華道：「聽說練這門邪門功夫，要借用不少毒蛇毒蟲的毒汁毒液，吸入了手掌，與人動手之時，再將這些劇毒傳入對方經脈。咱們練功，內力出自經脈，如『關元穴』是三陰任脈之會，『大椎穴』是手足三陽督脈之會。這兩個穴道若沾上毒質，任脈督脈中的內功剎那間消得無影無蹤。常人以訛傳訛，說道丁老怪能化人內功。其實以在下之見，功力既然練成，便化不去了，丁老怪是以劇毒侵入經脈，使人內力一時施展不出，身受者便以為內力給他化去了。便如一人中毒之後，毒質侵入頭腦，令人手足麻痺，倒不是化去了手足之力。」

二版丁春秋的絕技是「化功大法」，新三版增為「天長地久不老長春功」與「化功大法」，因此，二版丁春秋對玄難叫陣，說道：「老夫今日來領教領教。」新三版則將「老夫」改為「小弟」，並解釋說，丁春秋自居年少，不稱「老夫」，而稱「小弟」。

而後，丁春秋與玄難對掌，玄難著了丁春秋的「化功大法」。二版說玄難一運勁，但覺內力源源不絕的向外飛散，再也凝聚不起。新三版則改為玄難一運勁，但覺內力凝聚不起，似乎突然間消失無蹤，適才曾聽薛慕華解說，知道自己經脈已中了毒。

可知二版與新三版的「化功大法」是不同的，二版的「化功大法」能「吸人內力」，新三版的「化功大法」則是無法吸人內力，只會讓人經脈中毒，內力難使，彷彿內力被化去一般。

【王二指閒話】

武俠小造成部分讀者「閱讀障礙」的原因之一，就是出場人物眾多，令人眼花撩亂、目不暇給、無力招架。人物與名字若是多到記不起來，閱讀起來將非常吃力。

為了解決人物過於龐雜的問題，金庸通常會使用以下幾種創作技巧：

一、降低死亡率：金庸的創作原則向來是以最少的人物，創造最豐富的故事。而若要減低人物的複雜度，最簡單的方法就是減少出場人物的數量。要想減少人物的數量，就必須降低已出場人物的死亡率。也就因為如此，在你殺我砍他下毒，平均壽命理當比一般大眾短的江湖，在金庸筆下，總是讓眾俠士與惡棍們如仙佛罩頂，遭難不死，除非金庸覺得某個角色的死亡可以製造故事效果，才會將此角色寫死，否則幾乎都是讓角色盡量活著。比如《射鵰》中，天下第一大惡人歐陽鋒跟他的淫賊兒子歐陽克雙雙落海，向來以鏟奸除惡為己任的洪七公見到後，竟大發慈悲心，將歐陽鋒父子從海中救了起來；再如《倚天》中，汝陽王途遇受傷的明教教主張無忌，平時欲殺張無忌而不可得的汝陽王，此時竟為了疼愛女兒，隨手就放了張無忌而去。洪七公與汝陽王的怪異行為，都是因為金庸要盡可能讓人物活下去，以免再創造新人物，增加江湖人物的龐雜度。

二、將人物拉成父母子女關係：先讓讀者熟悉主角人物，再以主角為核心，生枝爬蔓，連結出去，即可增強讀者對於其他人物的接受度，比如將分別出場的主角與配角編派成父母子女，就可增加讀者對配角的認同感。如一版《倚天》原本說配角金花婆婆是橫行江湖的老婆婆，但寫到後來，為了交代主角小昭的出身，又把金花婆婆改寫為中年人喬裝成老人的長期易容者，並說她就是小昭的波斯籍母親黛綺絲，這麼一來，金花婆婆就因小昭而進入主角的核心圈，也增強了讀者對金花婆婆的印象。再如一版《天龍》原本說段譽酷似父親段正明，而後又改說段譽的父親是段正淳，故事再往前推展，段譽的親生父親竟又變成段延慶。經由主角段譽連結配角段延慶，即可增強讀者對段延慶的角色認同感，並讓人物的關係更為緊密。

三、將人物編派為師徒關係：不同姓氏的人物無法硬將他們寫成父母子女，卻可以編派為師徒。比如一版《神鵰》中說，李莫愁之所以為惡，是出自歐陽鋒的薰陶；再如一版《天龍》中說，段延慶的高強武功是傳授自慕容博，而阿碧之所以能以軟鞭為樂器，是出自康廣陵的真傳。經由將人物編派為師徒，再以師引徒，或以徒引師，即可讓讀者更快接受新出場人物。

不過，為了減少出場人物，硬把明顯不相干的人物編派父母子女或師徒，邏輯上卻未必周延，金庸因此會經由改版修訂，改寫前一版原本設定的不合理「關係」。以阿碧為例，如果阿碧當真出自蘇星河嫡傳函谷八友門下，那麼，阿碧委身到慕容家當八年侍婢，究竟所為何來？是要像小昭一樣偷經？還是要像范遙一樣臥底？既然邏輯上沒有周延的解釋，將阿碧與康廣陵編派為徒弟與師父，反而會讓讀者心生更多疑惑，那就確實刪之為宜。

第三十回還有一些修改：

一．包不同自稱是韓信，二版李傀儡唱道：「我漢高祖殺了你韓信。」新三版為配合史實，改為李傀儡唱道：「我漢高祖和呂后殺了你韓信。」

二．二版函谷八友與慕容家臣及少林僧間的混戰，因為非主角間的武鬥，新三版大幅刪除。

三．李傀儡踢鄧百川後，自己腿骨折斷。二版李傀儡喝道：「我罵你毛延壽這奸賊，戕害忠良，啊喲，我的腿啊！」新三版為符合「斷腿」史事，改為李傀儡喝道：「我罵你龐涓這奸賊，鍘斷我孫臏好腿，啊喲喲，我的腿啊！」

四．鄧百川掌擊石清露，二版說石清露胸口斷了幾根肋骨。然而，石清露又不是陸無雙，薛神醫也不是楊過，接下來薛神醫要怎麼為石清露撫胸接骨呢？新三版為免這尷尬，改為石清露斷的是臂骨和肩骨。

五．二版函谷八友中的「石清露」，新三版改名「石清風」，「清露」之名於新三版轉為西夏公主「李清露」所用。

六．李傀儡扮李存勗時，新三版較二版多加一段解釋，說「其時北宋年間，伶人所演戲文極為簡陋，不過是參軍、鮑老、回鶻等幾個角色，但李傀儡多讀詩書，自行扮演古人，不論男女，都扮的唯妙唯肖，遠過當時戲中角色」。這是如同「南宋黃蓉唱元曲」一樣，因李傀儡的表演超越背景時代，金庸因此而做的自辯之詞。

七．苟讀臨陣找《論語》，一版阿碧忍不住噗哧一笑，心想：「上陣要打架，卻忘記兵器放在哪裡，這種人我從來沒見過，這人獃頭獃腦，似乎不是故意裝假。」二版因此役沒了阿碧，卻有虛竹，遂將原屬阿碧的言語心思大多轉為虛竹所發。二版這段改為虛竹忍不住噗哧一笑，心想：「上陣要打架，卻忘記兵器放在哪裡，倒有趣。」

八．苟讀大掉書袋，大闡孔子「仁」學，一版阿碧問鄧百川道：「大哥，這人是真的書獃子，還是裝傻？」二版改為虛竹問少林僧慧方：「師叔，這人是不是裝傻？」

九．石清露迷倒鄧百川的濃香，一版叫「百花迷仙香」，二版刪了此名。

十・康廣陵琴音傳來後，一版苟讀大叫：「大哥快來，大哥快來！一群奸賊殺了五弟，又將咱們拿住了，七妹也給他們打死了，乖乖不得了。」二版將苟讀的話改得更有苟讀的風格，改為苟讀大叫：「大哥快來，大哥快來！乖乖不得了！你怎麼慢吞吞的還彈什麼鬼琴？子曰：『君命召，不俟駕行矣！』」

十一・丁春秋來襲，一版康廣陵忽然拍手笑道：「反正大家都要死了，阿碧身中劇毒，也不過是一死。我又何必傷心難過？」二版因此役沒有阿碧，改為康廣陵忽然拍手笑道：「大家都要死了。玄苦師兄此刻就算不死，以後也聽不到我的無上妙曲『一葦吟』了，我又何必為他之死傷心難過？」

十二・一版函谷八友專精土木的老六叫「張阿三」，或許是因其姓名頗似《射鵰》郭靖的五師父張阿生，二版因此將其改姓而為「馮阿三」。

十三・薛神醫說畢游坦之與三淨（慧淨）至其家裡求醫之事後，一版玄難道：「三淨這逆徒呢？」薛慕華向山洞角一指：「他躺在裡面休息，再過得半個月，也就好了。」一版這段太也荒誕，想丁春秋千辛萬苦擄得三淨，怎能放心讓他在薛神醫家裡靜養，萬一三淨病癒逃跑，丁春秋的「冰蠶」美夢豈非夢碎？二版改為薛神醫說游坦之離開時，帶了胖和尚匆匆離去。

十四・丁春秋問薛神醫：「薛賢侄，你習練武功，已有幾年了？」一版薛慕華道：「三十五年。」二版將「三十五年」改為「四十五年」。

十五・薛神醫答允丁春秋醫治三淨（慧淨）的要求後，一版因三淨就在薛家地洞中，當下薛慕華回到地洞之中，命家人將受傷的諸人扶了出來。二版改為慧淨早隨游坦之返回丁春秋所在之處，丁春秋命弟子將慧淨抬了過來。

葉二娘愛戀丁春秋，丁春秋卻相應不理

——第三十一回〈輸贏成敗　又爭由人算〉版本回較

一版《天龍》中，有位身懷武功，嬌媚誘人，卻又殘忍無情的女子，她可不是馬夫人，而是葉二娘。且來看看一版狂戀丁春秋的葉二娘。

話說玄難一行為丁春秋所押，來到蘇星河擺下「珍瓏」棋局之處。一行人到臨時，恰值蘇星河與段譽對奕。一版段譽身邊有位觀奕的極美貌少女，那就是王玉燕。包不同見到王玉燕和段譽在一起，心中大大不滿，叫了王玉燕一聲，王玉燕回了聲「嗯」，卻不回頭，全神貫注的凝視棋局。

一版這段可說大為欠通，王玉燕若此時與段譽在一起，以段譽對王玉燕的迷戀，他怎還可能專心下棋？

二版此段改為站在段譽身後的，是朱丹臣等三名護衛。至於王語嫣，則是稍後才與慕容復連袂前來。

在棋局中，一版段譽下的是黑子，二版改為白子。這是因為圍棋之道，在古代是主黑客白，

但時至今日，又顛倒而為主白客黑。金庸在一版小說中，本是以今時的棋道來寫古事，後來才發現古今的棋道相反，因此在改寫為二版時，只要有圍棋的情節，一律予以修正。

繼丁春秋一行之後，四大惡人也來到了棋局之處。段譽解不開棋局後，慕容復接續解棋，卻因此而著魔。慕容復本要自刎，幸得段譽「六脈神劍」所救。接下來的情節，一版與二版完全不同。

一版的故事是，群俠忽聽得遠處傳來葉二娘的聲音叫道：「春秋哥哥啊，我找得你好苦，你終於也來中原了，一定是為了我而來，我好歡喜！」丁春秋聽了這聲音，老臉顯得頗為尷尬，雙眼中迅速異常的閃過了一團殺氣。只聽得葉二娘又叫道：「春秋好哥哥，你怎麼不回答我？難道你就這麼撇下我，不來睬我麼？」她叫喊的聲音雖是柔軟動聽，終究是語氣太過肉麻，令人聽著說不出的難受。

而後，段延慶、葉二娘及南海鱷神帶著受傷的虛竹到來。葉二娘見到丁春秋，叫道：「好哥哥，你風采依然，這一次，我可不放你走了。」說著向丁春秋奔近。那知葉二娘奔到丁春秋身前一丈之處，便即站定，笑道：「冤家，我要來和你親熱親熱，你惱不惱我？」丁春秋仍是一臉的道貌岸然，作全身仙風道骨，神聖不可侵犯之狀。

玄難問虛竹怎會與三大惡人同到此處，虛竹說起他見到葉二娘要吃小兒的心肝，葉二娘接著說道：「世上之人，都稱小兒為『心肝寶貝』，可知小兒心肝味道之美，天下皆知。」而後又說虛竹勸她放了小兒，惹得南海鱷神怒火中燒，這才將虛竹打得渾身是傷。

虛竹又對玄難說：「師伯祖，這位女施主竟然將一個活潑可愛的小娃兒開膛破肚，挖了心肝來吃，請師伯祖出手，除此世上一害。」但玄難此時功力已失。葉二娘笑道：「春秋哥哥，你瞧這小和尚可有多忘恩負義，咱們饒了他的性命，他卻來挑撥是非。」

突然間只聽得嗤的一聲響，跟著又是拍的一聲。王玉燕羞得滿臉通紅，叫道：「表哥，你……」只見葉二娘胸前衣衫撕破，露出雪白的胸脯。原來慕容復聽虛竹說這女子挖食小兒心肝，忍不住心頭火起，當即施展「虎爪功」，插向葉二娘胸口，要對葉二娘「比彼之道，還施彼身」，將她的心肝血淋淋地挖了出來，卻不料被丁春秋格了開來，只扯破了葉二娘的衣衫。

眾人只道葉二娘衣衫被破扯，定感羞慚，立時便要遮掩，那知她若無其事，反而洋洋得意，媚笑道：「青年人都是急色兒，大庭廣眾之間，也敢對老娘橫加非禮。春秋哥哥，你也不用喝醋，我這顆心只是向著你，這種小白臉靠不住得緊，莫瞧他相貌英俊，我才不跟他相好呢。」王玉燕氣得粉臉通紅：「你……你也不怕羞，婦道人家，說這種話。」葉二娘雙臂向後一撐，將破洞扯大，胸口的肌膚露得更加大了，笑道：「小姑娘，你不解風情，這種風流公子不會喜歡你的，要不然，他怎會當著你的面，伸手來摸我胸脯？」玉燕怒道：「不是！他不是！你胡說八道！」

葉二娘賣弄風情，王玉燕看得滿臉通紅。

這段二版做了大幅修訂，二版葉二娘對丁春秋並無愛戀之情，在二版故事中，葉二娘只愛玄慈一人。

此外，一版虛竹是於此時登場，二版則為了強化虛竹的角色份量，將他提早到第二十九回就出場了。

二版這段故事改為：蘇星河與段譽對奕時，遠處傳來段延慶的聲音說：「哪一個大理段家的人在此？是段正淳嗎？」四大惡人而後均來到棋局之處。

接著，段延慶也進入了棋局，並為棋局所困，丁春秋而後出言迷惑段延慶，段延慶竟因此而萌生自殺之念。

玄難有心相救段延慶，卻苦於中毒乏力。一版還說王玉燕於各門各派武學雖所知極多，武功卻是平平，丁春秋這種旁門左道的邪派功夫，她也是一知半解。

一版王玉燕方出場時，書中說她武功高於慕容復，走筆至此，卻又被變成了「武功平平」。二版王語嫣則自始至終都不會武功，二版改說王語嫣於各門各派的武學雖所知極多，但丁春秋以心力誘引的邪派功夫並非武學，她是一竅不通了。

一版還說，葉二娘一心要討好丁春秋，自然不願也不敢壞了他的圖謀。

二版全數刪除了葉二娘狂戀丁春秋的情節，改為葉二娘以段延慶一直壓在她的頭上，平時頤指氣使，甚為無禮，積忿已久，心想他要自盡，卻也不必相救。

最後出手相救段延慶的是虛竹。說到虛竹，一版說他「武功平庸，天資卻是聰明之極。」

一版虛竹「聰明之極」的說法，二版刪掉了。

原來虛竹在改版中的改變就跟郭靖一樣，一版《射鵰》說郭靖「筋骨強壯、聰明伶俐」，二版則改成郭靖「學話甚慢、獃頭獃腦、筋骨強壯」。修訂為二版後，虛竹也跟郭靖一樣，沒了「聰明」這形容。

虛竹為救段延慶，意外破解了「珍瓏」棋局，並因此而得到無崖子傳功。

在無崖子傳功前，須先化去虛竹少林派的內力，一版無崖子化去虛竹內力後，笑道：「行啦，我已用本門『化功大法』，將你的少林內力都化去啦！」

但「化功大法」不是丁春秋的邪術嗎?無崖子怎會以「化功大法」化去虛竹功力?二版將無崖子使的「化功大法」改為「北冥神功」。

而後，無崖子將七十餘年功力灌給虛竹，並要他出手除滅丁春秋。在無崖子大去之前，還交給虛竹一幅圖。一版無崖子對虛竹道:「這一幅圖，上面繪的是我昔年大享清福之處，那是在西域天山之中，你尋到我所藏武學典籍的所在，依法修習，不出一年，武功便能與這丁春秋並駕齊驅。」

二版將「西域天山」改為「大理國無量山」。

一版的大理無量山，包括神仙姊姊玉像，都是慕容家祖先的基業，逍遙派的門戶則是在西域天山，故而天山童姥長居天山，固守逍遙派基業。二版將逍遙派門戶改到大理無量山，神仙姊姊玉像及武功典籍也都歸逍遙派所有，因此就與慕容家完全無關了。

無崖子大去前，將逍遙派的掌門信物交給了虛竹。一版逍遙派的掌門信物是「黑鐵指環」。但「黑鐵指環」與《倚天》峨嵋派那「留貽襄女」的掌門信物鐵指環創意明顯重複，二版因此將「黑鐵指環」改為「寶石指環」。

一版到二版的修訂就到此處。二版刪去了葉二娘對丁春秋大為獻媚的一段，也連帶刪去了慕容復仗義要抓葉二娘心肝，「虎爪功」卻淪為「祿山之爪」，只抓破葉二娘胸前衣衫的情節。不過，刪去此段情節，是極為妥當的，因為刪去了「路見不平，行俠仗義」的情節，二版慕容復的整體形象就是為了興復大燕國，不擇手段，絕不會有救人助人的善行義舉。

此外，經過二版的刪修，原本柔媚而愛慕丁春秋的葉二娘，即變成了一生唯愛玄慈的忠貞女子，若套個《射鵰》張十五說書的題材，二版葉二娘故事可真成了「葉二姐節烈記」。

看完一版到二版的修訂，接著再看二版到新三版的差異。

新三版的版本變革，主要是針對二版邏輯上不夠周延之處加以修訂。

話說蘇星河擺下「珍瓏」棋局，廣邀天下能人棋士解棋局。而後段延慶因著魔於棋局而欲自盡，就在此時，為擾亂棋局以救段延慶，虛竹閉著眼睛下了一枚白子。

二版說，原來虛竹閉著眼睛瞎放一子，竟放在一塊已被黑棋圍得密不通風的白棋之中。這大塊白棋本來尚有一氣，雖然黑棋隨時可將之吃淨，但只要對方一時無暇去吃，總還有一線生機，苦苦掙扎，全憑於此。現下他自己將自己的白棋吃了，棋道之中，從無這等自殺的行徑。這白棋一死，白方眼看是全軍覆沒了。

這段說法實在大見謬誤，棋道之中，豈有自己的棋吃掉自己的棋的奕理？

新三版將這段改為：原來虛竹閉著眼睛瞎放一子，竟放在一塊已給黑棋圍得密不通風的白棋之中。這一塊黑棋、白棋互相圍住，雙方無眼，賸有兩個公氣，黑棋如想收氣，填去一氣，白棋一子便可將黑棋吃光；白棋如想收氣，填去一氣，黑棋一子便可將白棋吃光，圍棋中稱為「共活」，又稱「雙活」，所謂「此亦不敢先，彼亦不敢先」，雙方都只能住手不下。虛竹在一塊共活的大棋中下了一子，自己收氣，那是將自己大片活棋奉上給對方吃去，對方若不吃白棋，便會給白棋吃了，因此黑棋非吃不可。棋道之中，從無這等自殺行徑。這塊白棋一死，白方眼看是全軍覆沒了。

因為棋局寫法改變，二版虛竹下白子後，蘇星河將虛竹自己擠死了的一塊白棋從棋盤上取了下來，跟著下了一枚黑子。新三版改為蘇星河下了一枚黑子，將虛竹自己擠死了的一大片白棋從棋盤上提取下來。

而後，二版解釋說，虛竹一上來便閉了眼亂下一子，以致自己殺了一大塊白子，大違根本棋理，任何稍懂弈理之人，都決不會去下這一著。那等如是提劍自刎、橫刀自殺。豈知他閉目落子而殺了自己一大塊白棋後，局面頓呈開朗。

新三版則更正為，虛竹一上來便閉了眼亂下一子，以致自己殺了一大塊本來「共活」的白子，任何稍懂弈理之人，都決不會去下這一著。那等如是提劍自刎、橫刀自殺。豈知他把自己一塊白棋送給對方吃去之後，局面頓呈開朗。

「珍瓏」棋局修訂到此，二版「白棋」可以殺「白棋」的荒唐事悉數修改，改為虛竹將「白棋」奉上給「黑棋」宰割，這才不悖基本棋道。

新三版改版的另一個重點，是修訂無崖子將七十餘年神功注入虛竹體內的方法。

在注入無崖子功力之前，必須先化去虛竹本有的少林派內功。

無崖子化去虛竹少林派內功時，二版說虛竹只覺全身軟洋洋地，便如泡在一大缸溫水之中一般，周身毛孔之中，似乎都有熱氣冒出，說不出的舒暢。

新三版增說為虛竹只覺全身內力不由自主的傾洩而出，大驚之下，出力凝縮，但說甚麼也阻止不住，但覺全身暖洋洋地，便如泡在一大缸溫水之中一般，周身毛孔之中，似乎都有熱氣冒出，說不出的舒暢。

這段增寫是要說明無崖子化去虛竹少林派內功，用的是「北冥神功」，但增寫這段其實也是有瑕疵的，因為同樣以「北冥神功」吸人內力，段譽吸取後，對方「精力耗竭，不住喘氣」，為什麼無崖子吸人內力，竟能讓對方「說不出的舒暢」呢？

吸完虛竹的少林派內力後，無崖子接著要為虛竹注入神功，二版的故事是：無崖子一躍而起，在半空中翻一個觔斗，頭下腳上的倒落下來，腦袋頂在虛竹的頭頂，兩人天靈蓋和天靈蓋相接。虛竹驚感覺頂門上「百會穴」中有熱氣衝入腦來，原來是無崖子將其內力灌入了虛竹體內。

這段頭對頭灌頂的情節，因為極其匪夷所思，新三版因此做了修改。

新三版改為無崖子，一躍而起，在半空中一個觔斗，平平穩穩的坐落在地，同時雙手抓住了虛竹左右兩手的腕上穴道。虛竹只覺兩股火熱的熱氣，從雙手手腕的「會宗穴」中疾衝進來，衝入胸口的「膻中穴」。而後，「膻中穴」的熱氣再化成千百條細細的一縷縷熱氣，散入全身各處穴道，無崖子七十餘年的修為也就全數灌入了虛竹體內。

將功力盡數灌給虛竹後，二版說無崖子滿頭濃密頭髮已盡數脫落。但頭髮一絲不留委實太誇張，新三版改為無崖子滿頭濃密頭髮脫落了大半，盡成灰白。

而後，無崖子囑咐虛竹除去丁春秋，並說起當年恨事。

二版無崖子道：「當年這逆徒突然發難，將我打入深谷之中，老夫險些喪命彼手。幸得我大徒兒蘇星河裝聾作啞，瞞過了逆徒耳目，老夫才得苟延殘喘，多活了三十年。」

新三版改為無崖子道：「當年這逆徒勾結了我師妹，突然發難，將我打入深谷之中，老夫事先不備，險些喪命彼手。幸得我師妹良心發現，阻止他更下徒手，而我大徒兒蘇星河裝聾作啞，以本派諸般秘傳功法相誘，老夫才得苟延殘喘，多活了三十年。」

新三版《天龍》改版的重點之一，就是增寫李秋水與丁春秋的戀情，李秋水的形象因此完全翻轉，二版李秋水在嫁入西夏皇室前，只鍾情於無崖子一人，新三版卻將她改寫成與丈夫的徒弟通姦的不倫人妻。改版之後的李秋水，形象顯然是比二版更不堪了。

【王二指閒話】

在一版金庸小說中，有幾位大俠的母親，從傳統禮教觀來看，似乎略有瑕疵，金庸因此經由改版修訂，改變這幾位母親的形象，以讓大俠的出身更純正。這幾位大俠分別是：

一、與人偷情的徐惠祿所生的陳家洛：一版《書劍》陳家洛的生父是于萬亭，于萬亭本名沈有穀，為少林派弟子，與鄰家女孩徐惠祿是青梅竹馬的情人。徐惠祿最後為豪勢所迫，嫁給陳世倌。陳世倌之子後來被雍正掉包，並成為乾隆皇帝。為防止乾隆掉包事件真相外傳，雍正暴死之後，遺命刺客殺死陳世倌夫妻。于萬亭潛入陳家救人，在徐惠祿房中連守半月，竟與徐惠祿私通，而後生下陳家洛。這段情節二版刪改了，二版將徐惠祿改名徐潮生，于萬亭跟徐潮生雖仍是舊情人，但于萬亭在圖救徐潮生時，只是化身為傭，潛伏在陳家五年，而未與徐潮生有過性關係。一版《書劍》陳家洛的生父是于萬亭，亦即陳家洛是徐惠祿偷情所生的孩子，二版將于萬亭改成是陳家洛的義父，陳家洛即是陳世倌的親生兒子。一版改寫為二版後，陳家洛的出身就從「私生子」變成了「官家子弟」。

二、受人逼姦的秦南琴所生的楊過：一版《射鵰》楊過的生母是秦南琴。秦南琴是捕蛇老人秦老漢的孫女，沒有顯赫的武林地位。秦南琴曾暗戀過郭靖，但郭靖已有情人黃蓉，無法再與秦南琴另生戀情。後來秦南琴為裘千仞所擄，並進獻給楊康以供洩慾之用，在楊康逼姦之後，秦南琴受孕而生下楊過。二版《射鵰》將楊過的母親改為穆念慈。穆念慈是楊鐵心的義女，也是洪七公的女徒，武林地位勝於秦南琴。穆念慈與楊康相戀後，生下了楊過。從一版修訂為二版，楊過就從逼姦致孕的秦南琴孩子，變成穆念慈與楊康愛的結晶。

三、另有所愛的葉二娘所生的虛竹：在《天龍》少林大會戰中，金庸神來一筆，將虛竹編派成玄慈與葉二娘的兒子。然而，在一版《天龍》的原始構思中，金庸或許沒有要將葉二娘設定為虛竹生母的想法，因此葉二娘曾當著虛竹的面，親暱地喚丁春秋為「春秋哥哥」，頗有願以身許的媚態。一版這段葉二娘單戀「春秋哥哥」，媚態盡出的肉麻畫面，二版盡刪。倘使二版保留這段，只怕在《天龍》故事中，不只段譽搞不清生父是段正淳還是段延慶，虛竹也將弄不懂生父是玄慈還是丁春秋了。

第三十一回還有一些修改：

一・蘇星河讚段譽英俊瀟洒，包不同反駁之，二版蘇星河：「段公子所下的十餘著，也已極盡精妙，在下本來寄以極大期望，豈不知棋差一著，最後數子終於還是輸了。」新三版蘇星河增說為：「段公子英俊瀟洒，可喜可親，而所下的十餘著，也已極盡精妙，在下本來寄以極大期望，豈知棋差一著。下到來，終於還是不成。」此處增寫是要與李秋水只在乎男人顏值的說法更相扣。

二・二版說慕容復二十七八歲，新三版加了一歲，改為二十八九歲。

三・段譽與王語嫣重逢，新三版較二版增寫王語嫣道：「段公子，你找阿碧嗎？我表哥派人送她回蘇州去了。家裡沒人照應，我們都不放心。」新三版增寫王語嫣這段話，是要交代二版未說明的阿碧去處。

四．玄難觀段延慶棋道，說他自第十一著起，走入了旁門。二版說段延慶臉上肌肉僵硬，木無表情，喉頭的聲音說道：「你少林派是名門正宗，依你正道，卻又如何解法？」這裡是明顯的錯誤，因為段延慶早因受傷而無法從喉頭說話，新三版因此將段延慶「喉頭的聲音說道」改為「腹中聲音說道」。

五．段延慶因棋局而著魔，二版說葉二娘以段延慶一直壓在她的頭上，平時頤指氣使，甚為無禮，積忿已久，心想他要自盡，卻也不必相救。新三版將葉二娘氣度狹隘的形象做了修改，改說葉二娘對段延慶雖有積憤，畢竟是結義同伴，企欲相救，卻不知其法。不過，新三版的改寫也不周延，想那南海鱷神以一渾人，都還知道將虛竹丟給段延慶，擾亂他自殺之想，要說葉二娘想救段延慶，卻完全「不知其法」，實在太牽強。

六．無崖子最後對虛竹說的話，二版是：「可惜你相貌不好看，中間實有不少為難之處，然而你是逍遙派掌門人，照理這女子不該違抗你的命令，很好，很好……」新三版無崖子改說：「可惜你相貌不好看，中間實有不少為難之處，然而你是逍遙派掌門人，照理這女子不該違抗你的命令，如果你是年輕俊俏的美少年，那就有九成的成功指望……」此處增寫又是要強調李秋水只在意男人的顏值。

七・無崖子逝後，二版虛竹合十念佛：「南無阿彌陀佛，南無阿彌陀佛，求阿彌陀佛、觀世音菩薩、大勢至菩薩，接引老先生往生西方極樂世界。」然而，少林寺是禪宗寺院，而非淨土宗，不應唸「阿彌陀佛、觀世音菩薩、大勢至菩薩」，新三版改為虛竹合十念佛：「我佛釋迦牟尼，教導眾生，當無所住，而生其心。盼我佛慈悲，能以偌大願力，接引老先生往生西方極樂世界。」這才是禪宗的祝禱用語。

八・蘇星河請弟子范百齡也來參詳「珍瓏」棋局，一版蘇星河對范百齡道：「這盤棋原是極難，今日恰好是十年一次的開關之日，偏生給你趕上了，我知道你天資有限，過去二十年中從沒讓你來參預推詳，今日數有前定，你到底要想下去呢，還是不想了？」二版改為蘇星河道：「這局棋原是極難，你天資有限，雖然棋力不弱，卻也多半解不開，何況又有丁春秋這惡賊在旁施展邪術，迷人心魄，實在大是凶險，你到底要想下去呢，還是不想了？」一版的說法較能解釋為何范百齡身為逍遙派傳人，卻沒解過祖師爺傳下來的這盤「珍瓏」棋局。二版修改後，反而留下疑團。

九・一版慕容復以松樹樹皮為黑子，二版改為以松樹樹肉為白子，遙擲棋子。

天山童姥就是神仙姊姊，形貌與王玉燕酷似
——第三十二回〈且自逍遙沒誰管〉版本回較

金庸構思《天龍》時，或許曾想過要讓虛竹成為《射鵰》桃花島黃藥師的前人，游坦之則是白駝山歐陽鋒的前人。會有這樣的推想，是因為無崖子傳下蘇星河與丁春秋兩個弟子，蘇星河武功暗器、醫卜星象、詩詞書畫無所不能，丁春秋則專精於用毒。蘇星河再傳於虛竹，虛竹開創桃花島一派，丁春秋則傳於游坦之，游坦之開創白駝山一派。這麼一來，桃花島黃藥師武功暗器、醫卜星象、詩詞書畫，無一不會，無一不精，歐陽鋒擅長使毒，就都有其源流可循了。

這一回說的是蘇星河與丁春秋師兄弟互鬥的故事，且來看看一版與二版的不同情節。

話說虛竹經無崖子輸功後，步出木屋，見到丁春秋與蘇星河正在惡鬥。

一版說葉二娘、鐵頭人游坦之和星宿派群弟子站在丁春秋身後。

二版刪去了一版葉二娘愛慕丁春秋之事，葉二娘自也不站在丁春秋身後了。

蘇星河與丁春秋師兄弟之戰，最後因虛竹助拳，丁春秋鎩羽而歸。

丁春秋敗陣離去時，一版葉二娘叫道：「丁哥哥，丁哥哥，你又這麼撇我而去，沒半點心

肝！」說著如飛的跟了下去。

二版自是將這段刪了。

丁春秋離去後，蘇星河見到虛竹手上的寶石指環（一版鐵指環），遂請虛竹再進木屋，拜虛竹為掌門。

接著，蘇星河向虛竹說起逍遙派淵源。提及無崖子。一版蘇星河道：「咱們師父共有師兄弟三人，師父是最小的師弟，太師父臨死之時，三個弟子比較高下，由師父奪得了掌門，兩位師伯心中不忿，遠走異域。」

由此可知，一版故事進行到此時，無崖子、天山童姥、李秋水逍遙派一輩三人之事，尚未於金庸腦袋中成形，一版無崖子好似內鬥後獨霸華山派的《笑傲》岳不羣。

二版將這段修改為蘇星河道：「咱們師父共有同門三人，師父排行第二，但他武功強過咱們的師伯，因此便由他做掌門人。」

接著蘇星說起丁春秋叛逆弑師之事，並說丁春秋弑師後，他為求保命，以逍遙派武功秘笈相誘。一版蘇星河說，那時他問丁春秋要不要看「逍遙御風」這部書，還說：「本派所以叫做『逍遙派』，便是從『逍遙御風』這部書而來。這部書中所記載的武功，當真可用『深不可測』四個字來形容，此書向來由掌門人保管，每一代的掌門人，也只能領悟到其中一二而已。」

根據一版的說法，「逍遙派」原來是出自「逍遙御風」一書，二版刪去了「逍遙御風」一書，不過，一版說「每一代的掌門人」，但逍遙派不是只有無崖子及其師父兩代掌門人嗎？莫非在金庸的原始構想中，逍遙派還有更久的淵源？

二版改為蘇星河問丁春秋：「《北冥神功》這部書，你要不要看？「凌波微步」的輕功，你要不要學？「天山六陽掌」呢？「逍遙折梅手」呢？「小無相功」呢？』」

後來因蘇星河不肯說出秘笈所在，丁春秋逼蘇星河裝聾作啞，自己則遠走星宿海開宗立派，並於星宿海尋覓逍遙派武功秘笈。

一版蘇星河又道：「他（丁春秋）定居在星宿海畔，幾乎將每一塊石子都翻了過來，始終沒找到那本『逍遙御風』的奇書。每過十年，便來找我一次麻煩，軟求硬逼，什麼功夫都用到了。」

但以丁春秋的狠心霸道，若真對蘇星河用刑下毒，蘇星河耐受得住嗎？

二版改為蘇星河道：「丁春秋定居在星宿海畔，幾乎將每一塊石子都翻了過來，自然沒找到神功秘笈。幾次來找我麻煩，都給我以土木機關、奇門遁甲等方術避開。」

而後，蘇星河再次感激虛竹助他擊退丁春秋之事。

虛竹取出無崖子交給他的卷軸，一版虛竹道：「他（無崖子）說我此刻的功夫，還不足以誅丁春秋，須當憑此卷軸，到西域天山，去尋到他當年所藏的武學典籍，再學功夫。」

一版逍遙派的門戶就在西域天山，二版則改為大理無量山。

論過無崖子與丁春秋舊事後，蘇星河巧言欲說服虛竹成為逍遙派掌門人，而後，蘇星河傳授虛竹醫術，虛竹因而能救治包不同及一版阿碧等人。

接著，玄難與蘇星河竟雙雙中了丁春秋的「三笑逍遙散」而死。

蘇星河逝後，康廣陵見到虛竹手指上的鐵指環，遂帶同函谷八友（一版還加上阿碧）拜見新任掌門虛竹。

眼望蘇星河與玄難的屍身，一版虛竹決意殺了丁春秋，為無崖子及蘇星河報仇，虛竹心還下盤算：「要誅滅丁春秋，用少林派的武功是決計不行的，自己埋頭苦練，這一生一世未必能練到師伯祖玄難大師的造詣，即使終於攀到了，仍是不能擋星宿老怪之一擊，何況那也是在五六十年之後，其時丁春秋早死，報仇雪恨，再也不必說起。要殺丁春秋，只有練逍遙派的武功。」

這就是一版「聰明」又有定見的虛竹的心思，然而，虛竹若真報仇如此心切，心機如此深沉，他就超越了郭靖、張無忌，更像楊過或喬峰了。

二版將虛竹改為純樸而無定見，面對如此境況，不知如何是好。

而後，康廣陵力勸虛竹接掌逍遙派。虛竹給康廣陵看無崖子交給他的卷軸，卷軸上畫著一名貌似王語嫣的宮裝美女，一版康廣陵對虛竹說，無崖子畫中的美女，就是天山童姥，還說天山童姥最不喜歡人家囉唆嘮叨。虛竹問：「什麼天山童姥？畫中這個美女，不是那位王姑娘麼？」康廣陵道：「畫中這位美女，她是姓童，當然不是王姑娘。這位童姥姥，見了我也叫小娃娃哩。」

可知一版《天龍》連載至此時，金庸理當是設定天山童姥為王語嫣的祖母，因此，無崖子畫中的美女，即是天山童姥，無量山石洞中那尊「神仙姊姊玉像」，也是天山童姥的玉像，。此外，若照康廣陵此時的說法，天山童姥之所以叫「童姥」，是因為她是姓「童」的「姥姥」，而不是如隨後的故事所說，天山童姥是因為外表像孩童，才被稱為「童姥」。

二版因王語嫣的祖母已改為李秋水，這段自然全刪改了，改為康廣陵請求虛竹恩准函谷八友回歸逍遙派師門，虛竹允可了。

一版康廣陵還求虛竹從慕容家領回阿碧，康廣陵說：「我這個徒兒拜入我門下不久，就為了躲避仇家，脫庇在姑蘇慕容氏府上，做一個丫鬟，這幾年來，可也委曲了她啦。現下一她年紀大了，二來咱八兄弟聚會，大夥兒追隨師叔，要為師父報仇雪恨，阿碧也該出一分力。再說，她仇家若是尋來，我們此刻已無後顧之憂，不怕再累及師父，合力與之一拼就是，所以請師叔去和慕容公子道一聲，放了她出來。」虛竹問阿碧意下如何？阿碧說：「師父既如此說，弟子自當遵從師命。公子向來待弟子極好，不當是丫鬟看待，只要師叔祖一提，公子當無不允之理。」虛竹允可後，要向慕容復提此事，但慕容復已經離開了。

一版的阿朱與阿碧都是為了躲避仇家才委身到慕容家當丫鬟，但他倆的仇家究竟是誰，書中並無說明，因此刪去此說法確實比較適宜。

二版大幅刪除康廣陵與阿碧的師徒故事，這段康廣陵請求虛竹領回阿碧之事，二版自然也是全刪了。

二版將阿碧拜康廣陵為師之事，刪得只剩第四十七回靈鷲宮婦人所提的「阿碧姑娘是我們主人的師侄康廣陵先生的弟子」一句。

看過一版到二版的修訂，再看新三版的改寫。

新三版這一回修訂的重點，仍是丁春秋渴望回復青春之事。

在蘇星河與丁春秋對陣之時，星宿派門人對丁春秋大拍馬屁。

二版說在鑼鼓聲中，一名星宿派弟子取出一張紙來，高聲誦讀，駢四驪六，卻是一篇「恭頌星宿老仙揚威中原贊」。

二版沒有贊文內容，新三版則增寫出了這篇「恭頌星宿老仙揚威中原贊」全文，贊云：「老仙年壽雖高，但長春不老，千歲年少，綺年玉貌，翩翩少年。不知者以為後輩初學，然觀其蓋世武功，方知已為井底之蛙，不知仙姿之永保青春也！該尊之為『少俠』，而不宜稱『老仙』也。」

而後因虛竹之助，蘇星河擊敗了丁春秋。

丁春秋敗陣離去後，蘇星河對虛竹說起逍遙派往事，新三版蘇星河較二版加說：「我有個師叔，內力武功均著實不低，不知怎地，她竟為丁春秋所惑，和他聯手對付我師父。這位師叔喜歡英俊瀟灑的美少年，當年丁春秋年輕俊雅，由此而討得師叔歡心。丁春秋有些武功，好比『小無相功』，就是從這位師叔處學得。倘若我們向丁春秋發難，這位師叔又全力助他，除他便大大不易。」

新三版增寫李秋水與丁春秋的戀情，目的之一即是要為鳩摩智學得逍遙派的「小無相功」解套，此處已開始補埋伏筆。

故事再接到阿紫來到中原，與丁春秋狹路相逢之事。

在群弟子歌頌丁春秋時，二版說丁春秋的長鬚在和師兄蘇星河鬥法之時被燒去一大片，但稀稀落落，還是剩下了一些。新三版則為突顯丁春秋追求「青春」的心態，將末兩句「少了一些鬍子，那也不足介意」改為「少了一些鬍子，反更顯得年輕了十幾歲」。

而後，丁春秋見到了阿紫後，二版丁春秋想的是：「阿紫這小丫頭今日已難逃老仙掌握。」新三版將丁春秋改得更好色，這段心思也改為：「阿紫這小丫頭今日已難逃老仙掌握，明日便收了她當侍女。」

新三版阿紫明白丁春秋喜人讚他年輕，因此增寫了阿紫猛拍丁春秋馬屁，說：「他們（武林中人）見師父和我年貌相當，只道是星宿派中一名新入門的小弟子，怎料得竟是神功無雙、武功蓋世的大宗師。」又說：「好讓中原武林見見這位星宿派的美少年。師父今日年輕貌美，簡直是我的徒弟，他們口口聲聲還稱你『星宿老仙』，太也不合情理了。星宿派出了師父這樣一個美少年，難道他們不生眼睛麼？」

新三版還增解釋說，阿紫本來聰明，又加上女子重視「年輕貌美，長保青春」的天性，早瞧出師父近年來頗以「長春不老功」失效而煩惱，他越躭心難以長春不老，便越須讚他返老還童，說他是「星宿派美少年」，遠比叫他「星宿老仙」令他心曠神怡，因為這個「老」字，不免大大犯忌。她說了這番話，眼見師父臉色甚和，藹然陶醉，便知說話的要旨已對上了路。

雖然阿紫哄得丁春秋開心，但丁春秋仍說阿紫說話騙人，他可不是老糊塗，因此要廢了阿紫武功，新三版較二版增寫阿紫回道：「在弟子心中，師父只是個少年頑童，老胡塗甚麼的，是各位師兄弟背後誹謗師父的……」

新三版《天龍》丁春秋追求「青春美貌」，理當是金庸對「返老還童」的反諷。但金庸書系中確然也有「返老還童」的前例，那就是《神鵰》的老頑童周伯通。在小龍女失蹤的十六年後，楊過再與周伯通重逢，見到的周伯通是「面貌絲毫未改，而頭髮、鬍子、眉毛反而半黑半白，竟比前顯得更年輕了。」

對於周伯通的「越活越年輕」，金庸的解釋是：「其實世間豈真有返老還童之事，只因周伯通生性樸實，一生無憂無慮，內功又深，兼之在山中採食首烏、茯苓、玉蜂漿等大補之物，髮鬚竟至轉色。」又說「周伯通並非道士，卻深得道家沖虛養生要旨，因此年逾九十，仍精神矍鑠，這一大半可說是天性使然。」

周伯通的返老還童之術，理當才是「凍齡」或「逆齡」的真法，看來丁春秋的「不老長春功」，確實比不上周伯通的沖虛養生之術。

【王二指閒話】

金庸在二版《倚天》後記中說「張三丰見到張翠山自刎時的悲痛，謝遜聽到張無忌死訊時的傷心，書中寫得太也膚淺了，真實人生中不是這樣的。因為那時候我還不明白。」金庸所謂「那時候我還不明白」之處，應是在他創作《倚天》時，因自己還未步入老年，也尚未遭遇後來的喪子之痛，故而無法全然揣想老年張三丰失去親人的心境。

金庸的一版作品創作於一九五五年至一九七二年，那時金庸是三十一歲到四十八歲，二版修訂於一九七〇年至一九八〇年之間，當時金庸是四十六歲到五十六歲，新三版則是發表於二〇〇一年到二〇〇六年，此時的金庸已經是七十七歲到八十二歲了。

修訂新三版時，金庸已經邁入老年，而當金庸以老年的心境重新審視自己中壯年的作品時，對於青壯年「那時候我還不明白」之處顯然已經更為然明白，因此在新三版中，金庸對於「老年人的心情」屢有更深入的增寫描述。

青壯年時代的金庸，筆下的「老俠」大多是如黃藥師、張三丰這般，武功絕頂，修為入神，性格沉穩，這也就是青壯年金庸認定的「老俠」典型。然而，在金庸步入老年之後，對於「老俠」的心境，顯然有了更深的同理，因此描述得也更深刻。

從新三版增修的內容來看，老年金庸對於老人的認知有如下幾點：

一、老年人疼愛孫輩：在《倚天》中，張三丰對宋青書叛門殺叔的懲罰，二版張三丰在意的只是武當派的門規，為了維護武當的規矩，張三丰決意清理門戶，故而一掌擊在宋青書胸口，導致宋青書臟腑震裂，立時氣絕。改寫為新三版時，金庸或許思及太師父殺徒孫，未免顯得太無祖孫親情，因此將宋青書之死，改為是宋青書回武當後，向太師父及父親拜倒，一用力間，創傷併裂，頭骨破碎，一口氣接不上來，就此氣絕。經過這麼一改，就不會顯得張三丰對徒孫太殘忍無情。

二、老年人重視傳承：《神鵰》金輪國師雖有達爾巴與霍都兩個弟子，但師徒三人似乎並無深厚的師徒情誼，霍都甚至還曾經叛師逃逸。改寫為新三版時，金庸或許認為，不論武功多高，財富多豐，對於老年人而言，若沒有兒孫或佳徒傳承，將來死去之後，一生努力的心血也將隨之煙消雲散，因此金庸在新三版大幅增寫金輪國師懇求郭襄為徒的情節。最後金輪國師還為救郭襄而死，愛徒之情，甚為動人。

三、老年人也有情慾：二版《天龍》寫及趙錢孫與譚婆老來憶舊情時，說老年人的男女之情也只是唱唱小曲互娛而已。但改寫為新三版時，自己就是老年人的金庸，理當也明白了老年人仍有男女情慾，因此新三版《天龍》增寫徐長老玷辱馬夫人，以及丁春秋摸阿紫胸脯之事。想來金庸在年老之後，應該也體悟到，男人再老，都依然有色慾。

四、老年人恐懼變老：新三版《天龍》改版的重點之一，就是丁春秋一心想追求青春年少，也喜歡被拍馬屁說越活越年輕，這或許也是金庸步入老年後，對於老人心態的深刻體驗。老年人大多恐懼變老，企圖抓住青春，永保年輕，金庸將這現象增寫成丁春秋追求「凍齡」與「逆齡」的故事。但書中最後還是做出結論，那就是「青春不老」終究只是空想罷了。

第三十二回還有一些修改：

一．阿紫前來中原，二版說是因她有一日心下煩悶，獨自出外玩耍。本擬當晚便即回去，那知遇上了一件好玩事，追蹤一個人，竟然越追越遠，最後終於將那人毒死，但離南京已遠，索性便闖到中原來。新三版寫得更詳實，改為阿紫有一日心下煩悶，獨自出外玩耍。本擬當晚便即回去，那知遇上了一個人，竟出言調戲，說她相貌雖美，卻無男人相陪，未免孤單寂寞。阿紫想起自己對蕭峰一片柔情，全無回報，心下大怒，便要殺之洩憤，那人逃得甚快，阿紫竟然越追越遠，最後終於將那人毒死，但離南京已遠，索性便闖向中原。新三版的增寫是要說明阿紫並非無端殺人，也就是說，阿紫並不是打從心裡邪惡的壞胚子。

二・虛竹拿出無崖子交給他，繪有形貌宛似王語嫣的宮裝美女圖給蘇星河看。二版蘇星河道：「師父行事，人所難測，你到時自然明白。你務須遵從師命，設法去學好功夫，將丁春秋除了。」新三版則改為蘇星河道：「師父行事，人所難測，你到時自然明白。唉，難道現在仍能這麼年輕貌美麼？世上當真有『不老長春功』麼？總之，你務須遵從師命，設法去學好功夫，將丁春秋除了。」改寫為新三版時，金庸應該也考慮到，虛竹若拿著這幅宛似王語嫣的李秋水少女繪像（實則為李秋水小妹子），以之按圖索驥，尋覓李秋水，只怕此時李秋水早已人老珠黃，不復當年了。

三・慕容復請段譽再施展一次「六脈神劍」，段譽使不出。一版說慕容復見段譽不肯出手，只道他是有意如此，慕容復是個城府極深之人，不肯輕易炫露，當下站在一旁，靜觀其變。金庸創作一版小說時，常以「城府極深」形容江湖人物，二版大多刪去了，二版此段也刪除了慕容復「是個城府極深之人，不肯輕易炫露」的說法。

四．丁春秋離去後，一版慕容復道：「老前輩神功淵深，將這老怪逐走，料想他這一場惡鬥之後喪魂落魄，再也不敢涉足中原。老前輩造福武林，大是不淺。」但慕容復生性倨傲，豈能無端讚人？二版改為玄難道：「蘇先生神功淵深，將這老怪逐走，料想他這一場惡鬥之後喪魂落魄，再也不敢涉足中原。先生造福武林，大是不淺。」

五．虛竹要將寶石指環（一版鐵指環）交給蘇星河時，一版說虛竹沒料到那指環上刻得有許多稜骨，用力一除，竟將手指上劃損了幾處。但為何無崖子要在鐵指環上刻這些稜骨呢？因後來並無解釋，二版於是將「稜骨」之事刪了。

六．蘇星河說起段正淳是無崖子傳人的上佳人選，一版蘇星河又說：「我化了老大心思，派弟子去激他出來，說什麼姑蘇慕容氏要破他段家一陽指。那知他自己沒到，來的卻是他一個獃頭獃腦的寶貝兒子。」一版此處是與第九回的情節相呼應，但因相隔太遠，只怕讀者也沒印象了。二版蘇星河不再挑撥段家與慕容家，改道：「我派了好幾名弟子去大理邀請，那知他卻不在大理，不知到了何處，結果卻來了他一個獃頭獃腦的寶貝兒子。」

七．虛竹為玄難治傷，掌拍玄難「百會穴」。一版說玄難「啊」的一聲長呼，身子突然向前飛了出去，拍的一聲，摔在三丈之外，扭動了幾下，隨即俯伏在地，一動也不動了。一版玄難飛出，若是中了丁春秋暗害，那麼，丁春秋隔山打牛，功力絕對高於蕭峰，這怎合理？二版改說虛竹手掌剛碰到玄難的腦門，玄難臉上忽現古怪笑容，跟著「啊」的一聲長呼，突然身子癱軟，扭動了幾下，俯伏在地，一動也不動了。二版玄難是中了「三笑逍遙散」之毒，顯然合理多了。

八・康廣陵力勸虛竹離開少林，接掌逍遙派，一版康廣陵道：「師叔，這就是你的不是了。逍遙派非佛非道，獨來獨往，何等的逍遙自在？你是本派掌門，乘早脫了袈裟，留起頭髮，娶他十七八個姑娘做老婆。還管他什麼佛門不佛門？什麼空即是色、色即是空？」康廣陵這段話，「性暗示」未免過強，二版將「管他什麼佛門不佛門？什麼空即是色、色即是空？」改為「管他什麼佛門不佛門？什麼惡口戒、善口戒？」

阿紫愛上了「極樂派掌門人」王星天（倪匡代寫情節大公開）

——第三十三回〈奈天昏地暗　斗轉星移〉版本回較（上）

金庸在《天龍》後記中有言：「《天龍八部》於一九六三年開始在《明報》及新加坡《南洋商報》同時連載，前後寫了四年，中間在離港外遊期間，曾請倪匡兄代寫了四萬多字。倪匡兄代寫那一段是一個獨立的故事，和全書並無必要聯繫，這次改寫修正，徵得倪匡兄的同意而删去了。所以要請他代寫，是為了報上連載不便長期斷稿。」

這段話對金庸書迷來說，不啻是一顆震撼彈，原來倪匡竟曾代寫金庸小說。而所謂「倪匡代寫」，究竟「代寫」了些甚麼？

在金庸全書系中，這是絕無僅有的一次「他人代筆」，而關於這次代寫，倪匡還得意地自創一聯：「屢替張徹編劇本，曾代金庸寫小說」。

倪匡代寫的《天龍》段落，就在此回之中。且來看看這段故事。

倪匡代寫的這段，是從將阿紫弄瞎雙眼開始的，且來看這段內容。

話說丁春秋與阿紫於飯店中狹路相逢，而後慕容復也來到了此飯店。

一版阿紫見到了慕容復，心中一動：「這人生得好俊雅，如此人品，可從來沒見過。」

一版慕容復可真是萬人迷，從慕容家的阿朱、阿碧、王家的王玉燕、到道上偶遇的阿紫，無不一見心儀。

二版改為阿朱與阿紫姊妹都只愛過一個蕭峰，一版阿紫心儀慕容復之事自是刪去了。

見到慕容復，一版丁春秋忌憚姑蘇慕容氏的大名，擔心會敗在慕容復手下，因此起了暗算慕容復的念頭。

二版丁春秋不再這般未戰先怯了，改為丁春秋尋思：「我曾傷了他手下的幾員大將，今日棋會之中，更險些便送了他的小命，此人怎肯和我甘休？」但丁春秋仍知姑蘇慕容武功不可小覷。

不過，二版丁春秋這段心思明顯是誤寫，因為棋會中丁春秋害的人是段延慶，不是慕容復。金庸記錯，導致丁春秋的記憶也錯亂了。

而後，丁春秋欲以「逍遙三笑散」傷害慕容復而不得，遂以毒酒相敬，毒酒卻被慕容復吹進了星宿派弟子口中。

一版星宿派弟子喝了毒酒後，面目手足迅速腐爛，片刻之間，連衣服也爛得乾乾淨淨，只剩下一堆白骨。

一版這離奇而誇大的毒酒，恐怕只有《西遊記》之類的神怪小說才有，二版改得較符合科學邏輯，改說星宿派弟子喝了毒酒，片刻之間，滿臉轉變成漆黑，立時斃命。

丁春秋接著以「化功大法」來戰慕容復，慕容復則黏著七八名星宿派弟子為兵器。星宿派弟子競相走避，只有阿紫與游坦之未隨眾逃避。

丁春秋望向阿紫，一版說阿紫縮在一個角落中，不斷望向慕容復，看得出神。

二版因阿紫一心只有蕭峰，自是將這些阿紫仰慕慕容復的情節全刪了。

而後，阿紫對丁春秋道：「師父，你老人家大展神威……」她只講了半句，便尷尬笑了一笑，再也講不下去。

接下來就是明確由倪匡增寫的段落，也是一版的內容。

不過，從飯店的故事開始，就有可能是倪匡代寫的，因為金庸的筆法不像會寫喝一杯毒酒就變白骨。金庸所謂倪匡代寫的是一段「獨立的故事」，可能就是從飯店的情節開始。

明確由倪匡代寫的內容是：

丁春秋問阿紫他算不算揚威中原，阿紫稱是，並說慕容復傷了許多星宿門人，是丁春秋藉慕容復之手清理門戶。

此時，慕容復手臂再揮，連在一起的十來個人，又向阿紫撞來。阿紫閉目待斃，卻聽得慕容復「哈哈」一笑，那人串最前面一名的星宿弟子陡地打橫跌出，撞向另一名星宿弟子。

阿紫死裡逃生，只見慕容復面露微笑，道：「小姑娘，你說得好啊！」阿紫驚魂甫定，知道慕容復並無傷害自己之意，也不禁對他嫣然一笑。丁春秋看在眼中，怒火又燃，厲聲道：「阿紫，慕容小子為什麼不傷你？」阿紫心中一凜，已知丁春秋有疑她之意，一時卻也想不出如何回答。

而後，丁春秋揚起衣袖，袖角如劍，向阿紫的面門拂了過去，竟將阿紫的雙眼生生戳瞎。

慕容復見丁春秋揚袖，向阿紫的面上拂去，已知他不懷好意。他雖知阿紫也是星宿門下，但她清麗絕俗，和他人不同，慕容復對她也十分憐惜，正待出手相救，但丁春秋出手太快，以致竟然不及。

游坦之見狀，疾躍而起，來到阿紫身旁，握住阿紫手臂，帶著阿紫穿牆離去。

丁春秋與慕容復交戰間，躲在桌下的虛竹也現了身。丁春秋又以袖角攻擊虛竹，慕容復要待救援，已然不及，心道這和尚要糟。但虛竹毫髮無損，而後即向前奔出。

最後，丁春秋仍無法取勝，慕容復遂出店門而去。此時段譽低頭疾行而來，因段譽曾於珍瓏棋局中救過慕容復，慕容復對段譽頗有好感，因此提醒段譽小心丁春秋，段譽於是向丁春秋射出「六脈神劍」，丁春秋退了一步，慕容復即趁機偕段譽離去。

慕容復與段譽離開時，段延慶恰來到此飯店。段延慶想起丁春秋在珍瓏棋局中惡意陷害他之事，餘怒猶存，遂與丁春秋大打出手。段延慶的竹杖向丁春秋小腹點去，丁春秋中指彈在杖尖之上，想不到段延慶的竹杖原本蒼翠碧綠，一被丁春秋手指彈中，竟有一條紅線迅速無比地從杖尖上移了上去！

原來丁春秋竟是以竹杖運毒，段延慶見狀，連忙將竹杖拋出。兩人繼續過招，一時之間，仍勝負難分。

段譽與慕容復一起前行，走了了三五里後，見到風波惡與包不同奔來，說他們見到鐵頭人挾著阿紫前行。三人說話間，段譽即自行離去。風波惡和包不同說完話後，又追游坦之而去。

游坦之帶著阿紫，奔行到一株大樹下，阿紫眼睛已瞎，不知游坦之是誰，問他：「你可是慕容公子麼？」游坦之說不是。阿紫又問：「聽你聲音，你年紀不大，你可是慕容公子的朋友？」

阿紫對慕容復的印象十分深刻，此際雙目已盲，只當相救自己的一定也是個溫文儒雅，瀟灑英俊的年輕公子，所以才問游坦之和慕容公子是否相識。游坦之答她：「是，我們是認識的。」

阿紫道：「那麼，你一定也是和慕容公子一樣，十分英俊的了。」此話出口，她蒼白的臉頰上隱隱現出幾條紅暈。游坦之看阿紫面泛紅雲，十分俊雅美麗，不禁看得呆了。

阿紫而後問游坦之：「你在幹什麼呀？」游坦之道：「我在看你。」又說「你生得好看，我什麼都不想做，只想看你。」阿紫臉上的紅霞漸漸擴展。這時的阿紫幻想救她的是一個年輕英俊，武功高強的少年公子，心中已有了幾分喜意，再一聽對方那樣說法，更是心頭亂跳。

游坦之又說：「在我之前，必然還有人讚你好看。」阿紫說有，就是那獃頭獃腦的鐵頭人。游坦之一聽，心中涼了半截。

阿紫問游坦之叫什麼名字，游坦之說：「我姓王，叫星天。」阿紫又問她師承門派，游坦之道：「我的武功來歷非凡，乃是達摩老祖親自傳下的。」他繼而又想，自己若能從此和阿紫在一起，那實是快樂之極，因此道：「我……便是極樂派的掌門人。」阿紫極為欣羨，道：「你年紀輕輕，原來已是一派掌門，怪不得能夠輕而易舉地將我從丁春秋手中救了出來。」

游坦之說他可不怕丁春秋，阿紫向前走出了一步，仰頭站在游坦之面前。游坦之只覺一陣陣幽香沁入心脾，不覺心跳神蕩。阿紫又緩緩地伸出手來，摸到了游坦之的手臂，順臂而下，將手掌按在游坦之的手背上。游坦之屏住了氣息，向阿紫的手看去，只見雪白晶瑩，當真是如玉之潤，如絲之柔，不覺看得呆了。阿紫道：「你不問我叫什麼名字麼？」游坦之木然道：「你叫什麼名字？」阿紫道：「我姓段，叫阿紫。」游坦之口唇哆嗦了好一會，才發出極低的聲音，道：「阿紫！」阿紫面上泛起了笑容，道：「我……喜歡你叫我，你再叫我一聲！」游坦之又叫道：「阿紫！」

游坦之一直將阿紫當做是天上的仙女一樣，再也想不到自己竟有一日能夠直呼阿紫的名字，而她也會喜歡聽他叫喚。阿紫面上的笑容更甜，道：「你可肯伴著我麼？」游坦之心頭大震，他自然是願意伴著阿紫的。

游坦之說他怕跟阿紫在一起，無法討阿紫歡喜。阿紫則說：「只要你和我在一起，我就歡喜。星宿老怪居然不肯放過我，若是沒有你伴著我，他追了上來，如何是好？」游坦之聽得阿紫這麼說，明知她這番話是對「王星天」說，而不是對游坦之說的，心中仍感到一陣異樣的甜蜜。

而後，阿紫握住游坦之的手，要到河邊洗臉。游坦之全身如受電殛，抖動不已，他實是做夢也想不到有一天，阿紫會伸手握住了他的手、阿紫會依靠他、阿紫會對他講上那麼多好聽的話！他一步一步地向前走著，像是踩在雲端上一樣，心神俱醉。

阿紫洗完臉後，手一揚，碰到了游坦之的鐵面具。她問游坦之怎會碰到一塊鐵，游坦之說那是他帽子上的珮玉。但游坦之也知道，阿紫遲早會發現他頭戴鐵面具，於是他決定到市鎮上找鐵匠除掉鐵面具。

游坦之說他要去辦點事，要阿紫在原地等他，阿紫心想：他年輕倜儻，豈能沒有舊歡？此際突要離開，自然是去和舊歡訣別，來相就於自己，想到這裡即高興起來。

游坦之往市鎮奔去，奔出數里後，忽聽得葉二娘的聲音叫道：「春秋哥哥啊！老大得罪了你，你連我也不理睬了麼？」游坦之連忙伏進草叢之中。而後，只聽得丁春秋怒喝道：「走開！」葉二娘又說：「春秋哥哥啊，你可是願意和我言歸於好了？你這個冤家，也不知人家日想夜想的在想你！」丁春秋卻連頭都不回。

而後，丁春秋走到游坦之躲藏的草叢前，游坦之嚇得發抖，丁春秋以為草叢中有毒物，於是伸指連彈三下，彈出三顆淡黃色的大如桐子的小丸，但三粒小丸均傷不了游坦之。只聽葉二娘道：「春秋哥哥，草叢中是什麼怪物？何以你連發三顆『閻王化骨丸』，竟如石沉大海？」丁春秋回頭怒視了一眼，道：「你敢是說我這閻王化骨丸不夠厲害？」葉二娘連連後退，道：「春秋哥哥，可別說笑！」

丁春秋而後再向游坦之發出綠色火焰，游坦之心下害怕，只得站起身來，向丁春秋認罪。丁春秋對游坦之說：「你拜師之時曾立誓言，如今非但背師逃走，而且誘拐師妹，還敢求我饒命麼？」游坦之只是叩頭，丁春秋再問阿紫在哪裡，游坦之不答，丁春秋道：「在你拜師之時，我說過將阿紫給你做媳婦，如今她瞎了眼，你還要不要她？」游坦之忙道：「阿紫是神仙般的人物，弟子不敢妄想。」丁春秋笑道：「你別假惺惺了。你雖曾對我不忠，仍可恕你無罪。你帶我去見阿紫，我定然將她許配給你。」游坦之仍不答，丁春秋即離去，葉二娘隨後也離去了。

游坦之而後繼續向鎮甸奔去，卻在途中遇到包不同與風波惡。風波惡知道游坦之想除去鐵頭罩，於是將身上一把削鐵如泥的匕首送給游坦之。

游坦之隨後來到河邊，以匕首將鐵面罩劃開，並忍痛將鐵面罩扯脫，整張臉瞬間血肉模糊。他知道將來臉部傷癒結痂，自己容貌之醜，只怕普天之下不作第二人想。但幸而阿紫雙目已盲，自己可以帶她到人跡不到的去處。只有自己和阿紫兩個人，就算再醜些也不打緊了。

而後，游坦之將鐵面罩踢進河中，忍著奇痛，飛奔回去找阿紫。

游坦之穿過桃林，又見到葉二娘，葉二娘一掌拍向游坦之，竟覺一道陰寒無比的大力一陣陣鑽入體內，凍得兩排牙齒相擊。

見到阿紫後，阿紫告訴游坦之：「無惡不作葉二娘的武功極高，連丁老怪也時時對我們說起，竟被你如此輕描淡寫地打發了。我識得你後，就不怕再有人欺負我了！」游坦之回道：「自然不會再有人欺負你了，我會永遠和你在一起。」而後，阿紫竟說：「王公子，我要你奪了星宿派掌門人之位，讓我來做星宿派的掌門人。」

游坦之顧慮丁春秋武功高強，猶豫難決。阿紫又說：「王公子，我和你在一起，總覺得自己有點不配……」游坦之大吃一驚，道：「阿紫！你何出此言？」阿紫道：「你是一派掌門，我卻什麼也不是，如何配得上你？」游坦之只好應允阿紫。

游坦之答應後，阿紫馬上取出袖中一枝紫色小箭，點火射向空中，要引丁春秋前來。阿紫還說，等游坦之打敗丁春秋後，她還要游坦之做一件事，那就是把打狗棒從丐幫搶回來，送給蕭峰。

丁春秋轉眼間到來，因游坦之除去了鐵面罩，丁春秋不知他是何人。阿紫向丁春秋說：「這位是極樂派掌門人王星天，你可曾聽說過麼？」丁春秋從未聽聞「極樂派」，罵阿紫胡說八道。而後，游坦之即與丁春秋鬥了起來，最後丁春秋敗在游坦之手下。

丁春秋既敗，阿紫即說她就是星宿派掌門人，並告訴丁春秋：「我有好生之德，可以放你離去，但以後絕不准再提起星宿派三字，更不准你踏入星宿海百里之內，你要記住了。」丁春秋雖不服，卻也不敢再鬥游坦之，無可奈何下就離開了。

丁春秋離開後，阿紫揚揚得意，因她奪取了星宿派掌門人之位，而後，阿紫馬上令游坦之前往丐幫奪打狗棒，阿紫還說：「我得了打狗棒去見姐夫，姐夫已是遼國南院大王，不會再稀罕這丐幫之位，說不定他一高興，要不然我略施小計，他就將打狗棒送了給我，我便可兼任丐幫的幫主了！」

游坦之隨即答允阿紫，阿紫人極聰明，這時已覺出對方對自己言聽計從，不論自己要做什麼，都不會拒絕。她心中高興，覺得比諸和蕭峰在一起時有趣得多，而且，蕭峰是她的姐夫，游坦之在她心目中卻是一個風流瀟洒的年輕公子，她心底生出了一股從來未曾有過的柔情蜜意，心頭甜絲絲的十分受用，把眼盲的痛苦盡皆忘了。

游坦之而後到鎮甸中牽了兩隻馬，與阿紫一人騎一馬前行。阿紫告訴游坦之，她想回遼國南京找蕭峰，游坦之則說他想找個人跡不到的去處，兩人此後快快樂樂的過日子。阿紫不同意，說：「你說前面有鎮市，快趕去打聽一下我們身在何處。我會告訴你，我們下一站上哪兒去玩。」

倪匡代寫約莫至此，這段代寫的文字究竟多少字呢？金庸在《天龍》後記中說的是：「曾請倪匡兄代寫了四萬多字。」倪匡在《我看金庸小說》中則說：「寫了大約六萬字左右。」那麼，到底是四萬字還是六萬字呢？從一版的整段故事算來，金庸的記憶力優於倪匡，因為約略統計，整段代寫是四萬五千字至五萬字之間。

這段「代寫」之後，就由回到香港的金庸接手續撰《天龍》故事。

倪匡代寫的這段，所要面對最大的文學難題是：「如何保持每日的連載，故事不斷推展，卻又不干擾原故事的情節？」從倪匡的筆路看來，他確實小心翼翼謹守代寫的界限，不論是游坦之愛慕阿紫、丁春秋發威、葉二娘撒嬌，倪匡都只是一再用不同的情節，重複金庸塑造過的情境。

然而，「代寫」真的能完全不著痕跡麼？或許游坦之的懦弱、丁春秋的霸道、及葉二娘的邪媚，倪匡的描述雷同於金庸，但倪匡也有與金庸的構思不同之處，不同之處即在於：

一、倪匡認為慕容復是正面人物，且慕容復將會與段譽成為推心置腹的至交：慕容復在倪匡筆下，顯然是充滿正義感的俠士。而若是慕容復真如倪匡所寫的這般，與段譽真心結納，那麼，《天龍》理當不只蕭峰、虛竹與段譽三兄弟，而是要再加上慕容復，成為《天龍》四兄弟。由此段故事也可知，倪匡代寫時，並不知道金庸原來是要將慕容復寫成反面人物，因此他誤將慕容復寫成了正義之士。

二、倪匡不知金庸設定阿紫最愛的是蕭峰：在倪匡代寫的橋段中，阿紫先是心儀慕容復，而後又愛上游坦之化身的王星天。倪匡的筆路是順著金庸在一版前段故事中，說阿紫愛過摘星子而來的。此時的倪匡顯然不知道，金庸要讓阿紫愛上蕭峰。倪匡認為蕭峰是阿紫的姊夫，，阿紫理當不會愛上蕭峰，因此才會讓阿紫先愛慕容復，再愛王星天。

人物設定上的問題，以金庸的生花妙筆，自可一一扭轉。真正讓金庸瞠目結舌，且無力回天的，就是倪匡將阿紫的眼睛寫瞎了。

修訂一版為二版時，金庸從丁春秋弄瞎阿紫之處開始完全改寫，他悉數刪去倪匡代寫的段落，再以自己創作的故事與前面的故事相扣接。

二版此段的情節是：

丁春秋與慕容復爭鬥中，阿紫叫了聲：「師父，你老人家大展神威……」此時丁春秋正因奈何不了慕容復而焦躁，眼見阿紫的笑容中含有譏嘲之意，大怒欲狂，左手衣袖一揮，拂起桌上兩隻筷子，疾向阿紫兩眼中射去，阿紫的雙眼就被射瞎了。

游坦之見狀，連忙抱起阿紫奔逃而出，慕容復亦趁亂離去。

游坦之抱著阿紫來到溪邊，阿紫洗了洗眼睛，發現雙眼真的已經瞎了，當下傷心欲絕。游坦之告訴阿紫，他會陪著她。阿紫問游坦之叫什麼名字，游坦之說他叫「莊聚賢」。阿紫要游坦之將她送回遼國南京蕭峰身邊。游坦之雖無奈，仍只能答允阿紫。

兩人走在大路上，忽遇丐幫大智分舵舵主全冠清帶著一群乞丐。有一個乞丐指著游坦之的鐵頭，正要說出「鐵頭人」，游坦之立時揮出雙掌，斃了此乞丐。另有五位乞丐憤而攻擊游坦之，也都被游坦之瞬間擊斃。

游坦之轉頭向全冠清跪倒，拜了幾拜，又連打手勢，指指阿紫，指指自己的鐵頭，不住搖手。全冠清明白游坦之不願讓瞎眼的阿紫知道他就是鐵頭人，於是決定以此脅制他。

而後，游坦之將阿紫支開，再對全冠清說，他叫莊聚賢，頭上因故帶了鐵頭罩，但絕不能讓阿紫知道，全冠清答允游坦之，不會讓阿紫知道他頭上戴著鐵頭罩，並說他會想辦法除去鐵頭罩，還說他希望與游坦之結為金蘭兄弟。

游坦之歡喜答應，兩人即以兄弟相稱了。

二版的修訂至此。經過二版改寫之後，金庸大致上已把「倪匡作品」扭轉成「金庸作品」。但二版的修訂顯然不夠徹底，因為慕容復與丁春秋的飯店之戰，倪匡代寫的部分仍未完全刪盡，因此在修訂為新三版時，金庸又將這段大修了一次。

新三版修訂的部分是：

且說慕容復進了丁春秋所在的飯店。二版丁春秋見到慕容復，尋思：「我曾傷了他手下的幾員大將，今日棋會之中，更險些便送了他的小命，此人怎肯和我甘休？素聞姑蘇慕容氏武功淵博之極，『以彼之道，還施彼身』武林中言之鑿鑿，諒來不會儘是虛言，瞧他投擲棋子的暗器功夫，果然甚是了得。」

這段是明顯的錯誤，因為丁春秋在棋局中害的人是段延慶，不是慕容復。

新三版改為丁春秋尋思：「此人雖是我後輩姻親，但我曾傷了他手下的幾員大將，他怎肯和我甘休？姑蘇慕容得了我從無量山取來的武功秘笈，加上他祖傳功夫，武功淵博之極，『以彼之道，還施彼身』，武林中名聞遐邇，瞧他投擲棋子的暗器功夫，果然甚是了得。」

新三版丁春秋看來頗為大量，他勾引師母李秋水，因而獲得的無量山秘笈，全都放在蘇州，供女兒李青蘿觀看。女兒還將秘笈借給姑蘇慕容父子，造就了姑蘇慕容兩代的絕世武功，丁春秋竟也默許。

而後，丁春秋要與慕容復對決，新三版較二版增說，慕容復雖知排班論輩，須叫丁春秋「太姻伯」，但這稱呼決不肯出口。

在新三版故事中，丁春秋與李秋水私奔，帶著李秋水與無崖子生的女兒，此女兒即是王夫人李青蘿。李青蘿稱丁春秋為父親，她的丈夫是慕容復母親的兄弟，因此丁春秋是慕容復的「太姻伯」。

而後，丁春秋就在飯店中與慕容復鬥了起來。

這段丁春秋與慕容復爭鬥的內容，二版改版新三版時，金庸將慕容復與丁春秋以毒酒相鬥的情節全數刪除。此段情節或有可能也是倪匡的作品，因此才會被被金庸刪除。

從一版修訂到新三版，慕容復與丁春秋飯店之戰的「倪匡之殼」還存在，但倪匡的色彩已在改版中刪得幾乎一絲都不留了。倪匡代寫時全力打造的游坦之與阿紫兩人世界，修訂成二版時，金庸將之刪修殆盡。在《天龍》故事中，游坦之只是阿紫的「工具人」、「馬子狗」，對於他倆的感情世界，讀者可能沒那麼關心，因此也不須多所著墨了。

【王二指閒話】

據冷夏《金庸傳》第十八章「漫遊歐州　倪匡代筆寫天龍」的敘述，金庸請倪匡代寫《天龍》的來龍去脈是：

「查良鏞找倪匡『代筆』，當然是欣賞他的文才。早在兩年前，《倚天屠龍記》剛連載完畢時，新加坡一位報館老闆曾要求查良鏞續寫《倚天屠龍記》，但查良鏞當時已著手寫《天龍八部》，不能兩部小說同時寫，於是曾向這位老闆推薦倪匡，要倪匡寫《倚天屠龍記》的續篇，倪匡以『世界上沒有人可以續寫金庸的小說』為由，婉然拒絕。

這次，查良鏞又找來倪匡，但不是『續寫』，而是『代筆』。

『倪匡，我這趟外出時間較長，你幫幫忙，代寫《天龍八部》三、四十天吧！』

承蒙查良鏞看得起，倪匡高興得哈哈大笑：

『你說該怎麼寫？』

查良鏞認真地說：

『我看不必照原來的情節，免得不能連貫，最好是寫一段自成段落的獨立故事。』

查良鏞的要求正合倪匡心意，倪匡於是點頭答允：『那好吧，我就放膽自由發揮了。』

……

就這樣，倪匡操筆上陣，為查良鏞代寫《天龍八部》，而查良鏞則遠在歐洲開會、遊玩。

……查良鏞旅歐回來，倪匡已代寫了六萬多字。一見面，倪匡就說：

『金庸，很不好意思，我把阿紫的眼睛弄瞎了。』

……查良鏞哭笑不得，滿臉無可奈何的表情。接著，他自己就潛下心來，把《天龍八部》寫完，對阿紫的眼睛，也作了別出心裁的處理。」

由冷夏所錄資料判斷，倪匡這段「自成段落的獨立故事」，應該是悖離了金庸請他代寫的原意。

金庸請倪匡代寫小說，原本的構想是要請倪匡寫一段與主軸無關，旁生出來的情節，金庸再接手時，即可以從主軸續寫下去。至於倪匡代寫的這段，可以在改版修訂時，不落痕跡的全數刪去，比如說，倪匡可以創造一個「倪匡自己的人物」，並發展此人物的故事，最後再讓這個人物消失，這麼一來，就可以將整個故事原封不動的交還給金庸。

但倪匡顯然未走此道，他代寫時，將《天龍》的五大主角，除蕭峰外，段譽、虛竹、慕容復、游坦之全都拿來自由發揮，然而，倪匡與金庸對這些人物性格的認定未必完全相同，經倪匡插手一寫，金庸重又接手，人物難免產生了性格上的前後扞格，這就導致了金庸接手續寫與改版修訂上的困難。

第三十三回還有一些修改（上）：

一．丁春秋殺死玄難及蘇星河的毒粉，二版第三十二回稱「三笑逍遙散」，第三十三回又改稱「逍遙三笑散」。新三版一律統一稱為「三笑逍遙散」。

二．慕容復拳頭為丁春秋所握，二版慕容復心中湧起一絲悔意：「我忒也妄自尊大，將這名聞天下的星宿老怪看得小了，君子報仇，十年未晚，何必以一時之忿，事先沒策劃萬全，便犯險向他挑戰。」新三版刪改了慕容復這段心思，因這段是誤寫，二版慕容復認為自己被丁春秋所害，因此要報仇，然而，在蘇星河的棋會中，丁春秋惡意陷害的是段延慶，慕容復則是被鳩摩智所害。金庸錯記為慕容復為丁春秋所害，因此慕容復要尋丁春秋報仇。新三版刪為慕容復尋思：「我忒也妄自尊大，將這名聞天下的星宿老怪看得小了。」

三．慕容復對丁春秋發出內力，二版說豈知內勁一迸出，登時便如石沉大海，不知到了何處。新三版將「化功大法」改為「毒人經脈」而非「吸人內力」，因此，慕容復發功後的情節也改為：豈知丁春秋「化功大法」的毒性立時傳到，送入了他經脈，他右拳內勁便發不出來，渾似內力給對方化去消除。

四·說到慕容家以「斗轉星移」殺人，二版說慕容氏若非單打獨鬥，若不是有把握定能致敵死命，這「斗轉星移」的功夫便決不使用，是以姑蘇慕容氏名震江湖，真正的功夫所在，卻是誰也不知。新三版改為慕容復得父親親傳，在參合莊地窖中父子倆秘密苦練拆招，外人全無知聞，姑蘇慕容氏名震江湖，但真正的功夫所在，卻誰也不知。

五·慕容復抓著星宿派弟子，一個撞過一個，二版說粘在一起的已達七八名，他手持這麼一件長大「兵刃」，要找替死鬼可就更加容易了。這時他已佔盡了上風，但心下憂慮，星宿子弟雖多，總有用完的時候，到了人人皆被丁春秋「化」去了功力，再有什麼替死鬼好找？他身形騰挪，連發真力，想震脫丁春秋的掌握。二版接著說，丁春秋眼看門下弟子一個一個粘住，猶如被柳條穿在一起的魚兒一般。這些「倪匡原創」的說法，新三版全刪了，新三版改寫時，金庸或許想到了，慕容復黏著八個人當長兵器，若成年男子一人七十公斤，慕容復一人抓著五百六十公斤的武器，未免太離譜。

六·游坦之與阿紫遇到全冠清一行，二版說游坦之一時彷徨無主，突然跪倒，連拜幾拜，大打手勢，要全冠清不可揭露他的真相。新三版游坦之不再這般猥瑣了，改為游坦之急忙大打手勢，要全冠清不可揭露他的真相。二版接著說，全冠清看不明白他手勢的用意，奇道：「你幹什麼？」游坦之指著阿紫，搖搖手，指指自己的口，搖搖手，又拜了幾拜。新三版將最後的「又拜了幾拜」改為「又抱拳為禮」。而後，因丐幫弟子取笑游坦之鐵頭，為游坦之所殺，五名丐幫弟子遂群起圍攻游坦之，但旋即全斃於游坦之手下。二版說游坦之忽然又向全冠清跪倒，拜了幾拜，又是連打手勢，指指阿紫，指指自己的鐵頭，不住搖手。新三版再將「游坦之忽然又向全冠清跪倒，拜了幾拜」改為「游坦之忽又向全冠清抱拳行禮。」

七．慕容復與丁春秋之戰，最後慕容復傷了星宿派二十餘名弟子，大獲全勝。二版說他終於出了給丁春秋暗害而險些自刎的惡氣。這裡仍是誤寫，暗害慕容復之人是鳩摩智，不是丁春秋。新三版改為慕容復終於出了鄧百川等四大家臣給星宿派門下毒掌所傷的惡氣。

天竺胡僧哲羅星騎蛇遊大宋

——第三十三回〈奈天昏地暗　斗轉星移〉版本回較（中）

金庸自歐洲返回香港後，即由倪匡手上接回《天龍》的創作。然而，倪匡的創作方向與金庸原本的構思並不相同。要接續倪匡的筆路開展故事，對於金庸來說，想必是個難題。

接續在「倪匡代寫」之後的情節，一版有長達六十五頁的內容，在修訂為二版時，竟也隨著「倪匡代寫」那四萬多字，刪得一字不存。且來看看這段失落的情節。

故事從倪匡所寫的游坦之與阿紫並轡尋丐幫說起。

游紫二人在山中，忽聽得一陣笛聲傳來，這笛聲似斷似續，忽尖忽沉，聽來甚是詭異。而後，只見兩條五花斑斕的大蛇向前迅速移來，蛇背上站著一個骨瘦如柴的胡僧，那胡僧一腳踏著一條蛇，如同踏雪橇一般。蛇身雖滑，那人卻站得極穩，手中還持住一條短笛吹奏著。

那胡僧見到游紫二人，發出尖銳的叫聲，示意游紫二人給出他們的馬，讓他的蛇充飢。游坦之知道他的內力不敵胡僧，於是下馬。胡僧的兩條大蛇隨即鑽進了兩匹馬口中，將馬腦吸食得一乾二淨。

游坦之見那胡僧與波羅星應是同一族人，於是以梵語對那胡僧說「波羅星」。但因溝通不良，惹得胡僧出手抓住游坦之胸口，卻掉出了那部梵文易筋經。胡僧欲搶奪易筋經，被游坦之一掌推了出去。

而後，胡僧吹起短笛，要驅使兩條大蛇來攻游坦之，想不到因游坦之身負劇毒，大蛇來到游坦之身前五六尺處，便不再前進，身子緊緊地盤成了一團。儘管胡僧繼續吹笛，吹得額上的汗珠如雨而下，兩條大蛇仍盤得緊緊的，完全不聽指揮，最後，胡僧的短笛裂成了兩半，胡僧面色大變，即轉身疾掠而出，離開了峽谷。

胡僧離開後，游坦之伸手要收服兩條大蛇。兩條大蛇張口咬游坦之，竟中了游坦之的毒，而後即雙雙爆裂而亡。

兩條大蛇死後，游坦之見到兩條更大的毒蛇游過來，這兩條大蛇蛇尾纏在一起，高高昂起，上面坐著一個老胡僧。這胡僧會說華語，他見到游紫二人，問他倆誰曾受他波羅星師弟之託？游坦之這才知道，原來他是波羅星的師兄。

那胡僧說他叫哲羅星，因方才離去那胡僧已告訴哲羅星，游坦之提起過波羅星，因此哲羅星才會問游坦之是否即是受波羅星所託之人。先前那胡僧還曾向哲羅星說，游坦之身上有梵文易筋經上，哲羅星因此出手，搶得了游坦之的易筋經。

哲羅星而後逼游坦之帶他到少林寺尋波羅星，游坦之要求讓阿紫坐在兩條大蛇交纏而成的蛇尾上，哲羅星允可，三人即前往少林寺。

在前往少林寺的路上，三人巧遇鳩摩智。哲羅星與鳩摩智是舊識，兩人打過招呼後，鳩摩智看出游坦之身負深湛內力，他問游坦之他是何人，游坦之支吾不答，阿紫大聲向鳩摩智說，游坦之是西域極樂派掌門人王星天，她自己則是星宿派掌門段阿紫。

鳩摩智不信阿紫所言，阿紫又說哲羅星曾敗在王星天手下。哲羅星聞言大怒，遂出手來戰游坦之。游坦之雖有深厚內力，武功卻不高明，被哲羅星抓起後丟出，卻也毫髮無傷。

哲羅星而後取出自游坦之身上搶得的梵文易筋經，鳩摩智一見，使出少林派的「無相劫指」，將易筋經奪了下來。哲羅星大怒，卻也奈何不了鳩摩智。

鳩摩智而後握住游坦之的手，要試游坦之武功，不料內力竟為游坦之吸去。鳩摩智驚得連忙鬆手，他這才明白，原來游坦之跟段譽一樣，都可吸人內力。鳩摩智於是說，他願意與游坦之結為方外之交，游坦之允可。

鳩摩智既與游坦之結為朋友，哲羅星自不能再脅迫游坦之帶他上少林寺尋波羅星，被鳩摩智奪走的梵文易筋經也搶不回來，哲羅星因此垂頭喪氣的帶著他的兩條大蛇離去。

哲羅星離去後，鳩摩智隨後也離去。鳩摩智離開前，告訴游坦之，今夜子時會再前來與游坦之密談。

游坦之而後帶著阿紫繼續前行，夜深後，阿紫於草地上睡著。午夜時分，鳩摩智果真前來。鳩摩智告訴游坦之，他有意收游坦之為弟子，游坦之大喜。鳩摩智又說：「你若真的有心拜在我的門下，先要積幾件善功，才能被我收錄。」游坦之問需做甚麼事？鳩摩智微笑道：「有一個大惡人，姓段名譽，你可曾聽過他的名字？」

這一段接續在「倪匡代寫」之後的情節，二版全數刪去。

一版修訂為二版時，金庸狂砍力刪游坦之的相關情節，從游坦之背三淨和尚回少林、游坦之與波羅星的故事，倪匡代寫游坦之假稱王星天討好阿紫，金庸續寫的游坦之隨哲羅星馭蛇上少林、游坦之拜鳩摩智為師、到游坦之以「冰蠶神功」與段譽的「朱蛤神功」對決，二版盡皆刪去，總刪除字數至少在十萬字之譜，幾乎等於刪去了一部「游坦之傳」。經過修訂時的大刪特刪，游坦之就從一版中頗具份量的主角，在二版中淪為了配角。

【王二指閒話】

金庸塑造大俠的出身時，向來都是以「漢族本位」為原則。所謂的「漢族本位」，意思就是，但凡是「俠」，必出自漢族。

金庸生於一九二四年，經歷過中國的對日戰爭。一九五五年時，三十一歲的金庸開始創作《書劍恩仇錄》。以金庸的成長經歷及當年的時空背景而言，小說以「漢族本位」為出發點，寫來最為自然，也最能獲得讀者的認同。

在金庸最早期的作品，即《書劍》與《碧血》兩書中，「揚漢抑滿」的思想非常濃厚。而後創作的《射鵰》、《神鵰》與《倚天》，美化漢族與醜化蒙古的筆路仍非常明顯，比如《射鵰》成吉思汗是強迫郭靖進攻父母之邦的惡君，《神鵰》忽必烈則是心機深沉、綁架大小武以威脅郭靖的陰險將領。

隨著時代的變遷，自一九四八年起即長居香港的金庸，也漸漸發展出了兼容並蓄的國際觀，並將更恢宏的民族觀融入小說中，因此在創作《天龍》時，金庸對於大宋、大理、大遼、吐蕃等國，已不再有明顯的正邪高下之別，最後創作《鹿鼎》時，書中更有濃厚的漢滿蒙回藏「五族平等」觀念。

金庸修訂作品時，因為國際觀與原本創作時的認知不同，他總會修正上一版的外族人物形象，以扭轉讀者對於外族人物的認知，比如二版《碧血》增寫了皇太極的政治觀、二版《神鵰》改寫了忽必烈深沉的機心。越是改版，小說中越能呈現出「滿漢平等」的觀念。

從一版、二版到新三版，金庸小說中「滿漢平等」的民族觀越來越鮮明。不過，對於「俠士」的出身，從一版到新三版，金庸都堅持「漢族本位」，從未改變。

金庸小說中的武人既有中國人，也有外國人；既有漢族，也有外族，然而，金庸慣有的筆法是「外國（外族）可以有武人，卻不能有武俠」。

金庸筆下的外國或外族，可以概分為「低文化蠻族」，與「高文化外族」兩種。

低文化蠻族是指文化程度不如漢族的契丹、女真、蒙古等民族。蠻族有武人，但沒有俠士，蠻族的武人只有莽夫與惡魔兩種。

莽夫即是徒有武功，沒有謀略的武人，如《射鵰》靈智上人、《神鵰》麻光佐、及《倚天》阿三等人。

惡魔則是身負武功，卻總是以武功侵略漢族的武人，這類惡魔往往是金庸小說中的重要反派，比如《射鵰》歐陽鋒、《神鵰》金輪國師、及《天龍》鳩摩智等等。

至於「高文化外族」，雖然也有武人，但這些武人大多不像中原武人規規矩矩的學武，而是以賣弄「奇技淫巧」，彰顯他們迥異於漢族的武術為主，比如《碧血》中可使槍枝的葡萄牙軍官彼得、雷蒙、《倚天》中以山中老人武功大戰張無忌的波斯明教高手、《天龍》中在蛇腹裡藏信的天竺僧波羅星、及騎蛇到中原的哲羅星。

在金庸小說中，「低文化蠻族」與「高文化外族」出身的武人，即使身負高明武功，仍不會成為仗義行俠的俠士。那麼，外國或外族人難道完全出不了俠士嗎？那倒也不是。在金庸筆下，有幾位外國或外族人也成了俠士，不過，這幾位外國或外族人都是經過了漢族文化的薰陶，才躋身俠士之列，比如《神鵰》耶律齊與《天龍》蕭峰，都是因為入籍漢族，才成為一代大俠。

可知如果沒有經過漢文化的洗禮，外族人縱有一身武功，仍休想成為俠士，這即是金庸的「漢族本位」創作原則。

段譽與游坦之的「朱蛤神功」及「冰蠶異功」大對決

——第三十三回〈奈天昏地暗　斗轉星移〉版本回較（下）

游坦之在一版《天龍》應算是主角之一，但修訂為二版後，相關情節大幅被刪除。一版此回有段長達香港鄺拾記版（即臺灣吉明版）一百二十八頁的內容，全都是游坦之的相關故事，改版為二版時，幾乎被刪削殆盡。且來看看這段僅存於一版的情節。

這段故事是說，游坦之欲拜鳩摩智為師，鳩摩智告訴游坦之，若有心拜在他門下，得先去對付大惡人段譽。游坦之問要如何對付段譽，鳩摩智說，只要和他手掌握緊即可。

而鳩摩智之所以會叫游坦之對付段譽，是因為他受過大理段氏的氣。他看出游坦之的武功和段譽大有相似之處，只不過一個至陰至毒，另一個卻至陽至剛。因此，他利用游坦之的無知，要他去和段譽一拼。

那天晚上，游坦之躺在阿紫身邊，一夜未曾合眼。次日早上，阿紫醒來後，告訴游坦之，她做了一個夢，游坦之問她夢見什麼，阿紫道：「我夢見天下的高手全都集在一起，互爭雄長，以定武功次序。」游坦之道：「結果誰佔了第一？」阿紫笑了起來，道：「有一個倜儻不群的年輕公子，拳打南慕容，腳踢北喬峰，少林高僧不敢出手，星宿老怪連聲討饒，武功天下第一的自然便是這位少年公子。」游坦之道：「這個少年公子卻是誰啊？」阿紫臉上一紅，在游坦之的手臂上停了一下，道：「就是你啊，你這個糊塗虫！」

聽完阿紫的夢，游坦之感覺飄飄然。而後，他告訴阿紫，他今日要去對付大惡人段譽，兩人遂攜手來到段譽所在的杏林。

阿紫在杏林外等候，游坦之獨自入杏林尋段譽。段譽果真在杏林中，游坦之認定段譽是「大惡人」，向段譽撲去，段譽則以「凌波微步」走避。

兩人一追一逃，過了大半個時辰。游坦之向段譽飛撲而去，段譽伸手來迎，兩人霎時四隻手掌捉對黏在一起，身子僵住不動。

此時，鳩摩智來到杏林中，只到段譽面紅如火，身上白氣蒸騰，猶如開了鍋一樣；游坦之全身上下則結上了一層白花花的厚霜。原來段譽的「朱蛤神功」與游坦之的「冰蠶異功」鬥了個旗鼓相當，這場爭鬥真稱得上是武林中前所未有的惡鬥。

鳩摩智在旁只站了片刻，自段譽身上冒出來的熱氣幾乎已將他全身罩住，而游坦之身上的霜花也漸漸地轉成一層薄冰。鳩摩智伸手向段譽的肩頭疾抓而出，竟瞬間翻出丈許開外。原來鳩摩智一抓段譽，段譽即將他的內力吸了過去。鳩摩智大驚之下，連忙縮手，並翻身躍離。

就在此時，慕容復與王玉燕也來到了杏林中。王玉燕問慕容復能否將段譽與游坦之分開，慕容復說當世已無人能將他倆分開了，他倆將會鬥到內力衰竭而雙雙死去。

慕容復原本想勉力一擊，將他倆分開。卻在此時，東邊來了一個身形魁梧的黑衣大漢，黑布蒙面，只露出了兩隻眼睛；西邊來了一個白衣僧人，頭上蒙著一塊白布，也只露出了眼睛。黑衣白衣兩人並肩向前撲出，兩人的掌力匯成一道，即將游坦之與段譽倏地分開。

分開段游二人後，黑衣白衣兩人餘力未消，向前湧出，竟像巨斧一般，將前方一株合抱粗細的大樹，從中劈了開來。而後，黑衣大漢與白衣僧人隨即離去。

游坦之認出黑衣大漢正是當日在聚賢莊救走喬峰之人，鳩摩智則感覺白衣僧人是他的一位故友。這兩人即是蕭遠山與慕容博。

而後，阿紫前來，並告訴游坦之，她方才曾問慕容復游坦之長相如何，慕容復告訴她，游坦之跟他長得十分相像，還有人以為他倆是兄弟。游坦之聞言，對於慕容復隱瞞他貌醜之事，內心感激不已。

游紫二人說話時，段譽自行離去。

而後，鳩摩智也要離開杏林，游坦之問鳩摩智是否仍願收他為徒。阿紫聞言，大惑不解，她心想游坦之的武功已是天下頂尖，何須再拜鳩麼智為師？游坦之只好說，以他極樂派掌門人之尊，當然不需拜誰為師，他假意拜鳩摩智為師，是另有用意的。

阿紫問游坦之是何用意？游坦之支支吾吾，不知如何回答。阿紫則說，他知道游坦之拜鳩摩智為師，是要探知鳩摩智的武功。

阿紫而後請游坦之將他的蓋世神功傳授給她，游坦之自知沒甚麼武功，但也只能先答允阿紫。

阿紫於是先展演星宿派的幾式坐功給游坦之看，要游坦之指點。游坦之完全不懂武功，也不會指點阿紫，於是依著阿紫的姿式模樣，展演起武功。阿紫所演的武功叫做「混天無極式」，本是星宿派的入門功夫，但游坦之體內積蓄冰蠶奇毒，內力深厚，他圈手一拍，呼的一聲，身前數尺的一株小樹竟應手而倒。

阿紫聽到斷樹之聲，更深信游坦之武功高明，要游坦之教她武功。

就在此時，兩名丐幫弟子前來。阿紫聽聞來人是丐幫弟子，說她正想當丐幫幫主。一名丐幫弟子見到游坦之，正要說他是「醜八怪」，游坦之立馬使出「混天無極式」，一掌拍死了那丐幫弟子。

另一名老丐見狀，奮起平生之力，雙拳猛向游坦之背上擂了下去。不料一擊之後，老丐身子竟離地飛出，重重的摔在地下，口中狂噴鮮血。

游坦之而後拉著阿紫，飛奔離開。奔出十餘里後，游坦之聽聞包不同於背後叫喚他，但他不敢停步，繼續奔離。

包不同與風波惡此時已與慕容復、鄧百川、公冶乾、王玉燕四人會齊。眾人見到被游坦之所傷的老丐，鄧百川先為老丐點穴止血，公冶乾再餵老丐一枚傷藥。

這位老丐就是身上帶有西夏文儀公主（新三版改為銀川公主）招親榜文的易一清（二版改名易大彪）。

一版游坦之以「冰蠶異功」與段譽「朱蛤神功」對決、慕容博與蕭遠山分開游坦之兩人，及游坦之從阿紫身上學會「混天無極式」三段，二版完全刪除。

至於游坦之打傷易一清（二版易大彪），慕容復一行因此得以見到西夏文儀公主招親榜文一事，因與西夏公主招親一節相距太遠，二版將這段移到第四十回，並將內容改為：

那一日慕容復、鄧百川、公冶乾、包不同、風波惡、王語嫣六人下得縹緲峰來，東返中原，途中穿過一座黑壓壓的大森林。六人在森林中，見到地上橫七豎八的躺著十幾具丐幫弟子的屍首。

屍首中有位老丐忽然緩緩坐起，他告訴慕容復等人，說丐幫弟子之所以屍橫遍地，是因為丐幫新任幫主莊聚賢是全冠清的傀儡，群丐不服，因此被全冠清所殺。

此老丐即是易大彪，他請慕容復等人帶訊給吳長老，要吳長老提防全冠清。易大彪還說他，他剛從西夏回來，不知莊聚賢是誰，只聽其他幫眾說，莊聚賢原本帶著鐵頭套，後來被全冠清除去了。

從一版故事可知，在金庸的原始構想中，《天龍》人物是「雙生雙剋」的，也就是「蕭峰與慕容復」、「蕭遠山與慕容博」、「段譽與游坦之」、「虛竹與丁春秋」，兩兩相剋，彼此勢均力敵、旗鼓相當。二版則將游坦之的角色分量大為刪減，段譽與游坦之間的爭鬥，也就沒有一版這般精彩了。

【王二指閒話】

武俠小說為求故事精彩，往往會讓青年俠士在極短時間內修練成絕頂高手。

武功概分為外功與內功，要讓青年俠士瞬間得到外功，文學技法較為簡單，只要安排俠士得遇明師，或巧獲秘笈即可。青年俠士經明師指點，或練就曠世秘笈，武功即天下無敵，如《射鵰》郭靖學得「降龍十八掌」、《九陰真經》，《神鵰》楊過學得《玉女心經》、《九陰真經》，《倚天》張無忌學得「乾坤大挪移」，《笑傲》令狐冲學得「獨孤九劍」。這幾位俠士均在極短時日內，成為睥睨天下的絕世高手。

外功可以快速學會，內功則須曠日廢時的修練。為了讓青年俠士都能身負深厚內力，金庸筆下有多位俠士都是從少年時期即開始習練內功，比如郭靖少年時期就師從馬鈺學習全真教內功，楊過少年時期即於古墓派習練內功，張無忌則是少林時期就在翠谷山洞中修習《九陽真經》，三人因此都擁有深厚的內力。

從少年時期開始修習內功，青年時期的確可能擁有深厚內力，不過，金庸筆下的俠士，並不是全都像郭靖、楊過、張無忌，從少年時期就開始學武，以《天龍》而言，段譽、虛竹、游坦之三人，不是從青年時期才開始學武，或是青年時期仍武功平凡，但在書中登場後，金庸讓這三人瞬間即擁有絕頂內力。

為了讓這三人快速身負驚人內力，金庸的創作方式是：

一、服食異獸即得內力：一版《天龍》段譽服食一對「莽牯朱蛤」，即身擁「朱蛤神功」，可以吸人內力，而後段譽吸取黃眉僧、石清子等人的內力，就擁有了絕頂內力。游坦之則是被冰蠶吸血後，即擁有寒毒內力。從科學的觀點來看，小說的描述著實荒誕，因為人體都有新陳代謝及排泄的本能，不論段譽服下朱蛤後吸人而得的內力，或游坦之為冰蠶所吸而生的寒氣，都是靠異物而得，但外來異物或許可收一時之效，卻怎可能服食一次即終身有效？金庸可能也發現這樣的情節極其荒唐，二版因此改說段譽之所以可以吸人內力，是因為練就了「北冥神功」，至於服用朱蛤，就只有抗毒的效果了。

二、從他人身上吸取內力：一版段譽的「朱蛤神功」與二版段譽的「北冥神功」都可吸人內力，虛竹的內力則是來自無崖子灌頂。然而，從科學上來說，他人所灌內力，既非自生，經過消耗之後，理當會用盡耗竭。這就像喬峰對阿朱猛輸內力，必須一輸再輸，因為喬峰的內力不可能長存阿朱體內，因此無法一勞永逸。但詭異的是，段譽、游坦之及虛竹從他人身上吸取的內力，竟能終身擁有，既不消耗，也不外瀉，或許這就只是小說的浪漫想像罷了。

第三十三回還有一些修改（下）：

一．萬仙大會中，一版北海玄冥島章周夫先生，二版改為北海玄冥島章達夫先生，新三版再改為東海玄冥島章達人先生。

二．對於三十六洞洞主、七十二島島主，二版慕容復道：「在下無意冒犯，尚請恕罪則個。」新三版為強調慕容復欲收納天下英雄為己用，改為慕容復道：「在下慕容復有心結交，無意冒犯。」

三．慕容復誤闖萬仙大會，鬥過端木元，二版接著是鬥黎夫人與桑土公，新三版將黎夫人與桑土公之事全數刪除。

四．慕容復一行誤闖萬仙大會，一版說王玉燕於天下各家各派的武學幾乎是無所不知，無所不曉，但內力甚淺。二版因王語嫣毫無武功內力，刪去了王玉燕「內力甚淺」的說法。

五．一版參與萬仙大會的是三十六洞真人，七十二島散仙；二版改為三十六洞洞主，七十二島島主。

六．一版黎夫人召喚王玉燕，一招手，王玉燕只感到一股吸力，要將她身子拉過去一般。慕容復知道黎夫人使的是「擒龍功」一類的凌虛擒拿法。然而，黎夫人若身擁「擒龍功」，武功層次豈不是等同蕭峰？二版改為黎夫人召喚王語嫣，是揮出一根極長的竹竿，桿頭三隻鐵爪抓住了王語嫣的腰帶，回手拉回王語嫣。

七·一版說黎夫人身穿一襲黑衣，但黑衣中似乎織有彩色絲絨，以及金線、銀線，在燈火照耀之下，彩影變幻，閃爍流動。王玉燕道：「七彩寶衣是椰花島至寶，四海皆知。適才夫人露了這一神妙功夫，擒龍控鶴，凌虛取物，自然是椰花島威震天下的『採燕功』了。」一版還說，「採燕功」不但有凌虛取物的擒拿手法，輕功步法，也是與眾不同。二版刪去了「七彩寶衣」，並將椰花島的武藝大幅降低，改為王語嫣道：「適才黎夫人露了這一手神妙功夫，長桿取物，百發百中，自然是椰花島著名的『採燕功』了。」二版的「採燕功」乃是以極長竹竿為兵刃。

天山童姥在小女孩的臉蛋中有口老年人的牙齒——第三十四回〈風驟緊 縹緲峯頭雲亂〉、第三十五回〈紅顏彈指老 剎那芳華〉版本回較

在一版第三十二回，虛竹給康廣陵看過無崖子交給他，畫有一名貌似王玉燕的宮裝美女卷軸。康廣陵對虛竹說，畫中美女就是天山童姥，虛竹道：「什麼天山童姥？畫中這個美女，不是那位王姑娘麼？」康廣陵道：「掌門人問到，師姪不敢隱瞞，畫中這位美女，她是娃童，當然不是王姑娘。這位童姥姥，見了我也叫小娃娃哩。其餘的事，求求你不要問了，因為你一問，我是非答不可，但答將起來，卻是十分尷尬，非常的不好意思。」

可知在金庸的原構思中，天山童姥應該是王玉燕的祖母，外貌與王玉燕一般美麗。

然而，走筆至一版第三十五回，第三十二回的設定完全推翻。「天山童姥」在第三十五回正式登場，但她不是美女，更不可能是王玉燕的祖母。且來看看這個一版的天山童姥。

談及天山童姥前，先看第三十四回一版「靈鷲宮」與二版不同之處。

話說「萬仙大會」中，烏老大說起上天山縹緲峰進獻供品，見到九翼道人身受兩處劍傷而

死。

一版不平道人聞言，道：「九翼道兄既是身有兩處劍傷，那就不是飄渺峰靈鷲宮中人物下的手了。」烏老大道：「是啊！當時我看到他身上居然有兩處劍傷，便和道長一般的心思。飄渺峰靈鷲宮中人物殺人，向來一招便即取了性命，那有在對手身上連下兩招之理？」

一版「飄渺峰」典出白居易詩：「忽聞海上有仙山，山在虛無飄渺間」，二版改為「縹緲」，詞意完全相通。

一版的「飄渺峰靈鷲宮」顯然是武功水平非常高的暴力集團，宮中人物均能一招殺人。但若如此鋪陳，後續將難以創作這整批靈鷲宮高手的故事。

二版將靈鷲宮的武功水平降低，改說靈鷲宮可以「一招殺人」的高人，就只有天山童姥一人。

二版不平道人道：「九翼道人既然身有兩處劍傷，那就不是天山童姥下的手了。」

烏老大道：「是啊！當時我看到他身上居然有兩處劍傷，便和道長一般的心思。天山童姥不喜遠行，常人又怎敢到縹緲峰百里之內去撒野？她自是極少有施展武功的時候。因此在縹緲峰百里之內，若要殺人，定是她親自出手。我們素知她的脾氣，有時故意引一兩個高手到縹緲峰下，讓這老太婆過過殺人的癮頭。她殺人向來一招便即取了性命，哪有在對手身上連下兩招之理？」

二版一改，靈鷲宮高手如雲的狀態就變成了唯有天山童姥一名高手。然而，二版的新破綻又由此而生，若說天山童姥既然不喜遠行，她又是如何千里迢迢收服天涯海角的三十六洞洞主，七十二島島主的呢？

故事再接到第三十五回，烏老大自縹緲峰捕獲一名女童，準備在眾人面前殺之立威。烏老大讓女童從黑色布袋中露出來後，在眾人歡呼聲中，夾雜著一聲聲咿咿呀呀的哭泣，原來是那女童雙手按在臉上，嗚嗚而哭。一版又說眾人聽著那女童的哭聲，呀呀呀的，果然是啞巴，只是聲音尖嫩，尚屬童音。

然而，若是天山童姥的哭聲「尚屬童音」，怎麼隨後向虛竹說話，又變成了「不男不女，甚是蒼老」的聲音呢？

因為前後矛盾，二版刪去了女童哭聲「只是聲音尖嫩，尚屬童音」之說。

而後，因烏老大提議一人一刀，砍死女童立威，虛竹見義勇為，將女童連同布袋，背負上山疾奔。

上山後，女童自布袋中出來。

一版說女童約八九歲，身形矮小，臉色嬌嫩，相貌並不甚美，但的的確確是個小姑娘。只見她身穿幼童衣衫，頭梳雙髻，頸中還掛了一個白銀鎖片，但雙目如電，炯炯有神，向虛竹瞧來之時，自有一股凌人的威嚴。

一版返老還童的天山童姥竟還有興致將自己打扮成「身穿幼童衣衫，頭梳雙髻，頸中還掛了一個白銀鎖片」的可愛小女孩，這與天山童姥孤傲的性格簡直完全扞格，天山童姥怎可能如此「裝可愛」？

二版改為女童約八九歲，身形矮小，但雙目如電，炯炯有神，向虛竹瞧來之時，自有一股凌人的威嚴。

二版天山童姥不再如一版裝可愛，扮小妹妹討人喜歡，顯然合理多了。

接著，因見到虛竹手上的寶石指環（一版鐵指環），女童伸出手來，抓住虛竹左腕，察看指環。

一版說虛竹見那女童的手掌甚大，和他身形全然不稱，而且手背乾枯，青筋暴起，滿是皺紋，倒如是個八九十歲的老婦人一般，那裡是孩童的肌膚，一驚之下，回手一奪，掙脫了她的手掌。

一版的「天上地下唯我獨尊功」真是太詭異了，「返老還童」竟然是「局部還童」，也就是說「臉蛋還童，手腳蒼老」。若真如此，烏老大在凌虐女童時，怎可能沒發現她是個「童頭老身」的怪物呢？

二版此處改為：女童將虛竹的手掌側來側去，看了良久。虛竹忽覺她抓著自己的小手不住發顫，側過頭來，只見她一雙清澈的大眼中充滿了淚水。又過好一會，她才放開虛竹的手掌。

二版女童的手改成了「小手」，她就不是「童頭老身」的怪物了。

接著，因為虛竹喚女童為「小姑娘」，一版虛竹的左頰上吃了女童一記耳光。

但一版虛竹莫非是武大郎，否則女童怎搧得著他耳光？

二版改為虛竹「腰間吃了一拳」，這才符合兩人身高的差距。

而後，一版女童問起虛竹：「你法名叫虛竹，嗯，靈、玄、慧、虛，你是少林派中第八十七代弟子。玄慈、玄悲、玄痛、玄難這一干小和尚，是你的師祖了？」虛竹回女童：「你說得不錯，只是稱本寺方丈大師為『小和尚』，未免太過。」

一版女童續道：「怎麼不是小和尚？我和他師父靈門大師平輩論交，玄慈見了我，總是恭恭敬敬的稱一聲前輩，我叫他小和尚叫了十幾年，有什麼『太過』不『太過』的？」一版虛竹更是驚訝，玄慈的師父靈門禪師，那是少林派第八十四代弟子中傑出的高僧，虛竹自是知曉。

二版將虛竹是「少林派第八十七代」弟子改為「少林派第三十七代」弟子，靈門禪師也由「少林派第八十四代弟子中傑出的高僧」，改為「少林派第三十四代弟子中傑出的高僧」。

若照一版的說法，天山童姥「叫玄慈小和尚叫了十幾年」，那麼，天山童姥理當經常到少林寺談武論道，若果如此，怎會鮮少有人見過她呢？至少少林派靈玄兩輩高僧，應該對天山童姥都知之甚詳才是。

二版此處改改為，虛竹說女童稱玄慈為「小和尚」太過後，女童道：「怎麼不是小和尚？我和他師父靈門大師平輩論交，玄慈怎麼不是小和尚？又有什麼『太過』不『太過』的？」

二版一改，天山童姥與玄字輩僧人似乎就毫無交誼了。

而後，天山童姥問起無崖子之事，虛竹自承是破解了「珍瓏」棋局，才得遇無崖子。聽聞虛竹的說法，天山童姥不信虛竹能破「珍瓏」棋局。一版說女童伸出手掌，又想一巴掌打去，只是這時兩人相對而立，她身材矮小，手掌只打得到虛竹胸口，這個耳光便縮手不打了。

一版天山童姥竟會懾於虛竹的身高而不敢下手，這可大違童姥倨傲的本性。

二版改為「那女童伸出拳頭，作勢要打。」也就沒有身材上的考量了。

問過無崖子之事後，虛竹說起不願為逍遙派掌門人，天山童姥道：「那也容易，你將七寶指環送了給我，也就是了。我代你做逍遙派掌門人如何？」虛竹大喜，道：「那正是求之不得。」從指上除下寶石指環，交了給她。那女童臉上神色不定，似乎又喜又悲，接過指環，便往手上戴去。

一版說，那知她手指粗大，中指戴不上，無名指也戴不上，勉強戴到小指之上，端相半天，似乎很不滿意。

一版天山童姥指環戴不上手指，即因前述「局部還童」，而導致「童頭老身」的結果。

二版此處改為：天山童姥手指細小，中指與無名指戴上了都會掉下，勉強戴在大拇指上，端相半天，似乎很不滿意。

總之，二版童姥的返老還童，是「全身一齊還童」。

七寶指環（一版鐵指環）難於上手後，一版童姥又問：「你說無崖子有一幅圖給你，叫你到天山去尋人學那『逍遙御風』的功夫，那幅圖呢？」

一版逍遙派的本源即在此話之中，因為一版大理無量山乃是姑蘇慕容前人所有，天山才是逍遙派門戶所在，因此，無崖子不知李秋水嫁入西夏皇室，還當她仍長居逍遙派天山門戶之中，怎料得天山上僅剩天山童姥一人？

二版逍遙派的門戶已移居大理無量山，天山童姥對虛竹的問話也改為：「你說無崖子有一幅圖給你，叫你到大理無量山去尋人學那『北冥神功』，那幅圖呢？」

接著，天山童姥與虛竹聊起佛教的戒律，談到「割肉餵鷹」、「投身餓虎」的典故。

一版天山童姥一面說，一面拉高虛竹左手的袖子，露出他一條白白胖胖的臂膀來，笑道：「我吃了你這條手臂，也可挨得一日之飢。」

虛竹一瞥眼見到她露出一口白森森的牙齒，每顆牙齒都是又尖又長，絕非童齒，瞧她模樣似乎便欲一口在他手臂上咬落。

若照一版的說法，天山童姥與妖怪究竟有何不同？「局部還童」而成「童顏老齒」，豈不駭人？

二版此處也改寫了，除了天山童姥的部份外，也改去了一版虛竹臂膀「白白胖胖」的說法。虛竹又不是慧淨和尚，那來「白白胖胖」之說？

二版改為天山童姥說著拉著虛竹左手的袖子，露出臂膀，笑道：「我吃了你這條手臂，也可挨得一日之饑。」

虛竹瞥眼見到她露出了一口白森森的牙齒，似乎便欲一口在他手臂上咬落。

二版刪去了天山童姥牙齒「又尖又長，絕非童齒」的說法。

後來在天山童姥傳功下，虛竹殺了不平道人，制服了烏老大，天山童姥則自去練功。一版天山童姥練的是「天上地下唯我獨尊功」，二版改為「八荒六合唯我獨尊功」。

「天上地下唯我獨尊」的典故，乃是出自釋迦牟尼佛，相傳悉達多王子（即佛陀）出生時，一手指天，一手指地，並說：「天上地下，唯我獨尊，三界皆苦，吾當安之。」

一版《天龍》天山童姥以佛陀自況，這太也褻瀆佛陀。為免惹出爭議，二版將「天上地下唯我獨尊功」更改為「八荒六合唯我獨尊功」。

而關於天山童姥練功還童，一版有段用詞頗為「章回舊小說」的解釋。

一版這段說法是：「看官，每一人之發育長大，原與腦下垂體、甲狀腺等內分泌有關，若是內分泌腺體失常，便有過份長大的巨人病，或永不長大的侏儒病出現。世間七八歲孩童高於成人，數十歲成人身高不足三尺之事所在多有，亦不足為奇。修習內功往往影響神經作用，壓抑內分泌活動，雖屬玄妙，亦非事理所無。此是閒話，按下不表。」

二版將這段「舊小說體」的解釋刪了，改為現代小說的寫法。

二版說，虛竹確也聽師父說過，世上有些人軀體巨大無比，七八歲時便已高於成人，有些人卻是侏儒，到老也不滿三尺，師父說那是天生三焦失調之故，倘若及早修習上乘內功，亦有治癒之望。

二版修改後，故事更為流暢。

看過一版到二版的修訂，再看二版到新三版的更動。

新三版將二版的「八荒六合唯我獨尊功」改為「天長地久不老長春功」。

因為武功已做修訂，二版天山童姥對虛竹道：「這功夫威力奇大。」新三版改為天山童姥道：「這功夫威力奇大，練成了能長生不老。」

「天長地久不老長春功」是新三版《天龍》較二版新增的重要主題。新三版以「天長地久不老長春功」解釋了李秋水喜歡美少年、丁春秋的飄逸如仙人、及天山童姥返老還童的原因，並由此增寫了王語嫣的「怕老迷思」。

新三版此回還將虛竹口誦的「阿彌陀佛」，一律改作「我佛慈悲！」

此處改寫是因虛竹出身少林寺，少林寺是達摩一脈相傳的「禪宗」寺院，虛竹自幼皆受「禪宗」佛法，理當不會將「淨土宗」的「阿彌陀佛」掛在嘴上。

新三版虛竹不再唸「阿彌陀佛」了，由此可見新三版的修訂達到了巨細靡遺的境界！

【王二指閒話】

小說中有好人，也有惡人。作家在塑造惡人的出身時，有時會在無意中觸怒讀者，因為讀者可能會認為，作者藉由惡人，間接侮辱其出身之國家、民族、宗教或祖先。

金庸在編派惡人的出身時，向來都小心翼翼，而若是讀者閱讀後，仍對惡人的出身有所非議，金庸大多會在改版時進行修改。

綜整金庸創作惡人的出身，原則如下：

一、避免觸及民族問題的爭議：在一版與二版金庸小說中，有多位惡人出身西藏，因而招致了金庸歧視西藏的非議。新三版改版時，為了避免醜化西藏的嫌疑，金庸盡量將二版出身西藏的惡人都予以改寫，比如二版《神鵰》「金輪法王」出身西藏，新三版將其出身改至蒙古，並將稱號改為「金輪國師」，以免辱及藏傳佛教。二版金輪國師的弟子「藏邊五醜」，新三版改為「川邊五醜」，經過改版後，金輪國師就與西藏完全無關了。除了金輪國師外，《連城》血刀老祖的出身，二版是「西藏血刀門」，新三版也改為「青海黑教血刀門」。西藏是較有民族問題爭議的地區，將惡人的出身設定為西藏，某些讀者會認為醜化西藏，因此改之為宜。

二、避免貶低友邦外國：金庸武俠小說以中國為本位，因此可能會在無意中貶低了外國人。為了避免有侮辱「外國人」的爭議，若書中有貶低外國人嫌疑的情節，金庸大多會藉由改版予以修訂。如一版《天龍》天竺僧波羅星到中國少林寺盜經書，其師兄哲羅星隨後騎蛇至中土，這些情節似乎有損印度人的形象，金庸因此在修訂成二版時，大幅刪除了波羅星與哲羅星的故事，新三版更進一步，完全剔除這兩位天竺邪僧。此外，新三版《神鵰》將效命於蒙古的金輪國師，以及出身為蒙古王子的霍都都大加美化，二版金輪國師是惡人，新三版則改為金輪國師是為救郭襄而死的慈祥老人；二版霍都是登徒子，新三版則改為霍都是為顛覆丐幫而忍辱負重，報效國家的勇士，這兩個「蒙古人」的形象在新三版完全改觀。

三、避免誤辱忠臣良將：金庸小說為強化與歷史的連結，會將某些小說人物設為歷史人物的後人，然而，這些虛構的小說人物若是惡人，就彷彿是在間接侮辱歷史人物。如一版《倚天》將周芷若編派為周子旺之女，但周芷若形象並非良正，因而有侮辱周子旺之嫌，二版因此將周芷若改為船家女。此外，一、二版《神鵰》有尹志平玷污小龍女的情節，但史實中的尹志平是道教修行者，豈能隨意黑化？新三版《神鵰》因此將「尹志平」改為「甄志丙」。

四、避免毀謗古聖先賢：金庸小說中武功的招式名稱，常常都是引用經典古籍，比如「降龍十八掌」以《易經》之辭為招名，「逍遙遊」、「北冥神功」等以《莊子》內容為武功名稱。一版天山童姥的「天上地下唯我獨尊功」，明顯引自佛陀出生時，一手指天一手指地，並說「天上地下，唯我獨尊」的故事，但天山童姥行此武功，往往都做殺人之用，因此會招來侮辱佛陀的非議。二版《天龍》將「天上地下唯我獨尊功」改為「八荒六合唯我獨尊功」，新三版再改為「天長地久不老長春功」，經過改寫之後，天山童姥的武功就與釋迦牟尼佛毫無干係了。

第三十四回還有一些修改：

一．烏老大對於是否留難慕容復一行頗感為難時，二版不平道人說道：：「烏老大，你的對頭太強，多一個幫手好一個。姑蘇慕容氏學究天人，施恩不望報，你也不必太顧忌了。今日之事，但求殺了你的對頭。這一次殺她不了，那就甚麼都完了。慕容公子這樣的大幫手，你怎麼不請？」二版不平道人這段話對慕容復的評價太過正面，不似慕容復真正的為人，新三版刪為不平道人說道：「烏老大，今日之事，但求非殺了你對頭不可?這一次殺她不了，那就甚麼都完了。慕容公子這樣的大幫手，到了眼前，你怎麼不請？」新三版強調慕容復的武功，不再謬讚慕容復的人品了。

二・不平道人與烏老大分握段譽的右手與左手，二版說兩人一拉住段譽的手，四掌掌心相貼，同時運功相握。不平道人頃刻之間便覺體內真氣迅速向外宣洩。新三版將段譽的「北冥神功」做了修改，改說兩人一拉住段譽的手，四掌掌心勞宮穴相貼，魚腹穴相對，魚際、少府、少衝各穴中經脈俱動，不平道人頃刻之間便覺體內真氣迅速向外宣洩。新三版的「北冥神功」較二版具體而詳實。

三・烏老大等九人送供奉品上天山縹緲峰，二版說是在「今年三月初三」，新三版改為「今年五月初二」。

四・持戒刀以王語嫣威脅慕容復的頭陀，一版說「那頭陀名叫豹眼頭陀，乃是青海鹽山島的島主，為人兇悍無比。」因此頭陀並非重要角色，也無後續發展情節，二版將他的姓名來歷全刪了。

五・青衫客以活蛇為武器來攻段譽，一版說段譽在大理初離皇宮時，便曾見鍾靈以活蛇為兵刃，但當時鍾靈是以活蛇制敵，這時卻是敵人以活蛇對付自己，情景全然相反。二版因將鍾靈的青靈子與青靈子改為閃電貂，段譽這段心思自然刪了。

六・不平道人自樹枝下地，一版烏老大脫口大叫：「好一門『逍遙御風』的輕功。」一版此處好生奇怪，金庸遊歐前，「逍遙御風」明明是逍遙派功夫，蘇星河還說逍遙派之名便是出自「逍遙御風」，怎麼這會兒「逍遙御風」又成了不平道人的功夫？二版此處改為烏老大脫口叫道：「『憑虛臨風』，好輕功！」

七・一版劍神與芙蓉仙子均稱天山童姥為「童老太」，可知一版的天山童姥即是姓「童」的老太太。二版更改為兩人稱呼天山童姥為「童姥」，亦即外貌像兒童的姥姥。

八・烏老大說起到天山縹緲峰進獻供物，一版說他與紫岩洞霍洞主、海馬島欽島主等九人前往。因紫岩洞霍洞主後續並無故事，有故事的是口吃的天風洞安洞主，二版為減少人物複雜度，此處改為烏老大與天風洞安洞主、海馬島欽島主等九人前往。

九・不平道人問烏老大，童姥有多大歲數。一版烏老大道：「咱們歸屬她的治下，少則二三十年，多則四五十年，反正誰也沒有見過她的面，誰也不敢問起她的歲數。」二版縮短了天山童姥掌控洞主島主們的時間，改為烏老大道：「我們歸屬她的治下，少則一二十年，多則三四十年，只有無量洞洞主等少數幾位，才是近年來歸屬靈鷲宮治下的。反正誰也沒見過她面，誰也不敢問起她的歲數。」

第三十五回還有一些修改：

一·虛竹來到「萬仙大會」之處，二版提及虛竹一心只想找到慧方等師伯叔，好聽他們示下，他自從一掌打死師伯祖玄難之後，已然六神無主，不知如何是好。新三版刪去了「他自從一掌打死師伯祖玄難之後，已然六神無主，不知如何是好。」一事，因為玄難之死，乃死於丁春秋「三笑逍遙散」之下，此事康廣陵已對虛竹做過解釋，虛竹怎能還錯認自己打死玄難？

二·虛竹背負女童奔行將近二個時辰。新三版較二版加寫，全力奔行後，本來凝聚在膻中穴的逍遙派內力，慢慢散入全身各處穴道，窒悶消減，神清氣爽，體力反增。

三·天山童姥要虛竹告訴他為何所懷內力並非少林一派。二版虛竹想起蘇星河曾說，「逍遙派」的名字極為隱秘，決不能讓本派之外的人聽到。這裡明顯是誤寫，因為第三十二回中，說此話的明明就是康廣陵。新三版已經訂正，將「蘇星河」改為「康廣陵」。

四·天山童姥問虛竹怎麼解開珍瓏棋局，二版虛竹道：「聽辯先生逼迫小僧非落子不可，小僧只得閉上眼睛，胡亂下了一子，豈知誤打誤撞，自己填塞了一塊白棋，居然棋勢開朗，再經高人指點，便解開了。」新三版此處配合第三十一回的修訂，改為虛竹道：「聽辯先生逼迫小僧非落子不可，小僧只得閉上眼睛，胡亂下了一子，豈知誤打誤撞，在一大片『共活』的棋勢之中，自己收了一塊白棋的氣，送給黑棋吃了，居然棋勢開朗，再經高人指點，便解開了。」

五．自虛竹手上取過寶石指環後，二版天山童姥問虛竹：「你說無崖子有一幅圖給你，叫你到大理無量山去尋人學那『北冥神功』，那幅圖呢？」新三版將「北冥神功」改為「逍遙派的上乘功夫」。此因天山童姥旋即向虛竹教功，但虛竹所學功夫並不像段譽那般會吸人內力，可知不是「北冥神功」。

六．見到天山童姥練「八荒六合唯我獨尊功」，二版烏老大心想童姥不過九歲、十歲年紀，如何攀得到這等境界？新三版將「九歲、十歲年紀」改為「八九歲年紀」。

七．知道所擄女童就是天山童姥後，二版烏老大道：「我以前曾上過三次縹緲峰，聽過你的說話，只是給蒙住了眼睛，沒見到你的形貌。」新三版刪去了「聽過你的說話」。若烏老大聽過天山童姥說話，可能由天山童姥咿咿呀呀的哭聲，聽聲辨人，就能猜出她是童姥了。

八．天山童姥向虛竹說，練「八荒六合唯我獨尊功」須「每日午時須得吸飲生血，方能練功。」然而，童姥不是被烏老大以布袋捕獲多日嗎？在烏老大凌虐中過了數日的童姥，滴血未飲，怎能無恙？針對這點，新三版較二版增寫童姥自道：「幸好初練功的那幾年，功力不深，幾天不喝生血，倒還挨得過不死。」

九．烏老大要大家取出兵刃，各在女童身上砍一刀。一版說慕容復皺起了眉頭，心想烏老大此舉是背水為陣之策，叫大家從此不能再生異心，雖覺這件事未免殘忍，但他久歷江湖，再殘忍十倍的事也見過不少，這時也不如何放在心上了。二版刪了慕容復這段心思。

十．天山童姥問虛竹：「你自稱是佛門子弟，嚴守清規戒律，到底有什麼戒律？」一版虛竹道：「佛門戒律有小乘戒、大乘戒之別。」二版將「小乘戒」改為「根本戒」，以符合大乘佛教的說法。

十一．為松球所射後，一版烏老大對虛竹道：「你練成了『北溟真氣』，也用不著這麼強……強……凶……凶霸道……」二版將「北溟真氣」改為「北冥神功」。一版的說法顯然是更符合金庸創作本意的，因為虛竹確實擁有無崖子的內力，再經童姥調教，即練成了「北冥真氣」（一版為同音異字的「北溟真氣」）。「北冥神功」並不等同於「北溟真氣」，「北冥神功」能吸人內力，虛竹並未練過此功，此處於新三版已有修正，如第五條所述。

十二．天山童姥喝過鹿血，練「天上地下唯我獨尊功」時。一版說：便在此時，半空中電光閃爍，一個霹靂響過，黃豆大的雨點便洒將下來。那女童仍是一動不動的練功，白烟愈濃，絕不為風雨驅散。虛竹和烏老大都在樹下躲雨，過了良久，才見那女童收烟起立。她身上衣衫都已淋濕，說道：「等雨停了，便烤鹿肉吃罷。」一版童姥雨中練功，白烟竟不為雨勢影響，未免太過神奇。二版刪去了童姥雨中練功之事，改為天山童姥練功，過了良久，那女童收煙起立，說道：「烏老大，你去烤鹿肉罷。」

十三・一版天山童姥說她五歲開始練「天上地下唯我獨尊功」，二版改為六歲。

無崖子、天山童姥與李秋水的三角戀情大解析
——第三十六回〈夢裏真真語真幻〉版本回較

一版《天龍》的「逍遙派」與「姑蘇慕容」原本是兩個截然無關的門派，「逍遙派」門戶在天山，此派最高的武功是「逍遙御風」，該門派內有「天上地下唯我獨尊功」、「小無相功」等功夫；「姑蘇慕容」的門戶則在大理無量山，此派以「斗轉星移」為獨門武功，無量山中藏有慕容家從各門各派蒐羅來的武功秘笈，慕容博、慕容復父子因此均飽讀天下各門各派武學典籍，更能「以彼之道，還施彼身」，以武林高手的成名武功制服其人。

二版將「逍遙派」跟「姑蘇慕容」做部份雜揉，改為逍遙派門戶在大理無量山，門戶中藏有李秋水蒐羅來的各門各派武學典籍，二版慕容博父子則仍跟一版一樣，博學各門各派武術，然而，慕容家既無藏書，又怎能博知各門各派武學呢？情節上因此頗不周延。

新三版針對這個「BUG」做了修正。新三版增說，王夫人李青蘿是「逍遙派」李秋水與無崖子的女兒，李秋水與丁春秋私奔後，帶上這個女兒，而後將武功典籍搬移到女兒姑蘇家裡存放。慕容博父子因為常至王家借閱武功典籍，才會博覽群籍。修正這個「BUG」之後，新三版無崖

子、天山童姥、及李秋水的三角戀情，也隨之做了改寫，因而與二版有所不同。

且來看看「逍遙派」故事的版本差異，先看一版與二版的不同。

話說李秋水追殺虛竹與童姥二人時，李秋水一掌向虛竹拍出，虛竹即與童姥一齊掉落山谷。兩人先是被慕容復以「斗轉星移」將下墮之力化去大半，而後，虛竹踩上了一件極柔軟而又極韌的物事。

一版虛竹踩到的是三淨和尚，極矮極胖的三淨和尚生就此死於非命。

二版改為虛竹踩到的是桑土公，桑土公就此腹破腸流，死於非命。

二版顯然是較合理的，因為桑土公本就是「萬仙大會」成員之一。一版三淨和尚出現在「萬仙大會」，顯得太過突兀。

一版虛竹被三淨和尚一彈之後，不由自主的向前飛出。此時丁春秋一掌拍來，虛竹揮掌一擋。他的北溟真氣已有五六成火候，這一掌打得丁春秋退出一步，虛竹則因掌力反擊而飛出。而後，鳩摩智又一掌拍來，虛竹再揮掌一擋，兩股掌力相撞，虛竹騰雲駕霧般的向上飛起。

虛竹而後落地而來，段譽為救虛竹，以其背部頂住虛竹與童姥，並展開凌波微步，向前直奔。

二版刪去了丁春秋與鳩摩智兩人與虛竹對掌的情節，改為虛竹被桑土公肚皮一彈之後，向橫裡飛去。段譽為救虛竹，以其背部頂住虛竹與童姥，並展開凌波微步，向前直奔。

一版還說，童姥與虛竹二人從數百丈高處墮下，經慕容復一消，三淨的大肚皮一彈，丁春秋一化，鳩摩智一推，最後經段譽負在背上一奔，經過五個轉折，因此半點沒有受傷。

二版改為童姥與虛竹二人從數百丈高處墮下，經慕容復一消，桑土公一彈，最後給段譽負在背上一奔，經過三個轉折，因此半點沒有受傷。

虛竹與童姥安全墮入山谷後，虛竹抱了童姥向林中奔去。

一版鳩摩智瞥眼見到童姥年輕貌美，只道虛竹摟著一個美麗的少女飛奔，高聲說少林寺和尚不守清規，丁春秋則是為了虛竹踩死了三淨和尚而暴跳如雷，慕容復見到丁春秋，說要跟他一決勝負。

這一段二版全刪，因鳩摩智與丁春秋無緣無故出現出此，已是極為唐突，倘使丁春秋與慕容復、鳩摩智與段譽再算起舊帳，故事將沒完沒了。二版因此刪去鳩摩智與丁春秋出現於此處之事。

而後，虛竹與童姥朝西而逃，李秋水又追了過來。

虛竹問童姥，李秋水怎知他二人墜崖沒死？一版童姥說一定是丁春秋告訴李秋水的，因在場諸人除丁春秋之外，並無人識得她。

二版丁春秋與鳩摩智均未出現於此處，童姥回虛竹的話改為：「自然是有人多口了。」不過，一版童姥的話也頗有破綻，想來李秋水只要問現場任何一人，一個小和尚抱著女孩往哪裡去，答話的人即使不認識童姥，依然可說出他倆奔逃的方向。

接著，為求自保，童姥開始教授虛竹「天山折梅手」，先傳他掌法口訣。

一版說虛竹記性極好，童姥只說了一遍，他便記住了。

二版降低了虛竹的記憶力，改說虛竹記性極好，童姥只說了三遍，他便都記住了。

而後，虛竹與童姥藏身於西夏皇宮的冰窖，童姥要虛竹學「天山六陽掌」共抗李秋水，虛竹不允，童姥遂在虛竹身上種下九張「生死符」，童姥再教虛竹生死符的化解之法。

一版說童姥一一指點，虛竹便一一化解，待第七張生死符化去，童姥說道：「餘下的兩張生死符，你自行將真氣圍行全身穴道，試知所中的位置所在，再慢慢探知其中所含熱毒寒毒的次序份量，想一想該用何種法門破解。你確定之後，說與我知，且看對是不對，卻不可貿然從事。」

虛竹應道：「是。」

二版虛竹沒一版聰明，童姥也不這麼為難他了。二版改為童姥一一指點，虛竹一一化解。終於九張生死符盡數化去，虛竹不勝之喜。

看過一版到二版的修訂，再看看二版與新三版的差異。

新三版修訂的重點之一，就是將一、二版較為含糊的「逍遙派」人物關係補寫清楚。

關於逍遙派天山童姥、無崖子、李秋水三人，為什麼會由無崖子出任掌門，二版並未解釋，新三版增寫說，無崖子在三人之中，成就最大，功力也最強，因此繼承師父做了「逍遙派」掌門。

至於無崖子與天山童姥、李秋水的三角戀情。二版只提到天山童姥誤以為虛竹學得「小無相功」，在驚怒之下，竟將虛竹當作無崖子，將他拍打起來。待得心神清醒，想起無崖子背著自己和李秋水私通勾結，又是惱怒，又是自傷。

新三版則在天山童姥「既甚惱怒，又復自傷」之後，加寫：其實此事數十年前早已猜到，此刻方有確證。逍遙派師兄妹三人均是內力深厚，武功高強，但除童姥外，其餘二人愛情不專。無崖子先與童姥相愛，後來童姥在練功時受李秋水故意干擾，身材永遠不能長大，相貌差了，無崖子便移愛李秋水，但對童姥卻絕口不認。

童姥與無崖子的戀情，二版含糊不清，新三版則寫得很清楚，無崖子確曾與童姥相愛過。然而，新三版的說法顯然還是有「BUG」，因為童姥在與無崖子相戀前，就已經是五短身材，而非本來是九頭身曼妙身材，練了「天長地久不老長春功」，才變小女娃外型。新三版怎會說因為李秋水干擾，導致童姥身材永遠不能長大，相貌差了，無崖子才移愛李秋水呢？

後來因李秋水追殺，天山童姥命虛竹負之進入西夏都城。「西夏都城」之所在，二版說是「西夏都城靈州」，此處是錯誤，「靈州」是西夏王李繼遷時代的「平西府」，李繼遷之孫李元昊即位後，另將「興州」升為興慶府，並以之為都城。《天龍》時代的西夏都城是在「興州」，而非「靈州」，新三版已更正為「西夏都城興州」。

而關於李秋水於西夏的身份，二版童姥說，李秋水是西夏國皇太妃，新三版童姥增說為，李秋水是皇太妃，也是西夏國王的母親。

二版《天龍》保持了武俠小說與歷史的分際，只語焉不詳地說李秋水是西夏國皇太妃。新三版則將李秋水編派成皇帝的母親，提高她在西夏的地位，但如此一來，李秋水就成了有史料可循的人物。

考諸史料，《天龍》時代的西夏國皇帝應為崇宗聖文皇帝李乾順，也就是說，李秋水離開丁春秋，嫁入西夏後，嫁的是李乾順的父親惠宗康靖皇帝李秉常，然而，史料中崇宗聖文皇帝李乾順母親是「梁氏」，而非「李氏」，因此不是李秋水。當然，小說也可解釋成，李秋水在西夏國用的是假名。。

經過新三版的增寫，逍遙派諸人的愛情關係即較二版更清楚了。天山童姥為無崖子終生守貞到老；無崖子則是先與童姥相戀，而後又移情別戀李秋水，最後愛上李秋水的妹妹；李秋水是先與無崖子相戀生女，而後與丁春秋等一干少年郎勾搭，再與丁春秋私奔，最後嫁給西夏惠宗康靖皇帝李秉常；丁春秋則是與師母李秋水有所苟且，後來在星宿派中，又愛摸女弟子阿紫的胸脯。

新三版「逍遙派」的男女關係比二版還混亂，若是段正淳加入逍遙派，當會感覺如魚得水，難怪蘇星河認為段正淳才是無崖子弟子的絕佳人選，此言當真一針見血。

【王二指閒話】

武俠小說的創作原則之一，就是隨著情節的推衍，主角的武功越來越強，遇到的對手也必須隨之越來越強，兩者才能互相匹敵。

金庸創造主角「對手」的文學方法，可以概分為「正道」與「奇道」兩種。

所謂「正道」，即是主角與對手均本本分分的學武，兩人在武功上一爭高下。

「正道」又分兩種模式：

一、對手打從出場就是絕頂高手，主角練功後才能與之匹敵：如《射鵰》東邪西毒南帝北丐中神通五絕，打從出場就是「絕頂高手」，主角郭靖苦學「降龍十八掌」、《九陰真經》等武功，終於在第二次華山論劍與黃藥師及洪七公打成平手，也就是郭靖的武功已與五絕齊高。

二、主角武功進步，對手也隨之進步，故能勢均力敵：如《神鵰》楊過與金輪國師敵對，於小龍女失蹤的十六年間，楊過創造出「黯然銷渾掌」，金輪國師也練成了「龍象般若功」第十層，兩人在武功上均有所增長，爭鬥的情節即更為精彩。

至於所謂的「奇道」，即是對手練的並不是正統武術，而是以奇詭或神異的功夫，與主角爭鬥。

金庸書中的「奇道」又分兩種模式：

一、主角武功登峰造極，對手以奇詭之道相應：如《倚天》張無忌集「乾坤大挪移」、《九陽真經》與「太極拳、太極劍」於一身，成為天下第一高手。此時的張無忌已然天下無敵手，也就是沒有學習正統武術的敵手可與之匹敵。為了讓故事詭奇好看，金庸安排張無忌與三位使「奇道」的高手過招，一是使山中老人霍山武功的波斯明教風雲三使，二是使黑索的少林寺渡厄三僧，三是使《九陰真經》武功的周芷若。三次「正」「奇」之戰，張無忌都曾為對手所制。「奇」雖可能勝「正」，但令讀者難解的是，如果張無忌以波斯武功為「奇」，波斯三使不是一樣會以張無忌的中原武功為「奇」嗎？為何「奇」「奇」相鬥，張無忌之「奇」，會為風雲三使之「奇」制服呢？此外，周芷若武功之「奇」，是「奇」在短期速成《九陰真經》，但令人不解的是，速成的武功怎能戰勝張無忌按部就班，扎扎實實練成的「乾坤大挪移」與《九陽真經》？

二、主角武術達武學巔峰，對手卻進入神話境界：《天龍》逍遙派無崖子、天山童姥與李秋水三人，從武術上來說，根本不是「人」，而是「神」。天山童姥突破了生理原則，既能返老還童，也能瞬間由童轉老，其內力還竟可凝水成冰為「生死符」，無崖子則能將一生功力灌入虛竹體內，凡此種種，皆不可能是人所能到達的境界。因此三人武功過度神異，金庸巧妙的沒讓主角蕭峰、段譽或慕容復與他們三人中的任一人過招，否則將可能狼狽不堪。而因難以再創造更高層次的對手來制服此三人，金庸將此三人寫成最後皆自行散功而死。倘使這三個「神」橫行江湖，整個江湖將可能摧枯拉朽，完全無「人」能敵。

第三十六回還有一些修改：

一．割了童姥一條腿後，二版李秋水出言威脅：「姊姊，你一條腿長，一條腿短，若是給『他』瞧見了，未免有點兒不雅，好好一個矮美人，變成了半邊高、半邊低的歪肩美人，豈不是令『他』大為遺憾？小妹還是成全你到底罷！」二版最後的「小妹還是成全你到底罷！」有殺人之意，新三版將此話增為「小妹還是成全你到底，兩條腿都割了罷！」新三版李秋水是要斷了童姥兩腿，更顯玩弄殘忍之意。

二．虛竹負童姥下墮時，踏到了桑土公。二版說虛竹落地時雙足踹在他的大肚上，立時踹得他腹破腸流，死於非命。新三版因第三十三回刪掉了桑土公其人，自也刪去了桑土公發毒針射人之事，因而新三版此回是桑土公唯一出現過的一回。新三版對桑土公加解釋說「這人是三十六洞中碧磷洞洞主桑土公，身材肥碩有如大鼎，她見虛竹和童姥橫裡飛來，勢不可擋，便即臥倒。說來也真極巧，虛竹落地時正好雙足踹在他大肚上，雖已急運北冥真氣，消減下墮之力，還是踹得他腹破腸流，死於非命。」

三．童姥問虛竹，珍瓏棋局第一著下在那裡？二版虛竹道：「小僧閉了眼睛亂下一子，莫名其妙的自塞一眼，將自己的棋子殺死了一大片。」新三版改為虛竹道：「小僧閉了眼睛亂下一子，莫名其妙的自緊一氣，讓對手將我本來『共活』的棋子殺死了大片。」

四．童姥對虛竹解釋窖藏冰塊的妙用後，新三版較二版增寫虛竹問：「哎呦，皇帝要用冰塊，常會派人來取，豈不是會見到我們？」童姥道：「皇宮裡有『天地玄黃，宇宙洪荒』八號冰庫，這裡是『荒』字號。他們要取完了前七個冰庫中的冰，才會到『荒』字號冰庫來。三個月也未必取到這裡，時候長著呢，不用躭心！」新三版的增寫是要為童姥與虛竹長時間躲在冰窖中，卻能不被人發覺做出解釋。

五．童姥譏達摩是「沒骨氣的臭和尚」，二版虛竹道：「阿彌陀佛，阿彌陀佛，前輩不可妄言。」新三版身屬「禪宗」的虛竹不再把「淨土宗」的「阿彌陀佛」掛在嘴上了，改為虛竹道：「祖師慈悲，前輩不可妄言。」

六．虛竹所誦《入道四行經》，二版中的「禪師悟真，理與俗反，安心無為，形隨運轉。」四句，新三版將「禪師悟真」改為「智者悟真」。

七．童姥考驗虛竹是否真不食葷之時，一版說是在冰窖中「過了月餘，童姥已回復到五十幾歲時的功力」時，二版改為「過了兩個多月，童姥已回復到八十幾歲時的功力」時，新三版再改為「過了一個多月，童姥已回復到六十幾歲時的功力」時。

八·為避免腿傷流血留下血跡，供李秋水循血追人。一版童姥對虛竹道：「你在我『環跳』與『承扶』兩穴上點上三指，止血緩流。」二版改為童姥道：「你在我『環跳』與『期門』兩穴上點上幾指，止血緩流。」而後，一版童姥道：「我還得有七十二日，方能神功還原，那時便不怕這賤人了。」二版將「七十二日」改為「七十九日」。

九·虛竹以為冰窖中的麻袋中裝了糧食，一版童姥笑道：「你道那些麻袋之中，裝的都是糧食麼？都是沙子，嘿嘿，你吃沙子不吃？」但因寫到後來，麻袋中物寫成是李秋水點火燃燒之用的棉花，二版此處順應後面的情節，更正為童姥笑道：「你道那些麻袋中裝的是糧食麼？那都是棉花，免得外邊熱氣進來，融了冰塊。嘿嘿，你吃棉花不吃？」

虛竹在李秋水教導下，學會了「天鑑神功」

——第三十七回〈同一笑　到頭萬事俱空〉版本回較

《天龍》的五大主角中，「北喬峰、南慕容」兩大高手的武功是從小刻苦學來的，段譽、虛竹、與游坦之三人的武功則是出場後才速成的。這一回說的即是虛竹學功的故事。

虛竹學得「逍遙派」神功，始於背負童姥躲避李秋水追殺時，學會「天山六陽掌」與「天山折梅手」，而後，在一版故事中，童姥與李秋水藉由傳功虛竹而互鬥，虛竹因此學會了「天上地下唯我獨尊功」及「天鑑神功」兩種逍遙派絕世神功。這段情節二版刪去了，且來看看一版的說法。

故事要從李秋水進冰窖追殺童姥說起。

李秋水進了冰窖，聞虛竹之聲，因冰窖中太過黑暗，目不能視，問是何人。

一版童姥回道：「那是中原武林第一風流浪子，外號人稱『粉面羅剎武潘安、辣手摧花俏郎君』，你想不想見？」

二版童姥給虛竹安的外號，沒「辣手摧花」這般熱辣的字眼了。改為童姥回道：「那是中原武林的第一風流浪子，外號人稱『粉面郎君武潘安』，你想不想見？」

而後，童姥與李秋水雙雙受傷，兩人為一較高下，將內力傳進虛竹體內，隔著虛竹的身體鬥法，虛竹因而擁有了無崖子、童姥與李秋水三人的內力。後來虛竹將童姥與李秋水二人救離冰窖，來到荒郊。

在荒郊時，為了虛竹無意中掉落的無崖子繪卷，童姥與李秋水又爭吵開來。李秋水說無崖子豈能畫童姥這人不像人，鬼不像鬼的侏儒？

一版接著說，童姥一生最傷心之事，便是練功失慎，以致永不長大，成為侏儒。此事也可說是李秋水當年種下的禍胎，當童姥練功正在緊要關頭之時，李秋水大叫一聲，令她走火，真氣走入岔道，從此再也難以復原。這時聽她又提起自己的生平恨事，不由得怒氣填膺，說道：「總算你這賊賤人運氣好，趕著在我練成『天上地下唯我獨尊功』之前尋到了我。若是再遲一天，哼哼，只要再遲得一天，你在我手下，就夠你受了。」李秋水則道：「你練你的功夫，難道我這幾十年是白過的麼？我跟你說，三百六十面銅鏡上所載的『天鑑神功』，小妹是揣摩出來了。就算你練成了鬼功夫，我的『天鑑神功』難道敵不住麼？」

兩人彼此不服，卻又無力傷害對方，童姥於是教虛竹「天上地下唯我獨尊功」的一招「拈花微笑」，要虛竹以此招打李秋水。虛竹不願傷害李秋水，童姥於是說，展演給李秋水瞧瞧即可。

虛竹展演「拈花微笑」後，李秋水不甘示弱，說「天鑑神功」中的「凌波微步」可輕輕巧巧的避開「拈花微笑」，於是教會了虛竹「凌波微步」。

童姥見狀，又教了虛竹一招「三龍四象」。

兩人就這麼你一招我一招，將生平絕學都教給了虛竹。虛竹於是學成了「天上地下唯我獨尊功」與「天鑑神功」。

童姥與李秋水以虛竹「傳功鬥法」，虛竹因此學得一身逍遙派絕技的故事，一版長達七頁之多，二版全數刪除。

刪除的原因理當是《神鵰》有極為類似的橋段，《神鵰》洪七公與歐陽鋒在華山絕頂比拼武功，內力耗盡之後，各自將「打狗棒法」與「蛇杖」杖法說與楊過，楊過依言演出，兩人以此較高下，楊過因此學得了「打狗棒法」與「蛇杖」杖法。童姥與李秋水傳功於虛竹，與洪七公及歐陽鋒傳功於楊過，兩段情節實在太過雷同。為求「創意不重複」，二版刪掉了《天龍》此段情節。

童姥與李秋水戰到最後，縹緲峰昊天部前來救駕。

一版說天山童姥是縹緲峰九天九部的「教主」，二版改為「主人」。

從一版故事可知，童姥練就了「天上地下唯我獨尊功」，其中有「拈花微笑」、「三龍四象」等絕招，還自稱「教主」，可知一版童姥是以「佛陀」自況。

二版為免對佛陀不敬，將「天上地下唯我獨尊功」改為「八荒六合唯我獨尊功」，並廢去「拈花微笑」、「三龍四象」等絕招，童姥自稱的「教主」則改為「主人」。

比較過一版與二版，再談二版與新三版的差異。

且由李秋水以「傳音搜魂大法」尋覓童姥與虛竹說起。

虛竹按住耳朵，李秋水的聲音仍鑽入耳中，二版童姥道：「這聲音是阻不住的。這賤人以高深內力送出說話。咱們身處第三層冰窖之中，語音兀自傳到，布片塞耳，又有何用？你須當平心靜氣，聽而不聞，將那賤人的言語，都當作是驢鳴犬吠。」

新三版將童姥的話增寫為：「這聲音是擋不住的。這賤人以高深內力送出說話。咱們身處第三層冰窖之中，語音兀自傳到，布片塞耳，又有何用？皇宮中嬪妃護衛、宮女太監，無慮千百人之眾，不過他們身無逍遙派內力，沒一人能聽半點聲音。你須當平心靜氣，聽而不聞，將那賤人的言語，都當作是驢鳴犬吠。」

新三版之所以會有此處增寫，是因為有讀者質疑，為甚麼李秋水在皇宮中大發：「好師哥，你抱住我，嗯，唔，唔，再抱緊些，你親我，親我這裡。」之類的淫聲浪語，皇宮中卻無人得聞？新三版於此做出解釋，原來是因李秋水的音頻與常人不同，所以才沒人聽得見。至於這樣的解釋說服力足不足，就全憑讀者的接受度了。

而後，李秋水在冰窖中尋到了童姥。

二版童姥對李秋水道：「賊賤人，你以為師弟只愛你一人嗎？你當真想昏了頭。我是矮子，不錯，遠不及你窈窕美貌，可是師弟早就甚麼都明白了。你一生便只喜歡勾引英俊瀟灑的少年。師弟說，我到老仍是處女之身，對他始終一情不變。你卻自己想想，你有過多少情人了……」

新三版因增寫了李秋水與丁春秋的不倫戀，改為童姥道：「賊賤人，你以為師弟只愛你一人嗎？你當真想昏了頭。我是矮子，不錯，遠不及你窈窕美貌，可是師弟早就甚麼都明白了。你一生便只喜歡勾引英俊瀟灑的少年，連他的徒兒丁春秋這種小無賴你也勾引。師弟說，我到老仍是處女之身，對他始終一情不變。你卻自己想想，你有過多少情人？你去嫁了西夏國王做皇妃，師弟怎麼還會理你？」

童姥而後向李秋水說起「夢郎」虛竹。二版童姥說：「無崖子師弟收了他為關門弟子，要他去誅滅丁春秋，清理門戶。」

新三版為強調李秋水與丁春秋的不倫戀，童姥的話也改為：「無崖子師弟收了他為關門弟子，要他去誅滅你的情郎丁春秋，清理門戶。」

而後，童姥與李秋水師姊妹相拼，李秋水並引火融冰。童姥與李秋水浸在冰水中，隔著虛竹比拼內力，將內力傳進虛竹體內。

童姥與李秋水最後兩敗俱傷，虛竹將兩人救到荒郊外。

二版童姥談起她與李秋水仇恨的緣由，說她一生最傷心之事，便是練功失慎，以致永不長大。此事正便是李秋水當年種下的禍胎，當童姥練功正在緊要關頭之時，李秋水在她腦後大叫一聲，令她走火，真氣走入岔道，從此再也難以復原。

新三版更詳細說明童姥、無崖子與李秋水的三角戀情，改說當年童姥身材矮小，但容貌甚美，師弟無崖子跟她兩情相悅。她練了「天長地久不老長春功」，又能駐顏不老，長保姿容，在二十六歲那年，她已可逆運神功，改正身材矮小的弊病。其時師妹李秋水方當十八歲，心中愛上了師兄無崖子，妒忌童姥，在她練功正當緊要關頭之時，在她腦後一聲大叫，嚇得她內息走火，真氣走入岔道，從此再難復原，永不長大，兩女由此成為死敵。

二版童姥似乎是「單戀」無崖子，新三版則道出兩人確實曾經相戀。

童姥與李秋水相鬥至死，臨終才由無崖子所繪之圖發現無崖子的最愛是李秋水的小妹子。

二版李秋水對虛竹道：「我小妹容貌和我十分相似，只是她有酒窩，我沒有，她右眼旁有顆小小的黑痣，我也沒有。」

新三版將「她右眼旁有顆小小的黑痣」改為「她鼻子下有顆小小黑痣」。

聞李秋水之言，二版虛竹心想：「師父命我持此圖像去尋師學藝，難道這個小妹子是住在大理無量山中嗎？」於是問李秋水：「師叔，她……你那個小妹子，是住在大理無量山中？」

新三版改為虛竹心想：「師父命我持此圖像去尋師學藝，原來他心中一直以為畫的是師叔？」問道：「師叔，你從前住在大理無量山嗎？」

二版無崖子囑虛竹拿著李秋水小妹子的畫像，去求李秋水教功，讓讀者頗感疑惑。新三版改寫為無崖子畫了李秋水小妹子的畫像，卻自以為畫的是李秋水，因此才會要虛竹持此圖去求李秋水教功，故事邏輯顯然周延多了。

二版李秋水最後告訴虛竹：「賢侄，我有一個女兒，是跟你師父生的，嫁在蘇州王家。」

新三版則大幅增寫為李秋水說：「賢姪，我跟丁春秋有私情，師哥本來不知，是你師伯向你師父去告了密，事情才穿了。我和丁春秋合力，將你師父打下懸崖，當時我實是迫不得已，你師父要致我死命，殺我洩憤，我若不還手，性命不保。可是我並沒下絕情毒手呀，他雖性命垂危，我還是拉了丁春秋便走，沒要了你師父的命，後來我到了西夏，成為皇妃，一生榮華富貴。你師伯尋來，在我臉上用刀劃了個井字，但那時候我兒子已經登極為君……

「你師父收你為徒之時，提到過我沒有？他想到我沒有？他這些年來心裡高興嗎？其時我又不是真的喜歡丁春秋，半點也沒喜歡他。我趕走了他，你師父知道罷？我在無量玉洞中遺書要殺盡逍遙派弟子，便是要連丁春秋和他的徒子徒孫全部殺光，你師父知道這件事罷？他如知道，心裡一定挺開心的，知道我一直到死，還是心中只有一個他……」

金庸在剛開始創作《天龍》時，並沒有構思及「逍遙派」，直到阿紫出場，丁春秋、蘇星河、無崖子、天山童姥、李秋水等逍遙派高手才一個一個陸續創造出來。為求故事圓融，二版花了許多功夫，將逍遙派的故事補寫到前三回中，比如將一版慕容家前人收藏武學典籍在大理無量山，改為逍遙派無崖子與李秋水將武學典籍收藏在大理無量山，並增寫天山童姥將無量劍派收編為其轄下的無量洞。新三版再進一步增寫逍遙派師姊弟三人武功高低、三人的感情糾葛，以及逍遙派與姑蘇慕容的武功淵源關係。經過兩次大修訂，總算把一版處處破綻的逍遙派改寫得天衣無縫、圓融周延了。從《天龍》「逍遙派」的版本變革，就可知金庸改版時所下的功夫之深。

【王二指間話】

金庸書系中宗派林立，有些宗派可說是「遺世獨立」的小門派，這些門派的門戶所在之處，彷彿與世隔絕，門派中人也鮮少與外界來往。派中大多只有師徒兩代，成員不多，少則兩人，多則一二十人。

金庸修訂新三版時，對這些「遺世獨立」的門派暇想頗多，往往信手拈來，便拿條紅線，將師父徒兒牽成情侶。且來看看新三版這些春光旖旎的門派：

一、《射鵰》桃花島：二版桃花島是師父黃藥師嚴厲，曲陳梅陸等弟子均順服的門派，梅超風與陳玄風偷走《九陰真經》下卷後，黃藥師尋得梅超風，即要求梅超風必須自斷雙手，師徒間並無任何曖昧。新三版則改成黃藥師會在紙箋上自書「恁時相見早留心，何況到如今。」以抒愛慕梅超風之意。而除了黃藥師戀上梅超風外，大師兄曲靈風在妻歿之後，亦對梅超風頗有情意。

二、《神鵰》古墓派：二版楊過投身古墓派，拜小龍女為師後，兩人在活死人墓中，雖朝夕相處，卻一個冷淡，一個恭誠，竟無半點越禮。新三版楊過與小龍女則不像二版這般毫無情慾，兩人練「亭亭如蓋」時，楊過會撲到小龍女身上，小龍女眼波盈盈，滿臉紅暈，楊過情慾難以克制，雙臂抱住了小龍女身子，伸嘴便欲在她臉頰上一吻。新三版楊過與小龍女常常邊練功、邊調情，古墓派也因此春意盎然。

三、《天龍》逍遙派：二版無崖子收有蘇星河與丁春秋二徒，丁春秋學藝有成後，竟叛門弒師。新三版則增寫丁春秋與無崖子的愛人李秋水相戀，最後因天山童姥密告無崖子，姦情曝光，丁春秋與李秋水才聯手加害無崖子。

四、《天龍》星宿派：二版丁春秋雖好使毒，卻不好色。新三版則增寫丁春秋愛摸阿紫發育中的胸脯，嚇得阿紫逃離星宿派。

修訂二版為新三版時，金庸或許認為這些「遺世獨立」的宗派，理當有不可告人的男女關係，於是筆隨意走，增寫了各門派中，男師女徒、女師男徒、師母徒兒，旖旎繾綣的故事。增說補寫後，新三版冒出了許多粉紅泡泡，讀來也更讓人臉紅心跳。

第三十七回還有一些修改：

一．童姥罵道：「無恥賤人，他對你若有真心，何以臨死之前，巴巴的趕上縹緲峰來，將七寶指環傳了給我？……」一段話，新三版較二版加說童姥「似乎也是傳音出去，要讓李秋水聽到。」二版因無此說明，這段話像是童姥在自言自語，新三版增說後，即能與隨後李秋水尋聲找到童姥相扣合。

二・在冰窖中，童姥裝死，二版說童姥滿臉皺紋，嘴角附近的皺紋中都嵌滿了鮮血，神情甚是可怖。新三版接著增說，李秋水知童姥久練「不老長春功」，功力深厚，能駐顏不老，只有這功夫散失，臉上才現老態皺紋。

三・童姥叫虛竹別把畫給李秋水看，二版李秋水道：「我不要看了，你怕我看畫！可知畫中人並不是你。」新三版改為李秋水道：「我已看到了，師哥畫的是我。你怕我看畫，可知畫中人並不是你。」新三版李秋水較急智，以「激將法」反激童姥。

四・縹緲峰中，二版的「失足巖」，新三版改為更具威脅感的「碎骨巖」。

五・李秋水尋童姥之聲傳進冰窖，而後其聲又漸遠。一版說虛竹定下心來，依著童姥所授的法門，將北溟真氣周運全身，探尋生死符的所在。二版因虛竹身上的生死符已全為童姥拔除，故而刪了一版此事。

六・一版說李秋水是八九十歲的老太婆，二版一減十年，從「八九十歲」改為「七八十歲」。

七・童姥裝死後，李秋水又點了虛竹的穴道，而後對虛竹道：「兵不厭詐，今日教訓教訓你這小子。」一版接著說，李秋水回頭再看童姥，見到她一手擱在小腹之上，小指上赫然戴著那枚掌門人的鐵指環，她妒意油然而興，陰森森的道：「師哥的鐵指環，為什麼要給你戴？」彎下腰來，將火摺交在左手，右手便去除那指環。金庸在一版連載時，可能搞糊塗了，先前已說過李秋水為搶此鐵指環，割斷了童姥一指，因而搶劫得手，怎麼寫到這回，鐵指環又回到童姥手上？二版更正為李秋水指著虛竹不住嬌笑，說道：「你……你……你這醜八怪小和尚，居然自稱什麼『中原第一風流浪子』……」

八・童姥之所以沒有在裝死後，又為李秋水擊打屍身。一版說一來虛竹仁心相阻，二來李秋水一見到鐵指環後，便即墮入算中，再也剋制不住，俯身去取指環。但說鐵指環在童姥手上，明顯是個錯誤。二版訂正為：幸得虛竹仁心相阻，而李秋水見到這「中原第一風流浪子」的真面目後，既感失望，又是好笑，疏了提防。

九・昊天部到臨後，一版童姥除了手中的鐵指環，向虛竹一擲，虛竹雙手一合，接在手中。此處一版是誤寫，鐵指環根本是在李秋水而非童姥手上。二版更正為童姥向虛竹道：「咱們那只寶石指環，給這賊賤人搶了去，你去拿回來。」虛竹道：「是。」走到李秋水身前，從她中指上除下了寶石指環。這指環本來是無崖子給他的，從李秋水手指上除下，心中倒也並無不安。

十．李秋水由畫憶起小妹子之事，一版李秋水對虛竹道：「師姊初見此畫，只道畫中人是我，一來相貌甚像，二來師哥一直和我很好，何況……何況姊姊和我相爭之時，我小妹子還只十五歲，她又不會絲毫武功，師姊說什麼也不會疑心到是她，全沒留心到畫中人的酒窩和黑痣。唉，小妹子，你好，你好，你好，你好！」關於此畫，一版真是前後矛盾，一版第三十一回康廣陵明明說畫中美女是天山童姥，此回卻又改說畫中人是李秋水小妹子。二版將「小妹子還只十五歲」改為「十一歲」，並刪去「她又不會絲毫武功」之說。

十一．一版靈鷲宮諸女稱虛竹為「主人」，二版改為「尊主」。

十二．符敏儀為虛竹逢製的袍子，一版說袖口衣領之處，更鑲以白色豹皮。二版改為袖口衣領之處，更鑲以灰色貂皮。

第三十八回〈胡塗醉　情長計短〉版本回較

——虛竹學會了「凌波微步」，以之閃避劍神

這一回的故事主角仍是虛竹。且來看看虛竹在三個版本中，各有不同的武功描述。一版修訂成二版時，刪去了一版童姥與李秋水藉由傳功虛竹而鬥法之事，二版虛竹因而未從童姥與李秋水處學過「天上地下唯我獨尊功」與「天鑑神功」。

且由虛竹準備上縹緲峰靈鷲宮說起。

話說虛竹要飛渡峽谷，進入靈鷲宮時，一版虛竹驀地想起，李秋水和童姥傳功相鬥之時，曾傳了他一招「新柳春燕」，虛竹於是就使此招，飛渡了峽谷。

二版刪去了童姥與李秋水藉虛竹傳功鬥法的情節，因而也無虛竹學會「新柳春燕」之事。這段改為虛竹唸了段佛經後，即鼓起勇氣，飛渡了峽谷。

飛渡峽谷，進入靈鷲宮後，虛竹先是為烏老大所扣，接著為珠崖雙怪所脅，而後「劍神」卓不凡再以「周公劍」相誘，要虛竹說出天山童姥破解「生死符」的遺言。

卓不凡對虛竹以利相誘，想從虛竹身上獲取破解「生死符」之法。此時傳來一個聲音問卓不

凡，他欲學破解生死符之法，是否想藉此宰制諸洞主島主？

一版說此話的是象鼻島出塵道人，二版則為求全書首尾相應，改為是無量洞洞主辛雙清所說。

而後，卓不凡欲挾持王語嫣威脅虛竹，但劍出之後，卻傷了段譽，虛竹遂以「天山折梅手」奪下卓不凡手中長劍。

長劍為虛竹所奪，一版卓不凡心道：「我巧得『無量劍』派前輩所留的劍經，苦練三十年，當世怎能尚有敵手？」

一版卓不凡此話是呼應《天龍》第一回的故事，原來無量劍前輩見到石壁上的「仙人舞劍」，竟因此而撰有劍經流傳下來。

二版則將卓不凡的心語改為：「我在長白山中巧得前輩遺留的劍經，苦練三十年，當世怎能尚有敵手？」經過這麼一改，跟第一回的無量劍故事就完全無關了。

接著，卓不凡的劍生出「劍芒」，攻向虛竹。虛竹從未見過別人的兵刃上能生出青芒，聽得群豪呼喝，料想是一門厲害武功，自己定然對付不了，腳步一錯，滑了開去。一版說虛竹使的是「凌波微步」。

二版刪去了虛竹使「凌波微步」之說。

繼卓不凡之後，芙蓉仙子又向虛竹擲來飛刀，兩把飛刀在虛竹面前掠過。一版說虛竹以凌波微步功夫輕輕巧巧的躲過。

二版因刪去了李秋水教虛竹「凌波微步」之事，改說虛竹在背負童姥時，曾得童姥指點過一些輕功，因而得以輕輕巧巧的躲過。

而後，虛竹制服了卓不凡與崔綠華，梅蘭竹菊四劍隨後來到了「獨尊廳」。在場有兩個漢子持刀要攻擊梅劍。蘭劍、竹劍見狀，長劍掠出，將兩條漢子的手腕斬斷。

一版說虛竹識得蘭劍、竹劍二人的劍法，這一招「輕車宛轉」，乃是童姥的得意劍法之一，那日與李秋水比武，便曾用過。

二版因無童姥與李秋水傳功虛竹以鬥法之事，這段也全刪除了。

最後，在四劍擁戴下，虛竹繼天山童姥之後執掌靈鷲宮。

一版虛竹道：「在下年輕識淺，只不過承童姥姥指點幾手武功，『教主』甚麼的，真是愧不敢當。」

可知一版的縹緲峰靈鷲宮是一門「邪教」，童姥自稱「教主」，虛竹亦襲稱「教主」。二版則將靈鷲宮改為「門派」，「教主」之稱也改成了「尊主」。

看過一版與二版的變革，再看二版到新三版的修訂。

且由虛竹進入靈鷲宮說起。虛竹進靈鷲宮後，烏老大因不知童姥已死，出手扣住虛竹脈門，本要令童姥投鼠忌器。二版說烏老大哪知他連催內力，虛竹恍若不知，所發的內力都如泥牛入海，無影無蹤。

新三版增說，原來虛竹全身盡是北冥神功，沒一處穴道不能吸人內力。

段譽與虛竹均學過北冥神功，新三版此處將兩人的北冥神功分出了強弱。在新三版第三十六回中，不平道人與烏老大分別握住段譽的右手與左手，兩人一拉住段譽的手，四掌掌心勞宮穴相貼，魚腹穴相對，魚際、少府、少衝各穴中經脈俱動，不平道人頃刻之間便覺體內真氣迅速向外宣洩，可知段譽的北冥神功必須經由特定穴位才能吸取他人內力。至於虛竹的北冥神功則如此回所說，虛竹全身盡是北冥神功，沒一處穴道不能吸人內力。可知虛竹的「北冥神功」功力遠勝段譽。

然而，新三版的故事也不無瑕疵，因為新三版虛竹並不像一版虛竹得過李秋水與童姥傳功，雖然虛竹融童姥、無崖子、李秋水三人的內力於一身，但虛竹從未學過「北冥神功」。怎麼可能因為身擁三人內力，就自然會使「北冥神功」呢？

【王二指閒話】

習武之人以「內力」為根基，「內力」，又稱為「氣」，「氣」是看不到也摸不著的，因而讓人有所想像。

在金庸撰寫武俠小說的十七年間，對於「氣」的觀點，不斷地改變。茲將金庸對於「氣」的想法，依階段分述如下：

第一階段：氣就是氣：金庸在撰寫《射鵰》時，對於「氣」的認知是「氣就是氣，沒有個人特別的屬性，每個人練出來的氣都一樣。」因此，在郭靖受傷後，黃蓉依《九陰真經》療傷章為郭靖治傷時，郭靖對黃蓉所說的療傷之法是：「兩人各出一掌相抵，以妳的功力，助我治傷，而難就難在七日七夜之間，兩人手掌不可有片刻離開，妳我氣息相通……」也就是說，只要兩人手掌相抵，健者對傷者發「氣」，即可療傷，完全不須考慮氣場相融不相融的問題。

第二階段：氣分陰陽：創作《倚天》時，金庸認為氣分陰陽，而且陰陽有別，難能相融。因此，周芷若習練《九陰真經》後，曾想求張無忌教她「九陽神功」，張無忌卻說：「我這九陽神功是純粹陽剛的內功，你現下所習的峨嵋派內功，走的卻純是陰柔路子。要是你再練我的功夫，陰陽匯於一體，除非是如我太師父這等武學奇才，或許能使之水火相濟，剛柔相調，否則只要差得一步，便是走火入魔的大禍。」「氣分陰陽」的理論在《天龍》中想像得更細緻，天山童姥在種人生死符時，竟能精算出內力要用陰陽的三七或四六比率。

第三階段：氣可藉由吸人內力而得：創作《天龍》時，金庸對「氣」的新觀點是「氣可以藉吸取他人之氣而得，也可以將自己的氣灌給他人。」基於這個觀點，《天龍》段譽可以用「北冥神功」（一版「朱蛤神功」）吸人內力，無崖子也可以將其七十餘年的功力悉數灌給虛竹。可見「氣」就像金銀珍寶一樣，可以彼此掠奪，也可以相互贈與。

第四階段：氣有個人專屬性，難能彼此相融：創作《笑傲》時，金庸仍認為「氣」可互相授受，但此時的金庸推翻了他創作《天龍》時認為的「人人之氣皆相融，可以彼此掠奪，也可以相互贈與」的觀點，改說每個人的氣都有個人專屬性，彼此互不相融。因此，令狐冲受傷後，先被桃谷六仙灌了六道真氣，繼而再被不戒大師灌以兩道真氣，體內八道真氣不僅融不進令狐冲之氣，彼此也互不相融，導致令狐冲體內八道真氣混亂，連平一指也束手無策。

綜整金庸對於「氣」的觀點，結論就是，金庸對於「氣」的認知，隨著創作歷程的演進，「氣」越來越具個人專屬性，也就越來越不可能互相掠奪或給予了。

第三十八回還有一些修改：

一．進入靈鷲宮後，二版虛竹見青石板大道工程浩大之極，似非童姥手下諸女所能。新三版再加寫一句「料想是前人遺留」。新三版強調靈鷲宮是一幢古建築，而非童姥所肇建。

二．談到童姥之死，二版虛竹道：「南無阿彌陀佛，南無觀音菩薩，南無大勢至菩薩，接引童姥往生西方極樂世界，蓮池淨土！」「南無阿彌陀佛，南無觀音菩薩，南無大勢至菩薩」是佛教「淨土宗」的佛號，新三版為符合虛竹的「禪宗」少林寺出身，改為虛竹道：「我佛慈悲，但願童姥投胎善道，不受大苦。」

三．說起門派舊事，二版「劍神」卓不凡道：「『一字慧劍門』三代六十二人，三十三年之前，便給天山童姥殺得乾乾淨淨了。」新三版將「三十三年之前」改為「二十三年之前」。新三版童姥宰制諸洞主島主的時間，沒有二版那麼長。

四．段譽見到無量洞的辛雙清與左子穆，生怕他們要算舊帳。二版說，這時見辛雙清發話，段譽急忙躲在包不同身後。二版這段太不合情理，因包不同多次出言譏刺段譽，段譽心中甚是不喜包不同，怎可能躲在包不同身後避難？新三版改為見辛雙清發話，段譽忙去躲在一根大柱之後。

五・辛雙清出言直指卓不凡要取得破解生死符秘訣，以挾制三十六洞七十二島之事。新三版較二版增解釋說，無量劍東宗、西宗為靈鷲宮收歸麾下之後，辛雙清和左子穆均給童姥在身上種了生死符，甫歷痛楚，創傷猶新，更怕再受旁人宰制。

六・二版說卓不凡於長白山中荒僻極寒之地苦研劍法，無意中得了前輩高手遺下來的一部劍經，勤練三十年，終於劍術大成。新三版將「勤練三十年」改為「勤練二十年」。而後，二版說卓不凡出山，在河北一口氣殺了幾個赫赫有名的好手，更是狂妄不可一世。新三版再加說一句「便自稱『劍神』」。

七・梅蘭竹橘菊四劍，二版說是十八九歲的少女。新三版四姝減了一歲，改為十七八歲。

八・四劍中的「蘭劍」，二版服色是「月白」，新三版改為「淡青」。但以「月白」喻蘭花，似乎較「淡青」貼切。

九・段譽與眾洞主島主約法三章，二版第三條說：「不但對虛竹子先生要恭敬，對梅蘭竹菊四位姊姊妹妹們，也得客客氣氣，化敵為友，再也不得動刀弄槍。」新三版在「對梅蘭竹菊四位姊姊妹妹們」之下，加了一句「以及靈鷲宮其他姊姊妹妹們」。加了這一句後，段譽所約之事才能周延。

十・虛竹提議跟段譽結拜，並說「日後尋到喬大哥，再拜一次便了。」二版段譽道：「妙極，妙極！兄長幾歲？」新三版增為段譽道：「妙極，妙極！咱兩個先將喬大哥結拜在內便了。兄長幾歲？」

十一・虛竹進了靈鷲宮，只見大廳中桌上、椅上都坐滿了人，另有一些人走來走去，隨口談笑。一版說大廳中一副群龍無首，各行其是的局面。二版刪了此話，想來烏老大就是群龍之首，怎會「群龍無首」呢？

十二・想自虛竹身上獲取童姥遺物的「珠崖雙怪」，一版解釋說，這兩人江湖上稱為「珠崖雙怪」，他二人偏偏自稱為「雙義」。這與《射鵰》中「江南七怪」與「江南七俠」之稱頗雷同，二版刪去了。

十三・王語嫣道出卓不凡的出身來歷。一版王玉燕道：「這位老先生姓卓，又有劍神之號，多半便是『一字慧劍門』的掌門人卓不凡前輩了。」二版革去了卓不凡的「掌門」之位，改為王語嫣道：「這位卓老先生，想必是『一字慧劍門』的高手耆宿。」

十四・靈鷲宮中，群豪所在之處，一版說是「聚賢廳」，二版改為「獨尊廳」。

十五·梅劍對虛竹說群豪害死鈞天部姊妹，非叫他們償命不可，一版說玉霄洞的洞主是個七十來歲的老者，向梅劍深深一揖，說道：「姑娘，咱們身上中了生死符，實在是慘不堪言，一聽到童姥姥她老人家不在峰上，不免著急，做錯了事悔之莫及。求你姑娘大人大量，向虛竹子先生美言幾句。」二版為求全書首尾相呼應，將「玉霄洞的洞主」改為「無量洞副洞主左子穆」。

十六·段譽與虛竹結拜，一版說二人敘了年紀，卻是虛竹大了兩歲。二版改為虛竹大了三歲。

玄垢、玄石跟蹤蕭峰，自聚賢莊跟到山東單家莊
——《天龍八部》第三十九回〈解不了名韁繫嗔貪〉版本回較

為了簡化書中人物，一版《天龍》修訂為二版時，刪去了「一飛沖天」金大鵬、「三掌絕命」秦元尊、及「黑白劍」史安等無關緊要的「冗角色」，二版修訂為新三版時，繼續刪除書中的「冗角色」。在這一回故事中，二版來自天竺的哲羅星與波羅星將在新三版徹底消失。

波羅星與哲羅星在兩次改版中，情節都被大幅刪除。一版改寫成二版時，刪去了第二十九回波羅星以笛聲召喚毒蛇，以及秘信藏書蛇腹之事，也刪去了第三十三回哲羅星坐在兩條大蛇交纏的蛇尾上，前來中土的故事。

二版大幅刪去哲羅星與波羅星的相關情節，但波羅星至少林寺盜取武籍一事，二版仍保留於此回神山上人問難的情節中。這一大段哲羅星與波羅星的故事，新三版悉數刪改。再經第四十二回的刪改，哲羅星與波羅星就完全不存於新三版《天龍》中了。

且來看看二版的故事。

故事從神山上人一行上山對少林寺問難，少林寺召集闔寺群僧說起。二版虛竹所見，是方丈

玄慈與玄字輩的三位高僧，陪著七位僧人，從後殿緩步而出。那七僧年紀都已不輕，服色與少林寺不同，是別處寺院來的客僧。其中一僧高鼻碧眼，頭髮鬈曲，身形甚高，是一位胡僧，此胡僧即是哲羅星。

而後，神山開始詰難少林諸僧，說少林寺名不副實。

接下來二版有長達十五頁的內容，新三版悉數刪改掉，刪去的情節是：

玄慈方丈問神山上人，少林寺何罪之有？神山上人說少林寺擅自扣押外人。玄慈向天竺胡僧哲羅星瞧了一眼，心下隱約已明白七僧齊至少林的原因。

神山上人而後質問玄慈，哲羅星的師弟波羅星是否被拘禁在少林寺，數年不得離去？

玄慈請戒律院首座玄寂大師告訴神山上人其中緣由，玄寂說，天竺高僧波羅星七年前來到少林寺，說想求取佛經，少林寺合寺僧眾皆大歡喜，於是帶波羅星到藏經閣，並告訴波羅星，所有佛經若有複本，均可取去，若無複本，少林僧眾願一起抄錄，讓波羅星帶回天竺。

波羅星此後便在藏經樓翻閱經卷，豈知四個月之後，玄慚竟然發覺，波羅星每晚深夜，都悄悄潛入藏經樓秘閣，偷閱少林寺所藏武功秘笈。

玄慈方丈知曉後，曾告訴波羅星，少林寺武功秘笈是該寺歷代高僧所撰，不能洩示於外人，波羅星連聲致歉。不料波羅星而後假裝生病，再偷偷挖掘地道，至藏經閣偷閱少林寺武學珍典，更學會了少林寺七十二項絕技中的三項武功。

玄慈方丈得知後，決意請波羅星長期駐錫少林寺，這也就是波羅星被拘禁在少林寺的原因。

神山上人再質問，哲羅星曾派兩名弟子前來少林寺探問，少林寺為何不許他們和波羅星相見？玄慈回道，這是為了不讓波羅星將少林寺武功轉告他人。

書中接著解釋，神山上人之所以代哲羅星出頭，是因為他若能逼少林寺放了波羅星，就不愁波羅星不吐露少林寺的武學秘要。

神山上人而後問玄慈，難道不能讓波羅星見哲羅星一面嗎？玄慈允可，遂請波羅星出來。

波羅星而後上殿，並與哲羅星以天竺方言土語說了一大段話。哲羅星而後即以華語大聲說，波羅星偷的都是佛經，而非武功秘笈。

玄慈反駁說，波羅星偷看過少林寺的《大金剛拳經》、《般若掌法》及《摩訶指訣》，波羅星仍抵死不認。

此時少林僧玄生突然向波羅星偷襲，波羅星出招來迎，所使招數竟是《般若掌法》中的「天衣無縫」、《摩訶指》的「以逸待勞」及《大金剛拳》的「七星聚會」。這麼一來，也就不打自招了。

神山上人見狀，又強辯說，當年達摩祖師挾天竺武技東來，傳於少林，般若掌、摩訶指、及大金剛拳等少林功夫均由天竺傳來，波羅星會使這三種武功也是理所當然，決不能由此證明波羅星偷看過少林寺武功秘笈。

玄慈回說，般若掌創於少林寺第八代方丈元元大師，摩訶指是一位在少林寺掛單四十年的七指頭陀所創，大金剛拳法則是少林寺第十一代通字輩的六位高僧共同鑽研而成。此三門武功都是中土武功，而非源自達摩。

神山上人仍不服玄慈，他說哲羅星與他論武時，也曾談過般若掌、摩訶指、及大金剛拳經，可知這三門武功並非源出少林。

玄慈為徵眾人之信，請玄生將《大金剛拳經》、《般若掌法》及《摩訶指訣》秘笈請出來給眾人看。

豈知神山上人翻閱完三本秘笈，竟將其逐字背了下來，並說哲羅星曾背般若掌要訣等秘笈給他聽，而後即當眾背出一大段《般若掌法》、《大金剛拳經》及《摩訶指訣》。

玄慈及少林眾高僧均想不到神山上人能在翻閱一次後，即將三部武學要籍暗記在心。玄慈氣惱之極，一時卻也想不出對付之策。

玄生忽又越眾而出，向哲羅星說，他要以般若掌、摩訶指、與大金剛拳，領教哲羅星的般若掌、摩訶指、與大金剛拳，哲羅星則搪塞說，天竺武功著名的約有三百六十門，他並不是每一門皆精通，這就像少林寺有七十二門絕技，玄生也不可能件件精通。

二版被刪改的情節就到此處。

新三版刪去了神山上人逼少林寺釋放波羅星，因而得以一睹少林武經之事，理當是基於金庸「創意不重複」的創作原則。在一版金庸小說中，翻閱一次武學典籍，即可過目不忘的高手有四：一是《射鵰》中向周伯通借閱《九陰真經》後，立即背下的黃藥師妻馮衡，二是《倚天》中自張三丰處取得「武當九陽功」與《太極十三式》，即瞬間記誦的陳友諒，三是《倚天》中自胡青牛處讀過《帶脈論》與《子午針灸經》，即過目不忘的張無忌，四是《天龍》中翻閱《般若掌法》、《摩訶指秘要》及《大金剛拳神功》後，即當下記憶的神山上人。

因這四段故事太過雷同，刪之確實得宜。

經過新三版刪改後，一版《天龍》中佔極大篇幅的哲羅星與波羅星兩個天竺僧人，在新三版中完全消失。

新三版此段改為神山上人至少林寺問難，少林集合闔寺群僧後，虛竹見到方丈玄慈與玄字輩的六位高僧，即玄渡、玄寂、玄止、玄因、玄垢、玄石六人，陪著另外六名僧人，從後殿緩步而出。

而後，神山上人開始詰難少林寺，說少林寺名不副實。

接下來是新三版長達十頁的增寫新內容。

玄慈方丈問神山上人，少林寺究竟有何過失？神山上人說，他門中有一位徐師兄徐沖霄，也就是丐幫的徐長老，前年七月初給人害死，上身胸背肋骨折斷，顯是給少林派剛猛掌力擊斃的，他因此要來少林寺討個公道。

玄慈要戒律院首座玄寂講述少林寺追查此案的過程，玄寂說，丐幫徐長老在衛輝家中為人殺害後，玄慈方丈即委派玄寂、玄渡、玄因、玄生四僧追查此案。

四人趕到衛輝後，玄垢、玄石兩僧一天後前來與他四人會合。玄垢說徐長老決不是喬峰殺的，因為喬峰在聚賢裝被黑衣人救走後，玄垢與玄石即奉玄慈之命，暗中跟蹤喬峰，因此知道喬峰養了二十多天傷後，即北出雁門關，與阿朱會合。而後，喬朱二人一路向南，玄垢與玄垢都遠遠跟著，因而得知兩人七月初三在渭州的招商客棧中歇宿，七月初四離開渭州，七月初七才抵衛

輝。徐長老是七月初三晚上遇害的，所以決不是喬峰所殺

玄石接著說，七月初七那天，他與玄垢到衛輝祭奠徐長老，見到靈牌之前供著一根粗大的石杵，上面塗了鮮血，原來這根石杵就是將徐長老椿得胸背肋骨齊斷的凶器。玄石與玄垢均想，喬峰若要出手傷害徐長老，降龍廿八掌一擊即可，不必用甚麼石杵。

兩人而後繼續跟蹤喬峰，某天遙遙望見喬峰從濬河邊停靠的一艘船中出來，兩人隨後進入船艙，只見譚公、譚婆夫婦和趙錢孫三人都已死在船中。

兩人懷疑這三人是喬峰殺的，為免喬峰再行兇作惡，於是趕赴山東泰安單家莊。此時喬峰尚未到達，但單家莊中已然起火，玄石與玄垢搶進莊去，見到鐵面判官單正及他的兩個兒子都已屍橫就地。單正胸背肋骨齊斷，心肺碎裂，乃是中了極剛猛的拳力而死。然而，此時喬峰尚未到達單家莊，因此單正絕非喬峰所殺。

神山上人再問玄慈，止觀寺智光大師命喪「摩訶指」之下，不知玄慈有何解說?玄慈說智光大師是服砒霜圓寂的，砒霜則是他弟子樸者和尚從天台縣城的仁濟藥店買回來的。

玄渡說，他曾至天台山查究此事，智光大師確是服砒霜自盡，還說他聽樸者和尚說，喬峰與阿朱曾來見過智光大師，喬朱二人離開後，智光大師即已圓寂，想不到第二天早晨，樸者和尚竟

見智光大師眼珠凸出，後腦骨碎裂，卻不知是那一個惡人半夜裡偷偷來殘害智光大師的法體。玄渡聽聞智光大師之傷，說這必定是以極剛猛指力點了智光大師法身的左右太陽穴。

神山上人問說，會不會是喬峰以「摩訶指」傷了智光大師？玄慈說絕不可能，因喬峰在少林派學的武功是降魔掌。學過降魔掌，便不能再學摩訶指，這兩門武功相反，不能並存於一身。

為徵神山上人之信，玄慈請玄生取「降魔掌」與「摩訶指」的功法心給神山上人看。玄生隨即取來《降魔掌法》與《摩訶指秘要》兩部鈔本，鈔本中果有寫明，習練「降魔掌」者，若再練「摩訶指法」，可能會內息走岔，重傷難治。

新三版增寫至此，可知新三版不只刪去天竺僧哲羅星與波羅星之事，還刪去了神山記誦少林絕技之事。

新三版《天龍》改版修訂的目標之一，就是將二版疏漏之處補寫清楚。所謂「二版疏漏之處」，一是為何李秋水喜歡俊俏美少年？二是身為帶頭大哥的玄慈，為何對謠傳喬峰為了尋找帶頭大哥而連續犯下兇案不聞不問？三是宋遼仇殺中，為何大宋群俠對於誤傷蕭遠山如此悔恨？四是鳩摩智並非逍遙派門人，為何身擁「小無相功」？

這一回的增寫與第二十一回玄慈假扮遲姓老人，打算讓喬峰一掌打死，卻意外悟得「一空到底」相呼應。新三版改寫之後，少林寺與玄慈主動積極，介入調查喬峰為了尋找帶頭大哥而犯下的相關血案，這樣的情節顯然才是合理的。

因為新三版修改的幅度太大，而後的情節也必須隨之連鎖修訂。

故事接下來說到鳩摩智也上了少林，並乘機炫耀其武藝。

二版鳩摩智來到少林寺後，說哲羅星認為少林派七十二門絕技，不可能有人每一門都能精通，此言錯矣。

新三版改為鳩摩智說，「摩訶指」和「般若掌」兩項絕技兼通，又有何難？就算一人身兼少林寺七十二門絕技，也非絕無可能？

而後，鳩摩智開始大展少林絕技，展演了大金剛拳法中的一招「洛鐘東應」、般若掌的一招「慑伏外道」與一招「袈裟伏魔功」。

鳩摩智展演過武功後，二版說玄生與玄慈都自歎不如，只好放了波羅星。

新三版因刪去了哲羅星，改為鳩摩智展演武功後，大殿上寂靜無聲，人人均為鳩摩智的絕世神功所鎮慑。

二版接著又說，玄慈心想，少林寺之所以要扣留波羅星，是為了不令少林寺武功絕技洩之於外，但眼見鳩摩智如此神功，再扣留波羅星又有何益？波羅星所記憶的少林寺絕技只不過三門，比諸鳩摩智所知，實不可同日而語。

這一段新三版自是全刪。

而說起鳩摩智的武功，二版說鳩摩智天生睿智，自少年時起便迭逢奇緣，生平從未敗於人手，一離吐蕃，在大理國天龍寺中連勝枯榮、本因、本相等高手，此番來到少林，原是想憑一身武功，單槍匹馬的鬥倒這座千年古剎。

新三版增寫了鳩摩智的師承來歷，以及學得「小無相功」之事。此處改為鳩摩智天生睿智，自少年時起便迭逢奇緣，由密教寧瑪派上師授以「火燄刀」凝虛發勁的神功，在大理國天龍寺中連勝枯榮、本因、本相等高手，其後更因緣際會，取得小無相功秘笈（此事增寫於新三版第四十回）。此番來到少林，原是想憑一身武功，單槍匹馬的鬥倒這座聞名當世的古剎。

《神鵰》金輪國師與《天龍》鳩摩智兩位「番僧」，在新三版都有了大幅改寫，因而與二版的形象頗有不同。新三版金輪國師收郭襄為徒，疼愛有加，最後並為救郭襄而死，儼然成了慈祥老和尚，新三版鳩摩智則被增寫偷入王夫人家裡竊盜「小無相功」秘笈，才得以練成神功。經過新三版改寫之後，鳩摩智顯然比二版更是下三濫的妖僧。

金庸小說中有多位俠士都身負對抗外族的重責大任，虛構的俠士因此會與歷史上真實的外族帝王將相有所交集。小說中會描述歷史人物的言行，也會透過俠士的觀點評價歷史人物。從歷史人物的塑造與評論，即可明白金庸對於歷史人物的月旦。

那麼，金庸是怎麼評價外族帝王將相的呢？

《射鵰》中引用了史料中成吉思汗以其頭盔乘酒給哲別喝的故事，看似要將成吉思汗寫成愛才與雍容大度的雄主。然而，在《射鵰》書末，成吉思汗密令郭靖攻宋，致使郭靖左右為難，郭母李萍為了不連累郭靖，只能自我了斷。這段故事將成吉思汗寫成了強人所難、氣量狹窄的的暴君。

《神鵰》楊過則曾在忽必烈帳中，參與了金輪國師一行的刺殺郭靖計。為了突顯楊過義救郭靖的俠行，小說將忽必烈寫成了以鬼域技倆害人的奸險人物。

一版《倚天》張無忌曾在數萬大軍，生擒了蒙古大將王保保。在小說神化張無忌武功與膽識的同時，也貶低了王保保的武藝與將兵之能。

【王二指閒話】

而「射鵰三部曲」之所以會黑化或貶低歷史上赫赫有名的成吉思汗、忽必烈、與王保保，是因為小說中的主角郭靖、楊過、張無忌都出身漢族。金庸創造出這些主角，並以主角的角度看外族，於是陷入了「漢族本位」思考，故而對外族有所敵視，致使歷史上震古鑠今的這幾位外族帝王將相，竟在小說中被醜化。

金庸的「漢族本位」思維，直到創作《天龍》時才有明顯的改變。《天龍》的故事架構也如「射鵰三部曲」一般，漢族以「受難者」自居，鄰近的契丹、吐蕃、西夏、天竺諸國紛紛前來欺負宋國。

然而，《天龍》最大的突破是，小說主角並非漢人，而是契丹人蕭峰。在創作蕭峰時，金庸不再以漢族的角度看契丹，而是轉以契丹人的角度看漢族與契丹。經由蕭峰的眼睛，金庸看到了不只契丹人在欺負宋人，宋人也同時在契丹打草穀劫掠，從此以後，金庸即跳脫了「漢族本位」思維。從《天龍》開始，金庸筆下的漢族與他族全都平等了。

創作蕭峰之後，金庸的民族觀點劇變，最早創作的《書劍》，與最後創作的《鹿鼎》，金庸的滿漢民族觀點可說天差地別。《書劍》揚漢抑滿，刻意黑化乾隆，《鹿鼎》則是滿漢平等，滿族皇帝康熙用心治國，善待漢人，並與漢人韋小寶攜手共創康熙盛世。

創作小說的十多年間，金庸經歷了「民族認知」的大轉變，從揚漢抑滿轉成滿漢平等，轉折的關鍵點，即是「蕭峰」。

第三十九回還有一些修改：

一．梅蘭竹菊四劍帶虛竹前往武功圖譜所在密室前，二版說四劍引導虛竹來到花園之中，搬開一座假山，現出地道入口。但要嬌滴滴的四劍搬假山，未免虐待佳人，新三版改為四劍引導虛竹來到花園之中，扳動機括，移開一座假山，現出地道入口。

二．進入地道後，新三版較二版增寫虛竹心想：「她們說石窟中有數百年前舊主人遺下的圖像，這些地道、石窟建構宏偉，少說也是數十年之功，且耗費人力物力極巨，當非靈鷲宮這些婆婆姊姊們所能為，多半也是舊主人所遺下的了。」新三版較二版更加強調，靈鷲宮建築與逍遙派武功，都出自數百年前的不知名古人。

三．虛竹答允四姝進石室後，二版說四人走進石室。這裡是誤寫，因為虛竹加四劍就是五人。新三版訂正為五人走進石室。

四．虛竹決意回少林時，二版說他拿起剃刀，將頭髮剃個清光，露出頂上的戒點來。新三版刪去了「露出頂上的戒點來」一句，因為第四十二回將會提到，虛竹的香疤乃是葉二娘在其「背上、兩邊屁股上，都燒上了九個戒點香疤。」

五．神山上人駕臨，少林寺鳴鐘召集闔寺群僧，二版說是虛竹食罷午飯後，可見是在下午，新三版改為虛竹食罷早飯後，因此是在上午。

六．說到少林七十二絕技，二版說玄生與波羅星都練了般若掌、摩訶指、大金剛拳三門功夫，那均是手上的功夫。故老相傳，上代高僧之中曾有人兼通一十三門絕技，號稱「十三絕神僧」，少林寺建寺數百年，只此一人而已。少林諸高僧固所深知，神山、道清等也皆洞曉。要說一身兼擅七十二絕技，自是欺人之談。這一段整段刪掉了，刪除的原因是與第十回所說「少林自創派以來，除了宋初曾有一位高僧身兼二十三門絕技之外，從未有第二人曾練到第二十二門以上。」前後說法不一。

七．二版說虛竹一聽到鳩摩智在山門外以中氣傳送言語，心中便已一凜，知他的「小無相功」修為甚深，此後見他使動拳法、掌法、指法、袖法，招數雖變幻多端，卻全是以小無相功催動。玄生師叔祖以及波羅星所使的「天衣無縫」等招，卻從內至外全是佛門功夫，而且般若掌有般若掌的內功，摩訶指有摩訶指的內功，大金剛拳有大金剛拳的內功，涇渭分明，截不相混。這段二版全刪。

八．鳩摩智以「般若掌」擊向虛竹，用的是一招「峽谷天風」。新三版較二版增寫，然般若掌以「空、無、非空、非無」為要旨，他這一掌狠猛沉重，大非般若掌本意。

九．虛竹在靈鷲宮醉後醒來，見房中景象，一版說這間房物事不多，顯得空蕩蕩地，但銅鼎陶瓶，陳設極見古雅，壁上幾幅法書，也是蒼勁有力，紙質黃舊，年代已十分久遠。一版此房間的陳設顯得氣派典雅，二版則改為房中陳設古雅，銅鼎陶瓶，也有些像少林寺中的銅鐘香爐。二版的描述倒似《射鵰》完顏洪烈將包惜弱房間佈置成牛家村一般，靈鷲宮諸女迎合虛竹，將其寢室佈置成頗似禪房。

十．至靈鷲宮石室後，一版說虛竹看了幾個圖譜，便覺譜中所刻的文字圖形，遠較童姥所說的更為詳盡細致，略一思索，已明其理。那日童姥與李秋水較藝，力求克敵制勝，本意並不在傳授虛竹功夫，只須將一招功夫在李秋水面前演將出來，令她無法還招抵禦，便大功告成了，至於招數中種種精微變化，卻不必化費時光，令虛竹一一領會。二版因無童姥與李秋水授藝一節，這段自是全刪了。

十一．虛竹被罰到菜園後，一版緣根定的處罰是「每天挑三百擔糞水澆菜」，二版將「三百擔」減為「一百擔」。因為三百擔實在太多，一版說虛竹「一夜不睡，直到次日清晨，兀未完工。虛竹精力充沛，也不疲累，直到三百桶澆完，這才在柴房中倒頭睡覺。」然而，這般處罰究竟是在「警惕」僧人還是在「虐待」僧人呢？二版改為一百擔，也改為虛竹「直到深夜一百桶澆完，這才在柴房中倒頭睡覺。」

十二．遭梅蘭竹菊四劍懲罰後，緣根對虛竹態度丕變，一版說第八日早晨，虛竹正在澆菜，忽聽見緣根走了過來，說道：「師兄你辛苦啦？」取過鑰匙，便給他打開了銬鐐。虛竹道：「也不辛苦，尚有三十餘桶，待我澆完之後，再睡不遲。」緣根道：「師兄不用澆了，餘下之數，由我代勞便是，師兄請到屋裡用飯。小僧這幾日多有得罪，當真該死，還求師兄原宥。」一版的說法頗為怪異，除非緣根是為四劍所迫，否則以緣根可訂刑罰的權限來看，他廢了虛竹挑糞的處罰即可，何必自己「代勞」？二版將這段改為：第八日早晨，虛竹正在劈柴，緣根走近身來，笑嘻嘻的道：「師兄你辛苦啦？」取過鑰匙，便給他打開了銬鐐。虛竹道：「也不辛苦。」提起斧頭又要劈柴，緣根道：「師兄不用劈了，師兄請到屋裡用飯。小僧這幾日多有得罪，當真該死，還求師兄原宥。」

十三・一版至少林寺問難的神光上人，二版更名為神山上人。

十四・神山上人等七僧上少林後，一版玄慈方丈並不識得哲羅星。一版說，玄慈方丈向坐在神光下首的第四個僧人瞥了一眼，心道：「此僧深目鬈髮，皮色黝黑，我早便疑心他不是中土僧人，原來他果然是來自天竺的和尚。此人當然是為索取波羅星而來，只不知他如何竟會勾上了清涼寺的神光？」心念一轉之際，說道：「師兄，小僧有一事不明，敬請師兄請教。若是有外人來到五台山清涼寺，偷閱了貴派的『伏虎拳拳譜』，『五十一招伏魔劍』的劍經，以及『心意氣混元功』和『普闡杖法』的秘奧，師兄如何處置？」神光哈哈一笑，向那黝黑僧人說道：「玄慈大師不打自招，承認波羅星師兄是在少林寺中了。」原來那黝黑僧人正便是波羅星的師兄哲羅星，那日他騎蛇東來，接引波羅星，遇到了游坦之和鳩摩智，一鬥鎩羽，垂頭喪氣的回去天竺，途中遇到一個中原老僧，與之相鬥了一個多時辰，不分高下。二版因將哲羅星騎蛇至中土一事刪了，這一大段也改為：玄慈方丈伸手向著那胡僧道：「這一位大師來自我佛天竺上國，法名哲羅星。」眾僧即都行禮。

十五・神山上人十七歲至少林寺求師被拒，當時的少林方丈，一版說是妙葉禪師，二版配合第三十五回天山童姥說玄慈方丈的師父是靈門方丈，故而將妙葉禪師改為靈門禪師。

十六・與神山上人齊上少林寺問難的六位禪師，其中一版大相國寺龍猛大師，二版改為大相國寺觀心大師。

十七・一版說「摩訶指」是「八指頭陀」所創，二版改為「七指頭陀」。

十八・神山上人強說少林絕技源出天竺，並捏造說他日前與哲羅星講論天竺中土武功異同之時，哲羅星也曾提到般若掌、摩訶指、和大金剛拳的招數。一版神光上人編造哲羅星說那一招「天衣無縫」，梵文叫做「阿品斯尼卓爾」。二版改為神山上人編造哲羅星說那一招「天衣無縫」，梵文叫做「阿伐豈耶」，翻成華語，是「莫可名狀」之意。

十九・鳩摩智自山門之外傳話進來，說要聆聽天竺大德與中土高僧講論武功。一版說鳩摩智身在遠處，居然知道大殿的情景，豈不是練成了佛家內功最高境界之一的「天耳通」麼？一版修為二版時，金庸將整個書系中，只要提到「天耳通」之處一律刪改掉，二版此處也改說鳩摩智身在遠處，卻又如何得知殿中情景？

二十・玄慈請玄鳴、玄石兩位師弟，代迎嘉賓鳩摩智。一版鳩摩智道：「迎接是不敢當。素仰玄鳴大師經擅獅子吼神技，玄石大師破碑手天下無雙，得晤兩位少林高僧，實是不勝之喜。」但因玄鳴、玄石二僧在往後情節中，並無重要故事，故也毋需藉鳩摩智之口，如此指高其份量。

二版改為鳩摩智道：「迎接是不敢當。今日得會高賢，實是不勝之喜。」

二一．玄慈替神光等諸大師逐一引見鳩摩智時，一版說哲羅星與鳩摩智見過，辛辛苦苦從游坦之身邊搶來的一部「易筋經」也給他轉手奪了去，這時又和他相見，心下既驚且懼，又是十分氣惱，知道此人武功遠在自己之上，當玄慈引見之時，並不多言，只默默的行了一禮。這段因二版已將第三十三回原一版哲羅星與鳩摩智交手的情節全刪，二版這一回自也隨之刪了此段。

二二．鳩摩智賣弄絕藝，使到般若掌中「慴伏外道」那一招之時，掌力有如寶刀利刃，竟在銅鼎上割下了手掌般的一塊。一版還說，所難之處是，割切處不在近身的一邊，卻是在鼎身的另一側。二版刪了這神化鳩摩智武功的幾句話。

鳩摩智偷進姑蘇王家，竊取了「小無相功」

——第四十回〈卻試問　幾時把痴心斷〉版本回較

從二版《天龍》修訂成新三版，鳩摩智彷彿被澆了一頭臭水，形象越來越壞，人格越來越臭。新三版此回增寫了九頁故事，將大輪明王鳩摩智寫成了下三濫的樑上君子。

故事就從鳩摩智指傷玄渡，虛竹見鳩摩智所使乃「小無相功」，遂挺身來戰鳩摩智說起。

因虛竹於少林武功只學過「羅漢拳」與「韋陀掌」，玄慈便令他以「羅漢拳」與「韋陀掌」迎戰鳩摩智。

說到「韋陀掌」，二版說韋陀掌是少林派的扎根基武功，少林弟子拜師入門，第一套學「羅漢拳」，第二套學的便是「韋陀掌」。「般若掌」卻是最精奧的掌法，自韋陀掌學到般若掌，循序而進，通常要花三四十年功夫。般若掌既是少林七十二絕技之一，練將下去，永無窮盡，掌力越練越強，招數愈練愈純，那是學無止境。

新三版則為配合第二十一回增寫喬峰以「亢龍有悔」助玄慈練就「一空到底」，在此回說及「般若掌」時，增說般若掌「到最後一掌『一空到底』，自這掌法創始以來，少林寺中得以練成的高僧，只寥寥數人而已。」

虛竹向鳩摩智推出韋陀掌中一招「山門護法」時，二版鳩摩智身形流轉，袖裡乾坤，無相劫指點向對方。

新三版將「無相劫指」改為「托缽掌」。

而後，鳩摩智連使「大智無定指」、「去煩惱指」、「寂滅抓」、「因陀羅抓」，接連使出六七門少林神功，虛竹卻始終以一招「黑虎偷心」抵擋。

見到兩人過招，二版少林群僧心想：「此人（鳩摩智）自稱一身兼通本派七十二絕技，果非大言虛語。」

新三版降低了鳩摩智的功力，改為少林群僧心想：「此人自稱一身兼通本派七十二絕技，七十二門未必真的全會，看來三四十門是有的。」

接下來，就是新三版增寫的九頁內容，這段內容主要是說明鳩摩智學得「小無相功」的來龍去脈。且來看這一長段的增寫：

鳩摩智與虛竹搏鬥，虛竹出招後，鳩摩智手臂一陣酸麻，急運小無相功抵禦，不料竟為虛竹的小無相功化去。鳩摩智這一驚非同小可，背上冒出冷汗，想起了那日在蘇州曼陀山莊的往事。

當日鳩摩智擒拿段譽前來江南，既想窺知大理段氏的六脈神劍，又想藉此窺看慕容氏在參合莊「還施水閣」中的武功秘笈。

後來阿朱、阿碧救走了段譽，鳩摩智原想逼迫慕容家的僕人帶他去參合莊，但眾僕無一屈從。鳩摩智而後心生一計，到蘇州府抓了一名公差，逼他帶領前往參合莊。

到了參合莊後，鳩摩智藏身草叢中，等到二更之後，才進入莊內。莊中並無主人，鳩摩智到書房翻找，未見到任何武學秘笈。而後，王夫人搭著大船前來莊內，待王夫人要返回時，鳩摩智即潛身船內，隨王夫人來到一座水莊。

鳩摩智等到天色全黑，才進莊中。他到見臨湖有座小樓構築精致，傾聽樓上無人，於是上得樓去，在一間無人的房中地板上睡倒。

睡夢之中，忽聽得有人走上樓來，進入隔壁房內。只聽喀喀幾聲，似是扭動機括，再聽得呀的一聲，一門推開。鳩摩智從壁板縫隙中張去，見隔壁房壁上開了一洞，洞外有門，門上漆作牆壁之色，關上了決難察覺。向洞中望進去，裡面是間暗房，房中排滿了一隻隻櫃子，重重高疊，每隻櫃子的櫃門上都刻上了字，填以藍色顏料，均是「瑯嬛玉洞」四字。鳩摩智知「瑯嬛」是仙人藏書之所，心想這些櫃中所藏，莫非皆是武學珍籍？

那人原來是丁春秋，只見他走到一隻櫃子前，櫃門上橫排「瑯嬛玉洞」四字，下面豎行兩行字，刻著「青牛西去，紫氣東來」八個字，乃用綠色顏料填色。丁春秋人抽起櫃門木板，將櫃中一疊簿籍都搬出來放上書桌，共有七八本，簿角捲起，似是用舊了的帳簿。

丁春秋翻開一本帳簿，用心誦讀，扳著手指喃喃計算，呼氣吸氣，似在修習甚麼內功。過了好一會，聽得樓下王夫人的聲音叫道：「爹，是你來了麼？」

原來王夫人是無崖子和李秋水所生的女兒，兩人生此愛女後，共居無量山中。後來無崖子沉溺於琴棋書畫、醫卜星象，對李秋水不免疏遠。李秋水於是在外邊擄掠了不少英俊少年入洞，和他們公然調笑，想引得無崖子關注於己，豈知無崖子甚為憎惡，一怒離去。李秋水失望之餘，更將無崖子的二弟子丁春秋勾引上手。丁春秋而後突然發難，將無崖子打落懸崖，生死不知。丁李二人便將「瑯嬛玉洞」所藏，以及李秋水的女兒李青蘿帶往蘇州。李秋水為掩人耳目，命女兒叫丁春秋為爹，王夫人自幼叫習慣了，長大後也不改口。

王夫人知道丁春秋在翻看「小無相功」秘笈，要丁春秋教她「小無相功」。丁春秋說「小無相功」甚難，他自己也沒練得到家。丁春秋還說，祖師爺只將「小無相功」傳給李秋水，無崖子與童姥都不得傳授。又說祖師爺將練功法門寫成帳簿模樣。「正月初一，收銀九錢八分」，就是第一天輕輕吸氣九次，凝息八次；「付銀八錢七分」，就是輕輕呼氣八次、凝息七次。「正月初二，收銀八錢九分，購豬肺一副、豬腸二副、豬心一副」，就是第二天吸氣凝息之後，將內息在肺脈轉一次，在腸脈轉兩次，在心脈轉一次……

丁春秋要王夫人先照書上法門習練，而後兩人即下樓而去。

丁春秋練去後，鳩摩智立時進入隔壁房，偷走了「小無相功」秘笈，而後乘船離開。鳩摩智偷得的「小無相功」秘笈共有七本，除了「庚」冊給丁春秋拿了去外，從「甲」冊到「辛」冊，全在鳩摩智手中。

鳩摩智自此便沉迷於「小無相功」的修習，精進不懈，日以繼夜，武功因此又進展到另一層境界。他未偷得的「庚」冊寫的是主要是衝脈、帶脈、陽維、陰維等奇經四脈，鳩摩智也不以為意，心想其餘常奇十六脈的功行融會貫通之後，這餘下四經的功行水到渠成，自能融通。

這次鳩摩智得到訊息，丐幫向少林寺發了戰書，要爭為中原武林盟主。鳩摩智於是想藉此良機，以小無相功運使少林諸絕技，盡敗少林諸僧，為吐蕃建立不世奇功。豈料少林僧眾中竟有個也會小無相功的虛竹，與己相抗。

鳩摩智與虛竹雙臂相交，觸動了衝脈諸穴，這正是鳩摩智內功中的弱點所在。兩股小無相功一碰撞，鳩摩智沒練過第七本上所載的衝脈奇經，臂上勁力竟為虛竹的小無相功化去。

新三版長達九頁的增寫即到此處。

新三版增寫的鳩摩智偷「小無相功」，雖然解釋了鳩摩智為何會使逍遙派的「小無相功」，但經過這麼一增寫，鳩摩智的形象更是不堪了，除了二版的擄人勒贖、誘人自殺外，新三版鳩摩智又多了偷竊秘笈一樁醜事。較之二版，新三版鳩摩智更是個壞事幹盡的妖僧。

【王二指閒話】

《天龍》是金庸創作「射鵰三部曲」之後，嘗試「轉型」的新作品。創作「射鵰三部曲」時，金庸一貫的寫法，是自「大俠的父母」寫起，因此從大俠的嬰幼兒時期，到大俠名動天下，整個歷程都完整呈現給讀者。創作《天龍》時，金庸一反「射鵰三部曲」細細鋪陳大俠學武與戀愛的過程，轉而著重在「神奇武藝」的描述，整部《天龍》幾乎就是「神化武功大展」。

從《射鵰》到《倚天》，從「降龍十八掌」、《九陰真經》、《玉女心經》、《九陽真經》、「乾坤大挪移」到「太極拳」，金庸幾乎寫盡了所有「人」所能練的武功，然而，想像力是沒有極限的，《天龍》的許多人物都超越了「人」，成為了「神」，練的武功也是「神功」。所謂的「神功」，即是突破了「人」的生理侷限，進入「神」的境界。

《天龍》中有各式各樣的「神化武功」，以「外功」而言，段譽的「六脈神劍」是「人體手槍」，鳩摩智的「火燄刀」是「人體巨炮」，喬峰的「擒龍功」是「人體強力抽吸器」，虛竹的「生死符」則是「人氣製冰機」，這些武功全都像是魔術或超能力；以「內功」而言，段譽的「北冥神功」（一版朱蛤神功）可吸人內力、游坦之的「冰蠶異功」可瞬間將人急凍，無崖子則可以將內功強灌給他人，這些能力也都超出了人的生理局限。除了外功與內功之外，阿朱的「易容術」可以像孫悟空一般，「變身」為任何一個身高、性別、體態都完全與她不同的人，天山童姥則可以隨著練功返老還童，再由童轉老，這些功夫也都只有「神」才能做得到，絕非人之所能。金庸在新三版序中說，《天龍》一書「已踏入魔幻之神奇境界矣。」確實如其所言。

《天龍》與「射鵰三部曲」的另一個不同是，《天龍》的角色極多，男主角有蕭峰、段譽、虛竹、慕容復、游坦之，女主角則有王語嫣、阿朱、阿紫、木婉清、鍾靈，配角也多如繁星，因為角色眾多，金庸無法細細雕琢單一主角或配角的內心世界，《天龍》一書因此呈現出的特色是，主角的愛情大多速成，認識不久即成為愛侶，主角的敵人則不見得都有合理的動機，他們大多是為了成為主角的敵人，也就是書中的反派，才做出許多惡事。

此回先析論《天龍》的惡人，《天龍》中的幾大「可議惡人」，列之如下：

一、喬峰：喬峰是讀者心中的英雄，卻是武林中公認的惡人。本是丐幫幫主，濟世救人，名震當世的喬峰，只因被揭破出身是契丹人，瞬間成為武林公敵，人人喊打。令人難解的是，喬峰以青年之齡擔任幫主，奚宋陳吳四大長老都與其師父汪劍通交好，也都是看著喬峰長大的叔伯之輩，然而，當喬峰被指為契丹人時，看著他長大的四大長老竟渾不念舊情地紛紛造反，棄之唯恐不及。這樣的情節當真不符人際常理。

二、鳩摩智：鳩摩智是吐蕃國國師，大雪山大輪寺明王。這麼一位佛學精湛，理當是把無緣大慈、同體大悲掛在口上的高僧，遠來中原後，卻是壞事做盡。他先是綁架段譽，欲焚其身以祭慕容博、再以言語計陷慕容復，要引得故人之子自盡、又誘使段譽與游坦之以「朱蛤神功」及「冰蠶異功」生死相拼、而後還到少林寺技壓群僧，出言逼迫少林寺解散。不知鳩摩智以高僧之姿，卻惡事幹盡，究竟所為何來？莫非做這些下三濫之事，可以抬高他的江湖地位，使之成為中原武林領袖？亦或做這些江湖下流惡事，可以光大他吐蕃國？

三、丁春秋：丁春秋是星宿派掌門人，來到中原後，先是為了幾條毒蛇毒蟲與丐幫大打出手，繼而又灑「三笑逍遙散」毒斃了少林高僧玄難。想那丁春秋遠來中原，是因為門人阿紫盜取「神木王鼎」。在追尋阿紫而不可得之時，丁春秋竟忙著與天下第一幫丐幫及天下第一派少林派結仇，不知丁春秋刻意樹立強敵，究竟所為何來？難道是他生活過得太無聊嗎？

喬峰、鳩摩智與丁春秋都是《天龍》中的武林公敵，也就是眾人眼中的巨奸大惡，但縱觀全書，此三人均未有做惡的動機。喬峰是被誤會的，鳩摩智與丁春秋則似乎純粹是為了做惡而做惡。在新三版修訂時，金庸仍並未針對鳩摩智與丁春秋做惡的動機，進行更深入的增寫，反而是在他倆做惡的功夫上做文章，新三版既增寫鳩摩智為賊，竊取丁春秋的「小無相功」，也大幅增寫丁春秋為了習練「天長地久不老長春功」，做出更多惡事。至於他倆為何為惡？直到新三版，鳩摩智與丁春秋都還是跟南海鱷神一樣，惡得毫無理由，彷佛就是因為書中需要反派，他倆才一再的幹壞事！

第四十回還有一些修改：

一．虛竹與鳩摩智生死相搏時，二版說此刻少林眾僧中，不論哪一個出手相助，只須輕輕一指，都能取了鳩摩智的性命，但這番相鬥，並非志在殺了對方，而是為了維護少林一派的聲譽，若有人上前殺了鳩摩智，只有大損少林派令譽。群僧個個提心吊膽，手心中揑一把汗，瞧著二人激鬥。新三版將這整段刪掉了，想少林寺為了聲譽而寧傷虛竹一命，根本是視人命如草芥。刪除此段，有助於重塑少林寺的慈悲形象，因此極為合宜。

二・鳩摩智以「火燄刀」打得梅蘭竹菊四劍長髮飄落，二版說鳩摩智是要明明白白的顯示於眾，四姝乃是女子，要少林僧無可抵賴。新三版改說鳩摩智是要明明白白的顯示於眾，四姝乃在家女子，並非比丘尼，要少林僧無可抵賴。

三・玄渡說少林寺有六件大事尚未辦妥，二版玄寂說第二件是「當是指波羅星偷盜本寺武經。」新三版改為玄寂說第二件是「神山上人指摘本寺放任弟子喬峰胡作非為。」接著，二版說眾僧認定玄苦死於喬峰之手，新三版改寫為眾僧初時認定玄苦為喬峰所殺，其後派出高手探查，消了喬峰的嫌疑，至於真兇是誰，卻一時難知。這處增寫是要與第三十九回玄石、玄垢所說跟蹤及暗察喬峰之事相契合。

四・二版虛竹稱呼玄寂為「太師叔」，新三版改為「師叔祖」。

五・少林群高僧訂下虛竹的懲罰後，二版玄寂又道：「你既為逍遙派掌門人，為縹緲峰靈鷲宮的主人，便當出教還俗，不能再作佛門弟子，從今而後，你不再是少林寺僧侶了。如此處置，你心服麼？」新三版加寫為玄寂又道：「你既為逍遙派掌門人，為縹緲峰靈鷲宮的主人，便當出教還俗，或者改入道教，如仍皈依我佛，當為在家居士。從今而後，你不再是少林寺僧侶了。如此處置，你心服麼？」新三版玄寂所要說明的，即是逍遙派是道教的門派。

六・莊聚賢準備出任「武林盟主」，二版說定六月十五親赴少林寺，與玄慈方丈商酌。新三版將「六月十五」改為「十一月初十」，並加說「帖上注明這天是甲戌冬至」。

七・少林派另訂有定期約各路高手至少林寺一會姑蘇慕容，二版諸葛中對玄生道：「你們方丈本來派出英雄帖，約我九月初九來少林寺，會一會姑蘇慕容氏。」新三版將「九月初九」改為「十二月初八」。

八・聽聞鳩摩智與段正淳的對話，假扮面目猥瑣中年漢子的阮星竹笑了出來。二版說阮星竹這幾個月來一直伴著段正淳。新三版將「幾個月來」改為「兩年多來」。而阮星竹之所以假扮中年漢子，乃因她知道少林寺規矩不許女子入寺，便改裝成男子。二版還說，她是阿朱之母，天生有幾分喬裝改扮的能耐。這說法新三版刪了，易容術是專業技巧，豈能用「遺傳」來解釋，若阿朱會易容，阮星如就會易容，那麼，阿紫會將人烙加鐵面具，難道阮星竹也天生就會做這事？

九·看過易大彪的黃紙，二版公冶乾說：「果然是西夏國王招駙馬的榜文。文中言道：西夏國文儀公主年將及笄，國王要徵選一位文武雙全、俊雅英偉的未婚男子為駙馬，定放今年八月中秋起選拔。」新三版將「文儀公主」改為「銀川公主」，想來「文儀公主」當是從唐太宗時代和親吐蕃的「文成公主」之名衍生而來，但要招駙馬的是西夏公主，而非吐蕃公主，新三版改為「銀川公主」，西夏的味道較為濃厚。此外，招親的日期，二版說「今年八月中秋起選拔」，新三版改為「明年三月清明節起選拔」。

十·說起慕容家復國的「家史」，二版說五代末年，慕容氏中出了一位武學奇才慕容龍城，創出「斗轉星移」的高妙武功，當世無敵，名揚天下。但武學奇才與慕容家世代相傳的復國大業何干？新三版改為五代末年，慕容氏中出了一位大將慕容彥超，威震四方，他族中更有一位武學奇才慕容龍城，創出「斗轉星移」的高妙武功，當世無敵，名揚天下。

十一·關於慕容家為何居於姑蘇，新三版較二版增寫一段，道：鮮卑人來自北國，雄武剽悍，慕容氏為避風頭，遷到了江南蘇州水鄉，那向來是文雅柔弱之區，以免引人注目。鄧百川乃是漢人，數代以來均為慕容氏的家臣，便也一直以興復大燕為志。

十二·知道慕容復難捨王語嫣，二版包不同提議：「大燕若得復國，公子成了中興之主，三宮六院，何足道哉？西夏公主是正宮娘娘，這位王家姑娘，封她個西宮娘娘便是。」新三版將「西宮娘娘」改為「貴妃、淑妃」。改寫的原因是，皇后從來沒有東宮西宮，只因清末有慈安慈禧兩宮太后垂簾聽政，民間才誤以為皇帝可以有東宮娘娘、西宮娘娘。金庸因此在新三版修改了二版包不同的說法。

十三・慕容復一行與丁春秋狹路相逢，二版說慕容復在蘇星河棋會中險為丁春秋所害，第二次客店大戰，僥倖脫身，此刻又再相逢，眼見對方徒眾雲集，心下暗暗忌憚。二版這裡仍是誤寫，在棋局中欲害慕容復的不是丁春秋，而是鳩摩智，丁春秋害的是段延慶。新三版將「慕容復在蘇星河棋會中險為丁春秋所害」改為「鄧百川、公冶乾、包不同三人都曾為丁春秋本人或門下所害」。

十四・鳩摩智以無相劫指攻虛竹，一版說虛竹有「北溟真氣」護體，外力不侵，而且每當受一次撞擊，真氣便強一分。二版改為虛竹有「北冥真氣」護體，只感到肩頭一陣疼痛。一版接著再說虛竹猱身復上，雙掌自左向右的披下，名為「洪水歸海」。二版將「洪水歸海」改為更具佛教喻意的「恆河入海」。

十五・鳩摩智連出少林神功攻虛竹面門，一版鳩摩智使「大智無定指」、「去煩惱指」、

「寂滅抓」、「朝華抓」。二版將「朝華抓」改為佛教味更濃的「因陀羅抓」。

十六・一版鳩摩智拿住虛竹的拳頭，用的是「擒龍手」，二版將「擒龍手」改為「龍爪功」。此兩功名喻意大為不同，「擒龍手」乃喻對手為「龍」，「龍爪功」則以自己為龍。

十七・虛竹以「天山折梅手」拿住鳩摩智手腕，一版說鳩摩智所知武學甚為淵博，但這「天山折梅手」一大半是天山童姥自己所創，他竟是全然不知來歷。二版則為強調逍遙派武功乃數百年前古人刻於石室所傳，故而刪去「一大半是天山童姥自己所創」這句。

十八・梅蘭竹菊四劍出場後，書中說四姝是大雪山下的貧家女兒，得童姥攜回靈鷲宮撫養長大，授以武功。一版說四姝名雖是童姥的侍婢，實則是祖孫一般，大得童姥的寵愛。二版刪去了這大見童姥親情的幾句話。

十九・玄渡道寺中有六件大事待解，一版玄寂說其中的第三件是「丐幫新任幫主王星天欲為武林盟主」，二版將游坦之化名的「王星天」改為「莊聚賢」。「王星天」乃倪匡所造之名，金庸將之改為更有寓意的「莊聚賢」。

二十・聽聞玄慈說虛竹犯了淫戒（一版統稱為「色戒」），道清大師力陳梅蘭竹菊四劍為處女，一版玄慈道：「多謝師兄點明。虛竹所犯色戒，非指此四女而言。虛竹投入別派，作了大雪山飄渺峰靈鷲宮的主人，此四女是靈鷲宮舊主的侍婢，私入本寺，意在奉侍新主，虛竹並不得知。」這裡明顯是誤寫，「大雪山」乃是鳩摩智的門戶，干靈鷲宮何事？二版將「大雪山飄渺峰靈鷲宮」更正為「天山飄渺峰靈鷲宮」。

玄慈向蕭峰坦承自己就是帶頭大哥，早想讓蕭峰一掌打死

——第四十一回〈燕雲十八騎 奔騰如虎風烟舉〉版本回較

這一回是金庸書系中頗得中國學界青睞的一回，此回中「蕭峰率領燕雲十八騎上少林寺」一段，選入了中國全日制高中二年級語文讀本。

且來看看這一回的版本差異。先看一版到二版的修改。

在一版《天龍》第三十三回，倪匡曾經代寫了四萬多字，代寫的內容主要是游坦之與阿紫的故事。倪匡代寫之後，金庸接續創作。金庸創作的故事與倪匡代寫的情節是互相連貫的。一版修訂為二版時，金庸將倪匡代寫的四萬多字悉數刪除。在而後的情節中，若有與倪匡代寫內容相關的情節，亦須連鎖修訂。

關於此回的版本差異，就由丐幫幫主上少林寺說起。

丐幫幫主上少林時，四匹馬奔上山來，騎者手中各執一旗，臨風招展。一版說，左邊兩面旗上寫著六個大字：「丐幫總幫主王」，右面兩面旗上也寫著六個大字：「極樂派掌門王」。

「極樂派」是倪匡的創意，二版自然得刪。奇怪的是，為了與「極樂派掌門」字數一樣，一

版竟然會出現「丐幫總幫主」這般怪異之詞。

二版此處改為四面黃旗上都寫著五個大黑字：「丐幫幫主莊。」

黃旗一插，一版群雄道：「丐幫幫主王星天到了。」這王星天到底是何等樣人物，除了鳩摩智、哲羅星、丁春秋、慕容復等寥寥數人之外，誰都沒見過，至於他如何接任幫主之位，這極樂派又是什麼門派，那是更加無人得知了。

這段情節二版刪為只說：群雄都道：「丐幫幫主莊聚賢到了。」

「王星天」是倪匡所創，自當改去，二版將游坦之的化名改為「莊聚賢」。

繼游坦之後，同來的阿紫也展開了「星宿派掌門段」的紫綢大旗，並向丁春秋叫陣。

一版說丁春秋一生陰險狠毒，師父和師兄都命喪其手，那日與游坦之一戰，卻吃了一個大虧。其時游坦之硬生生的剝去了鐵鑄面具，滿臉血肉模糊，令人見之生怖，他自稱是極樂派掌門王星天，丁春秋便以為他是鐵頭人游坦之之師長。此刻在少室山上再度相見，眾目睽睽之下，阿紫居然打出「星宿派掌門」的旗號來，此可忍孰不可忍？若不和這王星天決一死戰，在世上更無容身之地了。

這一整段都是金庸在自己的小說中，竟然不得不跟倪匡唱雙簧的情節。倪匡怎麼講，金庸只能跟著這麼說。二版自然全刪了。

而後，游坦之以星宿派武功「腐屍毒」力戰丁春秋。

一版說，游坦之自那日隨阿紫相習星宿派武功（即「混天無極式」）後，進展神速。他於是要阿紫將本門武功，一項項的演將出來，並詳述修習之法。這即是游坦之學會「腐屍毒」功夫的原因。

二版刪去了一版第三十三回游坦之從阿紫處學「混天無極式」之情節，此段改為：游坦之那日和全冠清結伴同行，他心無城府，閱歷又淺，不到一兩天全冠清便已知他武功平庸之極。全冠清於是攛掇游坦之向阿紫習學星宿派武功，他要阿紫將所學武功一一試演出來，並詳述修習之法，好讓游坦之指點，游坦之因此學會了「腐屍毒」功夫。

而游坦之之所以成為丐幫幫主，並上少林耀武揚威，一版回溯的說法是：某日阿紫與游坦之在外行走。於一所古廟之中，聽到兩個丐幫弟子說，丐幫將在伏牛山畔選立幫主。阿紫聞訊大喜，立即逼那兩名丐幫五袋弟子，收她與游坦之入丐幫，以讓游坦之可以競逐丐幫幫主。

阿紫和游坦之依期到伏牛山盼，游坦之輕而易舉的打敗丐幫諸長老，接掌了丐幫幫主。群丐見他武功高強，人人心悅誠服，互慶得主，都道丐幫光大可期。

丐幫中有個足智多謀的人物，名叫全冠清，原本執掌「大智分舵」，丐幫幫眾背叛蕭峰，便他一手籌劃。後來宋長老、吳長老因念喬峰舊恩，免去了全冠清大智分舵舵主之職。游坦之接任幫主後，全冠清趁機巴結阿紫，後來更獻議與少林派爭奪中原武林盟主的名位，使「王星天」成為天下武林第一人。

二版因游坦之與全冠清已在第三十三回結為金蘭兄弟，這段改為：全冠清設法替游坦之除去頭上鐵罩，並以人皮面具遮住他給熱鐵罩燙得稀爛的臉孔，然後攜同他去參與洞庭湖君山丐幫大會。而後游坦之擊敗群雄，輕而易舉的奪到幫主之位，全冠清亦正式復歸丐幫。游坦之雖然當上幫主，幫中事務全憑全冠清吩咐安排。全冠清獻議游坦之與少林派爭奪中原武林盟主，使丐幫幫主莊聚賢成為天下武林第一人。

在一版第三十三回倪匡代寫後，這一回金庸「被迫」得順著倪匡的筆路與創意來接續的情節，二版修改至此處。

而後，游坦之於少林寺與玄慈對陣，企圖奪取「武林盟主」之銜，蕭峰恰於此時上了少林寺。

一版蕭峰在少林寺見到阿紫，想起她不告而別，害得自己好生掛念，這女孩兒實在太過頑劣，怒氣上衝，伸手在她的屁股上便是一掌，叱道：「你便是出門，怎麼也不跟我說一聲？害得我到處找你。」饒是蕭峰這一掌未含真力，阿紫便痛得哇哇大叫起來，說道：「壞姐夫，你怎麼打人？」蕭峰道：「正要教訓你這小丫頭！」驀見阿紫轉過頭來，眼中無光，瞳仁已毀，不由得吃驚：「你……你的眼睛……」

二版改為蕭峰見到阿紫，心下一陣難過，柔聲安慰：「阿紫，這些日子來可苦了你啦，都是姐夫累了你。」

因為蕭峰對阿紫的表現不同，當蕭峰抱住阿紫後，游坦之的反應也不同。

此時的游坦已拜丁春秋為師。蕭峰問游坦之是何人，一版游坦之囁嚅道：「在下……在下是極樂派掌門，丐幫幫主……幫主王星天。」丐幫中有人大聲說道：「你已拜入星宿派門下，怎麼能是丐幫幫主？」阿紫道：「我才是星宿派的掌門。王公子向星宿老怪行使『磕頭化血功』，你道真是拜他為師麼？星宿老怪已著了道兒，不出三日，全身化血而死，屍骨無存。你若不信，等著瞧吧！」丐幫弟子聞言，將信將疑。

二版刪去了阿紫胡吹牛皮的一段，只說游坦之囁嚅道：「在下……在下是丐幫幫主……幫主莊……那個莊幫主。」丐幫中有人叫道：「你已拜入星宿派門下，怎麼還能是丐幫幫主？」

而後，蕭峰將阿紫交給段正淳與阮星竹，阮星竹問阿紫眼睛怎麼了？

一版說阿紫要強好勝，不肯承認她是給丁春秋弄盲，大聲道：「那有甚麼要緊？我在練星宿派的『四眼普觀大法』，故意把眼睛瞎了的。丁春秋就不會這功夫。」

二版刪掉了這段阿紫的吹牛之言。

一版到二版的修改就到此處，接著再看二版到新三版的變革。

且由蕭峰率「燕雲十八騎」上少林寺說起。

因見丁春秋手抓住阿紫，阿紫雙目無光，瞳仁遭毀，已然盲了，蕭峰憤而以「降龍廿八掌」擊向丁春秋。

蕭峰連發三招掌擊丁春秋的「降龍廿八掌」招式，二版是「亢龍有悔」，新三版則極力強調「亢龍有悔」這招留有即大餘力，蕭峰更曾以此招助玄慈練就「般若掌」的「一空到底」。掌擊丁春秋時，蕭峰並不需留有餘地，新三版因此將蕭峰連發的三招均改為「見龍在田」。

擊退丁春秋後，蕭峰接住阿紫，二版阿紫喜道：「好姐夫，多虧你來救了我。」新三版加說，阿紫雙臂伸出，緊緊摟住了他。

而後，二版說游坦之見蕭峰伸臂將阿紫摟在懷裡，阿紫滿臉喜容，對蕭峰神情親密，游坦之再也難以忍受。新三版增寫為游坦之見蕭峰伸臂將阿紫摟在懷裡，阿紫滿臉喜容，摟住蕭峰項頸，神情十分親密，游坦之再也難以忍受。

新三版阿紫與蕭峰之所以如此親暱，乃因第二十六回增寫阿紫曾對蕭峰道：「我要永永遠遠陪在你身邊。在你心裡，將來也要像愛惜阿朱那樣愛惜我。」蕭峰亦點頭同意。而阿紫所謂要蕭峰像愛惜阿朱那樣愛惜她，理當就是意指娶她為妻，蕭峰亦點頭同意了，可知兩人已有了婚約。

救回阿紫後，蕭峰將阿紫交給段正淳與阮星竹。此時群豪均有心與蕭峰一拼，但卻無人敢於首先上前挑戰，慕容復遂挺身向蕭峰叫陣。

新三版於慕容復挑戰蕭峰之後，增寫了長達五頁的內容。

增寫的內容是：

便在此時，四個少林寺玄字輩老僧走到蕭峰身前，對蕭峰說，玄慈方丈請蕭峰到內殿說話，蕭峰便隨四僧來到內殿。段譽因擔心蕭峰遇險，也隨蕭峰前往。

眾人到內殿後，走入禪房，玄慈方丈請蕭峰與段譽坐了，再介紹在場幾位外來高僧，即神山、神音、觀心、道清、覺賢、融智等人，又說了玄字輩眾僧的名號。玄慈隨後自懷中取出一頂棉帽，戴在頭上，合什向蕭峰微笑道：「蕭大爺，可認得老僧嗎？」

蕭峰立時認出玄慈就是遲老先生，另四名老僧也各戴上棉帽。蕭峰於是躬身向玄渡說道：

「玄渡大師，杜老先生。」向玄因行禮，道：「玄因大師，金老先生。」向玄止因行禮，道：「玄止大師，褚老先生。」向玄生行禮，道：「玄生大師，孫老先生。」

玄慈接著向在場眾人說，玄苦兩年多前為人所殺，當時少林寺中有許多人都認定是蕭峰下的手。玄慈於是與玄渡、玄因、玄止、玄生五人改穿了俗家衣帽，至浙東天台山道的涼亭中，邀蕭峰對掌。五人與蕭峰對掌之後，由蕭峰掌法、掌力得知，玄苦絕非蕭峰所殺。

玄慈而後臉現慈和，緩緩說道：「蕭施主，現今我坦率相告，你一心追尋的那個帶頭大哥，便是老衲玄慈！」眾人聽了，都不禁全身劇震。

玄慈又說，那天在天台山道上，他跟蕭峰對掌時，突然撤去掌力，就是想讓蕭峰一掌打死，以報殺父母的大仇！

蕭峰陡然間獲知真相，心緒難平。玄慈又請蕭峰將他一掌打死，他垂手低眉，挺胸而前，只待蕭峰下手。

蕭峰負手背後，說玄慈當年只是誤信人言，若他是玄慈，也會如此做，卻不知殺他義父義母、趙錢孫等人之人，究竟是何人？

玄慈告訴蕭峰，隨時都可來取他性命，但今日山下有數千人誓要殺蕭峰，他要蕭峰暫避鋒頭，從後山離開。蕭峰婉拒，遂與段譽再回到山門之外。

新三版增寫的五頁就到此處，從第二十一回玄慈假扮遲姓老人試蕭峰的「降龍廿八掌」、第三十九回玄垢、玄石二僧由聚賢莊一路跟蹤蕭峰到衛輝，到此回玄慈自承就是帶頭大哥，金庸在新三版著力增寫的「少林寺主動介入調查蕭峰兇案」情節，至此完整呈現。

新三版因有了這段增寫。二版少林派玄生大師而後暗傳號令：「羅漢大陣把守各處下山的要道。這惡徒（蕭峰）害死了玄苦師兄，此次決不容他再生下少室山。」自是整段刪去。

在一版與二版故事中，玄慈身為帶頭大哥，對江湖上謠傳蕭峰為尋找帶頭大哥而一再犯下兇案，始終不聞不問，其原因就在於金庸起先並未將玄慈設定為「帶頭大哥」，直到第四十二回才忽然將玄慈編派為「帶頭大哥」，以了結「帶頭大哥」玄案。回溯一版第十七回，玄慈初見喬峰時，喬峰對玄慈道：「玄苦大師是弟子的受業恩師，弟子得知……」第二句話還沒接下去，玄慈方丈便攔住話頭，道：「甚麼？玄苦大師是你的受業師父？施主難道是少林弟子，那……那太奇怪了。」可知金庸絕非從一開始就設定玄慈為「帶頭大哥」，豈料在第四十二回時，竟神來一筆，將玄慈編派成「帶頭大哥」，導致在先前的情節中，完全沒有玄慈就是帶頭大哥的任何伏筆。又因帶頭大哥揭曉得極突然，讀者也會感覺怎會如此沒頭沒腦。

新三版增寫的數段情節，補上了玄慈即是帶頭大哥的伏筆，在玄慈揭破其帶頭大哥的身分時，就不會顯得非常突兀。

話頭再由自玄慈轉向王語嫣，新三版段譽在第五十回拋棄了王語嫣。為了讓段譽有合理的理由，金庸在前面的故事中，一有機會就補埋伏筆。

這一回蕭峰獨鬥慕容復與游坦之二人時，段譽基於結義之情，出言挑釁慕容復，讓蕭峰專心對抗游坦之，結果，因段譽武功遠遜慕容復，竟為慕容復踢翻，並以左足踩住其胸口。

慕容復要段譽叫他一百聲「親爺爺」，段譽不願意。慕容復呼的一掌拍出，擊在段譽腦袋右側，登時泥塵紛飛，地下現出一坑，這一掌只要偏得數寸，段譽當場便腦漿迸裂。

二版段譽側過了頭，看到遠處王語嫣雙眼目不轉睛的注視著自己，然而臉上卻無半分關切焦慮之情，顯然她心中所想的，只不過是：「表哥會不會殺了段公子。」倘若表哥殺了段公子，王姑娘自然也不會有什麼傷心難過。

新三版在其下，竟加了句「而如表哥殺不了段公子，她心中多半不免頗有遺憾。」

新三版所加這句，簡直把王語嫣貶成涼薄而毫無人性的女人，原來段譽從此時起，就已經打從內心嫌惡王語嫣了，那麼，最後的拋棄王語嫣，也就順理成章了。

【王二指閒話】

金庸創作《天龍》時，不像「射鵰三部曲」那般，細細鋪陳俠士武功成長的歷程，而是盡可能讓俠士「速成」為絕頂高手，甚至身負超越「人」所不可能練就的「神功」。

「射鵰三部曲」中的俠士，武功都是循序漸進練出來的。所謂的「循序漸進」，以《射鵰》郭靖為例，郭靖先在蒙古師從馬鈺與江南七怪修習內外功，南來中原後，再隨洪七公學「降龍十八掌」，後來又學得《九陰真經》。郭靖雖有殊勝的機遇，仍需經過十多年的刻苦學習，才能成為與黃藥師及洪七公武功齊高的絕頂高手。

《天龍》的俠士大多不像郭靖這般，循序漸進學習武功，而是只要一經學武，及瞬間成為絕頂高手，比如段譽在天龍寺一學得「六脈神劍」，當下即可戰鳩摩智；游坦之方學過《神足經》，即可力挫少林高僧玄痛；虛竹則是在身擁逍遙派三人內力，並於靈鷲宮石室學功後，立即可與鳩摩智一較高下。

段譽、游坦之與虛竹之所以與郭靖等「射鵰三部曲」俠士不同，就在於他們都能吸人內力，並脫胎換骨，因此他們不是郭靖這樣的「人」，而是「神」。又因為他們是「神」，因此可以速成「神功」，這也就是《天龍》的武學邏輯。

《天龍》中既有段譽、游坦之與虛竹之類的「神」，也有蕭峰、慕容復之類的「人」，少林寺的這場大戰，乃是「人」與「神」的對決。茲將參戰俠士依其「人」「神」本質，及所練武功是「神功」或「人功」，分為四類：

第一類：「神」而具「神功」：虛竹身擁天山童姥、逍遙子、李秋水三人的內力後，晉升為「神」。身為「神」的虛竹，練的武功也都是「天山六陽掌」之類「神功」，因此虛竹武功高強、無人能擋。

第二類：「神」而學「神功」：「神功」並不好學，虛竹是因身擁三大高手內力，才能速成「神功」。段譽雖也以「北冥神功」吸人內力而成為「神」，但他的境界比不上虛竹，因此他的「神功」六脈神劍運使起來，總是時靈時不靈。

第三類：「神」而學「人功」：游坦之因被冰蠶所噬而身具寒毒，於是也成為了「神」，但身為「神」的游坦之，卻沒有機緣學得「神功」，他只從阿紫處學會星宿派的基本功夫。星宿派武功只是「人功」，而非「神功」，因此游坦之無法成為虛竹或段譽般，身負「神功」的「神」級高手。

第四類：「人」而學「神功」：「人」若是資質好，肯下功夫，也能學會「神功」，並成就武林偉業。比如蕭峰雖是「人」，學的「降龍廿八掌」卻是「神功」，蕭峰的「降龍廿八掌」境界出神入化，因而可力抗丁春秋、游坦之兩個「半調子神」。慕容復也是「人」，但他的「神功」斗轉星移並未練到神境，因此在少林寺這場大戰中，慕容復面對諸「神」，完全處於劣勢。

除了五大高手外，丁春秋也在少林寺大顯神功，但丁春秋卻是《天龍》中的一個大疑問。丁春秋師從無崖子，無崖子在逍遙派師兄妹中武功第一，丁春秋則是他座下武功最高的弟子，但丁春秋行走江湖，幾乎從不使用逍遙派神功，而是一再下毒害人。說來天山童姥、無崖子與李秋水三人，並無任何一人善於用毒，但逍遙派下一代武功最傑出的丁春秋，拿手絕技卻是「三笑逍遙散」或「腐屍毒」等毒藥毒功。師徒兩代的功夫似乎毫無關聯，這還真是令人費解。

第四十一回還有一些修改：

一．二版說少林寺建寺千載，然考諸史料，北魏孝文帝於公元四九六年下旨建立少林寺，至《天龍》故事背景的的北宋哲宗元祐、紹聖年間，即公元一〇九四年前後，大約只有六百年，新三版因此訂正為少林寺建寺已六百年。

二・星宿派門人歌頌丁春秋，二版說少林寺建剎千載，歷代群僧所唸的「南無阿彌陀佛」之聲，千年總和，說不定遠不及此刻星宿派眾門人對師父的頌聲洋洋如沸。但因少林寺屬禪宗，而非淨土宗，新三版改為少林寺建剎已六百年，歷代群僧所唸的「我佛如來世尊」之聲，六百年總和，還不及此刻星宿派眾門人對師父的頌聲洋洋如沸。

三・阿紫令丐幫弟子取出「星宿派掌門段」紫綢大旗之前，新三版較二版增寫，游坦之（對阿紫）低聲道：「人差不多到齊了。」新三版增寫的原因是阿紫目盲，理當不知來人有幾。

四・阿紫自稱星宿派掌門，二版說獅吼子、天狼子等舊人，自然都知道阿紫的來歷。新三版將「獅吼子」、「天狼子」改為「摩雲子」、「追風子」，如此一來，星宿派門人即與「摘星子」、「出塵子」成同一系列。

五・述及游坦之每日仍勤練《易筋經》之事時，二版說有一日，游坦之正自照著《易筋經》圖中線路運功，突然間一陣勁風過去，《易筋經》飄了起來，飛出數丈之外，竟為鳩摩智奪走。但鳩摩智得《易筋經》後，日後並無大用。新三版因此刪去了鳩摩智奪經的一段故事。此外，新三版將《易筋經》改為《神足經》，《神足經》在第二十九回即已遭游坦之撕毀拋棄。

六・二版說邀請各路英雄好漢同時於六月十五聚集少林寺，便是全冠清的傑作。新三版將「六月十五」改為「十一月初十」。

七・蕭峰率燕雲十八騎上少林，二版說群雄眼前一亮，金光閃閃，卻見每匹馬的蹄鐵竟然是黃金打就。但因黃金展延度太大，用作蹄鐵並不適當。新三版因此改為「每匹馬的蹄鐵邊緣竟然都是黃金鑲嵌」。

八・二版虛竹稱玄難與玄痛為「太師叔」，新三版改為「師伯祖」。

九・一版說少林僧四代依次是「玄慧虛智」，二版改為「玄慧虛空」。可知一版阿朱所扮「智清」是小「虛竹」一輩的少林弟子，二版將「智清」改為「止清」，但「止」字輩並不在少林序譜中，新三版再改為「虛清」，便與虛竹是同輩了。

十・段譽向王語嫣說及：「我的徒弟也來了，真是熱鬧得很。」一版說王玉燕睜著明澄如水的大眼，大是奇怪，心想：「你自己不會武功，又收什麼徒弟了？難道是教他讀詩書春秋麼？」嘴角之邊，不禁露出微微笑意。段譽見引得玉燕微笑，心中大喜，道：「王姑娘，我這徒弟名叫南海鱷神，有個外號叫作『兇神惡煞』，武功可還真不弱。」一版走筆至此時，金庸已經忘了第十六回段譽與王玉燕參與杏子林中丐幫反喬峰之事時，南海鱷神亦隨西夏一品堂到臨，王玉燕彼時即已知南海鱷神就是段譽徒弟。二版此段訂正為王語嫣知道段譽的徒弟便是「南海鱷神」，但他為什麼會收了這天下第三惡人「凶神惡煞」為徒，卻從來沒問過他。

十一．游坦之向玄慈叫陣，玄慈出言要領教丐幫的「降龍十八掌」與「打狗棒」。一版玄慈道：「老衲是少林寺方丈，當以本派大金剛般若掌接一接幫主的降龍十八掌，以降魔禪仗接一接幫主的打狗棒。」二版將「大金剛般若掌」改為「大金剛掌」。

十二．玄慈所使第一招，一版是大般若掌起手式「禮敬眾生」，二版改為大金剛掌的起手式「禮敬如來」。

十三．見群雄劍拔弩張，血戰如箭在弦，一版蕭峰心中盤算：「在這許多人之前，要向少林寺請問的事，是不便提的了。不如先行避開，以免流血傷人，待眾人散去之後，再來不遲。」二版改為蕭峰心下盤算：「好在阿紫已經救出，交給了她父母，阿朱的心願已了，我得急謀脫身，何必跟這些人多所糾纏？」至於一版蕭峰究竟有何事要請問少林，後來也不了了之了。

十四．虛竹以「天山六陽掌」迎戰丁春秋。一版說這天山六陽掌雖是天山童姥所創，但根基完全源自逍遙派的功夫，丁春秋只拆了三招，便暗暗心驚：「怎麼這小和尚竟會使逍遙派的掌法。」這段二版全刪。天山童姥在二版並沒有自創武功，二版說逍遙派所有武功皆為古傳。

慕容博化身燕龍淵，藏身河南登封，竊鈔少林秘笈

——第四十二回〈老魔小醜　豈堪一擊　勝之不武〉版本回較

金庸書系在進入尾聲前，大多會以「大會戰」，將全書的「武鬥」拉向最高潮。在金庸所有小說中，《天龍》的少林寺群俠大戰，可說是精采之最，因為《天龍》不像其他小說，只有單一主角，而是有蕭峰、段譽、虛竹、慕容復、游坦之五大男主角。在這場少林寺大會戰中，五大主角終於交手，再加上星宿派丁春秋，六大高手過招，整場大戰緊張而精彩。

且來看看此回一版到二版的改變。

就由慕容復敗於蕭峰，欲持劍自殺，慕容博以暗器撞開慕容復手中長劍說起。

一版慕容博於少林寺登場時，裝扮是「白衣僧」，然而，少林寺中根本沒有「白衣」僧人，慕容博如何能以異於他僧的奇裝異服在寺中行走偷書，而無人察覺呢？

二版將慕容博的裝扮改為「灰衣僧」，如此便與少林僧人服飾一同了。

慕容博出現後，一版說，群雄見慕容博「所穿的僧服，與少林寺僧侶所穿的亦頗為不同」。

二版則因慕容博已從「白衣」改穿「灰衣」，自然刪了此話。

慕容博出場時，段譽已為慕容復的判官筆刺中右肩。一版說慕容博第三指點判官筆的尾端，那判官筆忽如活了一般，向前疾射而出，餘勢不衰，拍的一聲，插入了一株松樹幹。

若如一版所說，段譽豈不是被判官筆射穿了，傷勢怎能不重？二版改為慕容博指風點處，判官筆從段譽肩頭反躍而出，拍的一聲，插入地下。

經二版這麼一改，段譽所受之傷就相對較輕了。

故事再說到少林寺執戒律，杖責虛竹，虛竹露出腰背，只見腰背之間整整齊齊的燒著九點香疤。葉二娘因而知曉虛竹是其親生愛兒。

葉二娘向玄寂道：「他是我的兒子，你不許打他！」一版接著說，虛竹驀地想起，那日拆解珍瓏棋局之時，見到葉二娘和丁春秋神態親熱，葉二娘口口聲聲叫他什麼「春秋哥哥」，顯然二人之間頗有曖昧，莫非自己竟是丁春秋的兒子？這一下可不得了，母親是聲名狼籍的葉二娘，居位四大惡人的第二位，父親倘若真是丁春秋，那聲名尤其惡劣。更糟的是，自己適才還將他打得狼狽不堪，親手在他身上種了七片生死符。那……便如何是好？

虛竹偷眼向丁春秋瞧去，心下大是不安，臉上一陣紅。一陣白，轉頭又瞧葉二娘，盼她說出自己父親到底是誰，但想一說出來如果竟然是星宿老怪丁春秋，那還不如不說的好。可是他自幼無父無母，會見母親之後，又盼見生父，縱然父親是丁春秋，那也決不能不認。

二版刪去了這整大段。二版葉二娘一生只愛過一個玄慈，與丁春秋並無任何情愛瓜葛。

接著，葉二娘向虛竹大聲道：「是哪一個天殺的狗賊，偷了我的孩兒，害得我母子分離二十四年？孩兒，孩兒，咱們走遍天涯海角，也要找到這個狗賊，將他千刀萬剮，斬成肉漿。」

蕭遠山聞言，道：「你這孩兒是給人家偷去的，還是搶去的？你面上這六道血痕，從何而來？」

一版蕭遠山又道：「那日你中了王星天的寒冰毒掌，性命已然難保，是誰救活你的？」葉二娘道：「我不知道。難道……難道是你？」原來葉二娘正是蕭遠山所救。

這一段二版全刪。

而後，蕭遠山對葉二娘朗聲道：「這孩子的父親，此刻便在此間，你幹麼不指他出來？」葉二娘驚道：「不，不！我不能說。」

一版說虛竹的眼光只是向丁春秋射去。二版刪了此說。

玄慈隨後即當眾自承是虛竹的生父。

一版到二版的修訂至此，接著看二版到新三版的變革

新三版修訂的重點之一，就是將慕容博與蕭遠山的恩怨，以及兩人潛伏少林寺盜經的來龍去脈，解釋得一清二楚。且來看看新三版的說法。

就從慕容復敗在蕭峰手下，欲橫劍自刎說起。

慕容復自盡時，有一灰衣僧以暗器撞開他手中長劍，此灰衣僧即是慕容博。

繼慕容博之後，蕭遠山亦來到少林寺。二版蕭遠山的裝扮是「光頭黑髮，也是個僧人，黑布蒙面，只露出一雙冷電般的眼睛。」

新三版則改為蕭遠山的裝束是「黑布蒙面，只露出一雙冷電般的眼睛。」也就是說，新三版蕭遠山並不是「黑衣僧」。

將蕭遠山從一、二版的「黑衣僧」改為新三版的「黑衣大漢」，原因即在一、二版說慕容博與蕭遠山於少林寺中潛伏數十年。然而，他倆剃光頭，扮成僧人，難道就能於飲食、睡覺時混入少林寺僧侶中，不為人所察覺嗎？而若是不混在僧侶群中，他倆又要如何解決長年累月，每一天都得面對的飲食睡眠等生理問題呢？

新三版將二版慕容博與蕭遠山藏身少林寺「中」，改為藏在少林寺「旁」，這麼一來，他倆

即不須混在僧侶群中，蕭遠山也就不必剃頭假扮僧人了。

慕容博與蕭遠山朝相後，灰衣僧道：「你是誰？」黑衣僧（新三版黑衣人）亦道：「你又是誰？」

接著，二版灰衣僧道：「你在少林寺中一躲數十年，為了何事？」黑衣僧回道：「我也正要問你，你在少林寺中一躲數十年，又為了何事？」二僧這幾句話一出口，少林群僧自玄慈方丈以下無不大感詫異，都想：「這兩個老僧怎麼在本寺已有數十年，我卻絲毫不知？難道當真有這等事？」

新三版將這段對話改為：那灰衣僧道：「你在少林寺旁一躲數十年，少林派武功秘本盜得夠了麼？」黑衣人回道：「我也正要問你，你在少林寺旁一躲數十年，少林寺藏經閣中的鈔本鈔得夠了麼？」二僧這幾句話一出口，少林群僧自玄慈方丈以下，無不大感詫異：「這兩人怎麼互指對方偷盜本寺的武功秘本？難道真有此事？」

而後，二僧點了點頭，相偕走到一株大樹之下，並肩而坐，閉上了眼睛，便如入定一般，再也不說話了。

接下來是新三版增寫近十頁的內容，細述慕容博與蕭遠山數十年來的事蹟，且來看這段新三版增寫的新內容：

此時慕容博回想起過去幾十年的往事，他這些年來，他隱姓埋名，詐死潛伏，其實常在中原暗中活動。

那一年，慕容博魂飛魄散的從雁門關外逃回蘇州燕子塢參合莊，在門戶緊閉的地窖裡躲了七天。想起那個滿臉虬髯的大漢，圓睜雙目，左掌揮擊、右手刀劈，便有人筋骨碎裂，腦袋落地，慕容博全身顫抖，心下駭懼。

慕容博以「中興燕國」為畢生職志，然其時宋遼交好，兵戎不興，全無可乘之機，他於是攜帶資財，遠赴遼國，設法與契丹貴人結交，更進一步熟識了遼國宮廷內情，得知遼國太后掌權，而太后最信任的族人，乃屬珊軍總教頭蕭遠山。此人武功極高，平生主張遼宋交好，每當遼朝有將帥官員倡議侵宋，蕭遠山必向太后進言，力陳兩國休兵之福：遼國正坐收宋朝銀帛，朝野富足，一但兵連禍結，不但生民塗炭，且奸佞弄權，家國必亂。

大后對蕭遠山甚為信服，因此侵宋之議始終未成。慕容博料知復國之機當在除去此人，於是暗中籌謀。這日他探聽得九月初八是蕭遠山岳父的生辰，該日蕭遠山必攜同妻兒前往武州拜壽。自遼國前往武州，往往取道雁門關。

慕容博於是前往少林寺報假訊，說道遼國派出高手，將於重陽節前後大舉進襲少林寺，意在劫奪寺中所藏武學典籍。少林群僧得訊後，召集各路英雄前往雁門關，截到蕭遠山一行，雖然殺了他妻子，但蕭遠山武功之高，委實令人駭怖萬分，難以想像。

自雁門關回家後，為免群雄質問，慕容博隱居於家中地窖，絕足不出。

慕容氏先祖龍城公雖創下一門「斗轉星移」絕技，但慕容博心想，少林武功是中原武學之首，如能求得七十二絕技功訣，傳授於暗中糾舉的羽翼人馬，慕容氏復國實力將如虎添翼，更形壯大。

於是，慕容博假扮成商販，到少林寺左近農地收購土產，接著購置屋宇田地，落戶當地，再藉機結識少林寺藏經閣的幾名管事僧人，而後即開始在夜半三更之後，悄悄摸入藏經閣。

慕容博第一次到少林寺藏經閣，找到的是一本《拈花指法》，他將之帶回詳細鈔錄後。隔日晚間，又潛入藏經閣，將《拈花指法》放還原處，另取了四本《大金剛拳法》。如此鈔錄四月有餘，已得二十八門、共三十餘冊秘笈副本。而後，他將三十來冊秘術鈔本攜回蘇州，揀選數門絕技，每日依法修習。是年冬天，慕容博的妻子生下了兒子慕容復。

慕容博仍一心要復國，他此後開始留鬚，易容改裝，廣結友朋，自稱姓燕名龍淵，做的是祖傳的珠寶生意，而原來一口蘇州話，也改為河南登封一帶的北方話。

入秋之後，他再度扮作商販前往登封，居於舊居，晚間便潛入藏經閣借取武學秘本，數月之後，又鈔得十餘本功訣。一日午夜，他在閣中揀閱書冊，見左手書架上擺著一疊鈔本，最上一冊封皮題簽「般若掌精要」，當下取了一本，揣入懷中。正要轉身走出閣門時，忽有人在他左肩一拍，低聲道：「跟我來！」

慕容博大驚，於是隨那人到山谷中一塊平野之上。兩人對了一掌後，慕容博對那人說，他向少林藏經閣借鈔武學典籍，僅供自學，決不轉授旁人。那人則說，他與少林派有點樑子，遲早要和寺中高手拼決生死，還說他也是來借閱少林派武學秘笈的，今後如在藏經閣中相遇，各行其是便了。

慕容博告訴那人他叫燕龍淵，那人即離去。

自與那人對掌之後，慕容博的行動更加收斂謹慎，又鈔錄十餘冊秘笈之後，便即南歸。

次年慕容博再上登封，每晚續錄鈔本。兩個月之後，又與那大漢在藏經閣外相遇，那大漢約他再去試掌，兩人二度交手，拆到百餘招，不分軒輊。

而後，慕容博又返回蘇州練武，秋去冬來，再重回登封，晚間潛入藏經閣鈔錄，數月之間，又鈔了三十餘冊。這晚他進入藏將閣，發現書架上除了已鈔錄過的秘笈之外，全是《華嚴經》等經書，不見有任何一本內功秘法。慕容博心想所錄的少林絕技已有五六十門之多，這一生無論如何是練不完了，於是出閣離去。

離開藏經閣時，那人又來邀慕容博試掌。兩人奔至山谷中的平野，那大漢劈面即出掌，大漢的掌法變幻多端，慕容博逐一施展少林絕技中的「般若掌」、「無相劫指」、「拈花指」等，兩人拆鬥三百餘招，不分高下。

此時忽聽得一個謙和的聲音在背後響起：「施主請了，小僧有禮！」來人原來是鳩摩智。鳩摩智見到慕容博的拳掌之技，有心向他學招，但又想與慕容博素無淵源，貿然求他傳以秘技絕招，對方必不允諾。鳩摩智於是決定與慕容博交換武功，他告訴慕容博，他在吐蕃國密教寧瑪派出家，學得「火燄刀」絕技，並當場展演了「火燄刀」。

慕容博見識「火燄刀」後，大讚鳩摩智神功高妙。鳩摩智說他願將「火燄刀」傳授於慕容博，於是對慕容博詳述「火燄刀」的修練法訣。

慕容博用心記下後，告訴鳩摩智，「火燄刀」或許只有大理段氏的「一陽指」可資匹敵，還說他聽聞大理段氏尚有「六脈神劍」絕技，極為神奇，欲求得其術，想是難上加難。鳩摩智回道，他願上大理天龍寺，設法求得「六脈神劍」，與慕容博共之。

慕容博心想無功不受祿，於是告訴鳩摩智，他這些年來潛入少林寺藏經閣，借鈔了七十二門絕技功法，現下手邊有三十餘冊鈔本，願再錄副本，盡數贈與鳩摩智。又說他蘇州舍下尚有五十餘冊功法，若鳩摩智取得《六脈神劍劍譜》，前來蘇州燕子塢參合莊，他願以那五十餘本絕技副本相贈，交換《六脈神劍劍譜》。鳩摩智大喜，當下與慕容博三擊掌相約。

年歲匆匆飛逝，這些年來，慕容博、慕容復父子二人博覽群籍，武功隨時日而長。一日，少林老僧玄悲忽然登門求見。慕容博為絕後患，與妻子暗中商議後，決心詐死。於是由其妻兒向江湖發布了死訊。

詐死隱匿數年後，慕容博靜極思動，化身燕龍淵，在兩淮一帶營商出沒，自稱是「姑蘇慕容」氏部屬，傳出黑色燕字旗，以高明武功懾服歸順的江湖豪傑，廣擴勢力。

又過數年，慕容博得悉玄悲大師前赴大理，於是暗中跟隨，在陸涼州身戒寺中陡施襲擊，慕容博施出「斗轉星移」之技，以玄悲的絕技「大韋陀杵」還擊玄悲自身，玄悲登時中招斃命。

日後鳩摩智自大理天龍寺擒得段譽，來到慕容家，言明要將活的《六脈神劍劍譜》焚燒於慕容博墓前，以換取約定的武學秘本。慕容博得知後，心想數十年前的舊帳重新翻起，大是可慮，要妻子約束兒子，千萬不可介入此事，以免惹禍上身。

新三版增寫的十頁內容就到此處，這段增寫補白了二版的罅漏之處，在二版故事中，鳩摩智擄得段譽到燕子塢，說他與慕容博有舊約，要將段譽這「六脈神劍活劍譜」燒給慕容博，再到參合莊觀閱慕容家所藏武學典籍。然而，武學典籍不是王夫人家所藏嗎？鳩摩智怎會到慕容家觀閱？說來這是一版留存到二版的罅漏，因為一版各門各派的武學典籍，本來是慕容家家傳，所以鳩摩智才會想到慕容家觀看武學典籍，二版改為武學典籍先為逍遙派所藏，後來再轉藏王夫人家裡，這麼一來，就不知鳩摩智費盡心機到蘇州燕子塢，究竟要看些什麼了？

新三版補寫後，彌補了二版的罅漏，原來鳩摩智要到燕子塢看的，是慕容博從少林寺抄出來的絕技秘笈。有了這段增寫，故事的邏輯就周延了。

慕容博與蕭遠山之事暫告一段落後，故事接著說到「虛竹認親」。

且由虛竹制服丁春秋後，少林寺依律對虛竹責打「法戒棍」說起。

執法僧人捋起虛竹僧衣，露出他背上肌膚，忽聽得葉二娘叫道：「且慢，且慢！你……你背上是什麼？」

二版說眾人齊向虛竹背上瞧去，只見他腰背之間整整齊齊的燒著九點香疤。僧人受戒，香疤都是燒在頭頂，不料虛竹除了頭頂的香疤之外，背上也有香疤。

新三版此處大幅增寫說：眾人齊向虛竹背上瞧去，只見他腰背之間竟整整齊齊燒著九點香疤。其時僧尼受戒時頭燒香疤之俗尚未流行。中華佛教分為八宗十一派，另有小宗小派，各宗派習俗不同，有不少宗派崇尚苦行，弟子在頭上燒以香疤、或燒去指頭以示決心歸佛。少林寺僧眾並不規定頭燒香疤，但若燒以香疤，亦所不禁。

為了虛竹燒香疤是否合於當時佛寺體制的問題，金庸在回末寫了近四頁的長注，主要是為反駁「吉林一位物理學教授評論本小說，以為中國僧徒頭燒戒疤的戒律，始於元朝，北宋尚無此俗，因此葉二娘為其子虛竹背股上燒香疤不合歷史。」金庸的解釋是：少林僧人北宋時不燒香疤，但葉二娘說：「老娘又不是少林寺和尚，老娘愛燒俺生的兒子屁股，你外人管得著麼？」

「長注」的文末，金庸反幽了「物理學教授」一默，道：「即使作科學家，也當思想開放活潑，方有創造發明貢獻，否則僅為傳授知識之教師而已。科學教師也當受尊重，但層次稍低，非特有創造之大科學家也。任何學問均是如此。」

葉二娘而後自道是虛竹的娘，生他不久，便在他背上、兩邊屁股上，都燒上了九個戒點香疤，虛竹信她所言，遂任由她抱在懷中。

知道葉二娘是虛竹的親娘後，二版南海鱷神說道：「三妹！你老是去偷人家白白胖胖的娃兒來玩，玩夠了便捏死了他，原來是為了自己兒子給人家偷去了啦。」

新三版則改為南海鱷神說道：「三妹！你老是去偷人家白白胖胖的娃兒來玩，玩夠了便胡亂送給另一家人家，教他親生父母難以找回，原來是為了自己兒子給人家偷去啦。」

虛竹認親後，故事再接回蕭遠山對玄慈「大算總帳」的一段。

蕭遠山對蕭峰說，中原豪傑在雁門關外殺了蕭峰母親，此仇非報不可！還說雁門關那個領頭的「大惡人」，迄今兀自健在。

二版蕭峰急道：「此人是誰？」

蕭遠山一聲長嘯，喝道：「此人是誰？」目光如電，在群豪臉上一一掃射而過。

新三版因在第四十一回，玄慈方丈已對蕭峰自承是「帶頭大哥」。因此聞蕭遠山之言，蕭峰說的是：「此人乃為人謠言所愚，非出本意，今已懺悔。且爹爹今日安健，孩兒以為，此人的仇怨就此一筆勾銷罷！」

蕭遠山一聲長嘯，喝道：「如何能就此一筆勾銷！」目光如電，在群豪臉上一一掃射而過。

蕭峰接著說到大惡人殺了他義父義母喬氏夫婦，不料蕭遠山竟說喬氏夫婦是他殺的！

蕭遠山自承殺了喬三槐夫婦後，二版蕭峰再問：「然則放火焚燒單家莊、殺死譚公、譚婆等等，也都是……」但譚公是當著蕭峰的面自殺的，蕭峰怎能不知？新三版將「殺死譚公、譚婆」改為「殺死譚婆、趙錢孫」。

二版蕭遠山答蕭峰：「不錯！都是你爹爹幹的。當年帶頭在雁門關外殺你媽媽的是誰，這些人明明知道，卻不肯說，個個袒護於他，豈非該死？」

新三版將蕭遠山的話加寫為：「不錯！都是你爹爹幹的。智光大師雖已身死，我仍在他太陽穴上指擊洩憤。當年帶頭在雁門關外殺你媽媽的是誰，這些人明明知道，卻不肯說，個個袒護於他，豈非該死？」

就在蕭遠山要揭破「帶頭大哥」的真實身份時，二版玄慈主動向蕭遠山釋悆，道：「蕭老施主，雁門關外一役，老衲鑄成大錯。眾家兄弟為老衲包涵此事，又一一送命。老衲今日再死，實在已經晚了。」

新三版則為配合第四十一回玄慈向蕭峰自承是「帶頭大哥」，改為玄慈道：「蕭老施主，雁門關外一役，老衲鑄成大錯。眾家兄弟為老衲包涵此事，又一一送命。老衲曾束手坦胸，自行就死，想讓令郎殺了我為母親報仇，但令郎心地仁善，不殺老衲，讓老衲活到今日。老衲今日再死，實在已經晚了。」

玄慈而後忽然提高聲音，問扮成灰衣僧的慕容博，對於當日假傳音訊，可曾有絲毫內咎？

慕容復乍見慕容博，驚喜交集，叫道：「爹爹，你……你沒有……沒有死？」二版說慕容復隨即心頭湧起無數疑竇：那日父親逝世，自己不止一次試過他心停氣絕，親手入殮安葬，怎麼又能復活？那自然他是以神功閉氣假死。但為什麼要裝假死？為什麼連親生兒子也要瞞過？

新三版因將慕容博之死改為「慕容博與妻子暗中商議後，決心詐死以絕後患。慕容博離家數月後，由妻子向兒子及眾家臣言明，老爺已在外逝世。」因此慕容復從未見到慕容博遺體，也就不曾像二版所說「慕容復不止一次試過他心停氣絕，方才親手入殮安葬。」

新三版將這段情節改為：慕容復隨即心頭湧起無數疑竇：爹爹為什麼要假死？為什麼連親生兒子也要瞞過？

至於慕容博假死，為何須瞞過慕容復呢？二版慕容復心道：「其時我年歲尚幼，倘若得知爹爹乃是假死，難免露出馬腳，因此索性連我也瞞過了。」

新三版則配合前段增寫，改為：「想來爹爹怕我年輕氣盛，難免露出馬腳，索性連我也瞞過了。除了媽媽之外，恐怕連鄧大哥他們也均不知。」

慕容博現身後，玄慈說起慕容博殺玄悲與柯百歲之事，而後，二版玄慈問：「以蕭峰蕭施主的為人，丐幫馬大元副幫主、馬夫人、白世鏡長老三位，料想不會是他殺害的，不知是慕容老施主呢，還是蕭老施主下的手？」

蕭遠山道：「馬大元是他妻子和白世鏡合謀所害死，白世鏡是我殺的。其間過節，大理段王爺親眼目睹、親耳所聞，方丈欲知詳情，待會請問段王爺便是。」

新三版改為玄慈問：「丐幫馬大元副幫主、馬夫人、徐沖霄長老、白世鏡長老四位，不知是慕容老施主殺的呢，還是蕭老施主下的手？」

蕭峰道：「馬大元是他妻子和白世鏡合謀所害死，徐長老也是他二人合謀害死，白世鏡是丐幫自己人清理門戶所殺，馬夫人也在丐幫清理門戶時去世。其間過節，大理段王爺與丐幫諸長老親眼目睹、親耳所聞。方丈欲知詳情，待會請問段王爺和丐幫眾位長老便是。」

蕭峰追尋帶頭大哥過程中發生的所有命案，新三版在此做出了不同於二版的結論。

而後，蕭遠山父子與慕容博父子互相追擊而奔入少林寺，故事再說回玄慈受二百法杖以懲其所犯「淫戒」之事。

受到一百二十杖時，玄慈支持不住。二版葉二娘哭叫：「此事須怪不得方丈，都是我不好！

是我受人之欺，故意去引誘方丈。這……這……餘下的棍子，由我來受吧！」

原來二版葉二娘是用計叫玄慈破了淫戒。

新三版則改為葉二娘道：「此事須怪不得方丈，都是我不好！是我爹爹生了重病，方丈大師前來為他醫治，救了我爹爹的命。我對方丈既感激，又仰慕，貧家女子無以為報，便以身子相許。那全是我年輕胡塗，無知無識，不知道不該，是我的罪過。這……這……餘下的棍子，由我來受吧！」

新三版玄慈的人格著實不堪，他為貧人施救，對方無錢銀回報，便以女兒身子相代，他竟也同意。枉費玄慈還是少林方丈，竟然能接受以「性交易」來代替「銀子」的做法！

受完刑杖後，新三版較二版加寫，玄慈掙扎著站起身來，說道：「玄慈違犯佛門大戒，不能再為少林寺方丈，自今日起，方丈之職傳於本寺戒律院首座玄寂。」玄寂上前躬身合什，流淚說道：「領法旨」。

新三版玄慈自盡前，為少林寺傳下繼位方丈人選之法旨。可見新三版玄慈對於少林寺的責任心勝於二版。

玄慈自盡後，佔有極大篇幅的「蕭峰追查帶頭大哥」相關情節，也就完全結束。

【王二指閒話】

金庸初創作小說時，所用的發表模式是「報紙連載」。「報紙連載」與「書本」是截然不同的發表方式，讀者閱書本時，可以挑燈夜戰，不眠不休，一氣呵成地看完五大冊《天龍八部》，但於報紙連載時期，《天龍八部》自一九六三年連載至一九六七年，不論讀者性急與否，一天都只能在《明報》上閱讀得金庸最新創作的一個小方塊。

因為創作模式與閱讀方式都不同，「報紙連載」與「書本」的閱讀需求也大不相同，書本的讀者要求的是整部書的連貫好看，報紙則因是「隨看隨丟」的出版品，讀者閱讀時期盼的是今日的橋段精彩好看，而非五年連載故事的一氣呵成。

因應讀者的需求，金庸在報紙連載時，常用的創作手法之一，是書本讀者絕難想像的「以今日的新創意強壓已經發表的舊創意」，只要有更好的新想法出現，金庸完全不考慮先前已經發表的故事為何，或者只用牽強的理由強加解釋，就將新創意強套到舊故事上。

這種創作模式，造成一版金庸小說中，前後扞格，互相矛盾，故事不連貫的狀況多處可見。因此在一版金庸作品中，情節前後不一的狀況並非特例，而幾乎就是常態，但這並不違背報紙連載時期的讀者需求，因為報紙讀者只求一日之好看，情節前後矛盾顯然並不會影響讀者們閱讀連載小說的意願。

報紙版前後矛盾的狀況包括：

一、血緣關係的矛盾：在一版《天龍》第二回中，段譽的生父是大理皇帝段正明，因此段譽對鍾夫人告知鍾靈陷身神農幫後，鍾夫人即將鍾靈生辰託段譽交給段正明，但故事繼續往前推進，段譽竟變成了段正淳的兒子。

二、人物性格的矛盾：在一版《射鵰》第三回，郭靖剛出場時，書中說他「筋骨強壯、聰明伶俐」，但故事繼續開展，郭靖又變成了學功遠不如拖雷的笨拙孩子；此外，一版《倚天》第八回中，張無忌曾出言：「義父，害你全家之人叫混元霹靂手成崑，無忌記在心中，將來一定代你報仇，也將他全家殺死，殺得一個不留。」足見張無忌是工於心計且暴戾殘忍的小孩，但情節繼續發展，張無忌成長後，竟變成了寬和仁慈的濫好人。

三、男女愛情的矛盾：一版《天龍》第十一回中，阿碧取笑假扮慕容老太太的阿朱：「老太太何嘗不是記掛著公子爺？」可知此時的阿朱愛慕的是慕容復，但故事再往前推展，阿朱旋即又變成了喬峰的愛侶；此外，在一版《天龍》第三十一回中，葉二娘一見丁春秋就叫「春秋哥哥」，還說：「春秋哥哥啊，我找得你好苦，你終於也來中原了，一定是為了我而來，我好歡喜！」但到了第四十二回，葉二娘又變成忠於玄慈的節烈女子，與丁春秋的舊情也就不了了之了。

四、武功的矛盾：在一版《天龍》第十二回，王夫人曾說慕容復的功夫及不上王玉燕，但隨著故事衍進，王玉燕又變成了武功平庸之輩；此外，一版《射鵰》中，大理段家的武功原本是「先天功」，「一陽指」則是與王重陽交換而得，但走筆到一版《天龍》時，為了配合段譽學得「六脈神劍」，大理段家的武功又變成了「一陽指」。

五、情節的矛盾：一版《天龍》第三十一回，虛竹給康廣陵看無崖子給他的美女畫像卷軸，康廣陵明確的說畫中美女是天山童姥，但到了第三十七回，畫中美女變成了李秋水的小妹子。

因為有這些前後混亂的狀況，金庸將報紙連載結集為書本時，若不經過修訂，故事的前後矛盾必將導致金庸難能在文學界佔一席之地。幸而金庸願下苦心，十年修訂，刪改掉所有前後矛盾之處，才使得書本版成為經典之作。而在書本流通數十年後，金庸再次針對二版不夠圓融周延之處，再次修訂，使得金庸小說的周延度幾乎無懈可擊。相信在兩次改版修訂之後，金庸小說必將恆久流傳，成為既好看又有深度的文學經典。

第四十二回還有一些修改：

一．段譽以「六脈神劍」力戰慕容復時，二版說慕容復手中長劍為段譽的無形氣劍所斷，化為寸許的二三十截。二版段譽武功未免太高，竟能瞬間射出二三十道無形劍氣。新三版改為慕容復手中長劍與段譽的無形劍氣正面相撞，斷為兩截。

二．慕容復以判官筆射段譽，蕭峰出掌將判官筆擊彎，二版用的是一招「見龍在田」，新三版改為「利涉大川」。

三．段譽接戰慕容復，二版說群雄眼見慕容復被段譽逼得窘迫已極，有人便想上前相助。但慕容復在武林中還有朋友嗎？新三版改為鄧百川等見慕容復給段譽逼得窘迫已極，便想上前相助。

四．段譽持續射出「六脈神劍」，二版說慕容復這時已全然看不清無形劍氣的來路，唯有將一筆一鉤使得風雨不透，護住全身。新三版再加說慕容復「時時縮在大槐樹之後躲避劍氣。」以強化慕容復不如段譽之感。

五．虛竹對丁春秋種「生死符」時，二版說山後轉出九個人來，正是「函谷八友」。但「函谷八友」哪來九人?原來二版是誤承襲了一版，一版是「函谷八友」加上阿碧，所以確實是九人，新三版已更正為山後轉出八個人來。

六・丁春秋以毒酒化成毒水灑出，菊劍站得較近，身沾毒雨，當即倒地。新三版而後較二版增寫說，段譽站在一旁，只見王語嫣戀戀不捨的拉住慕容復衣袖，好生沒趣，驀見菊劍身沾毒酒摔倒，知道菊劍是二哥的下屬，當即搶上，橫抱菊劍退開。此處增寫又是在加深段譽對王語嫣的負面印象。

七・星宿派門人頌讚星宿老仙之言，二版說「星宿老仙大袖擺動，口吐真言，叫你們旁門左道牛鬼蛇神，一個個死無葬身之地。」新三版將「星宿老仙」改為「星宿少俠」。

八・虛竹對丁春秋種生死符後，二版說丁春秋七處穴道中同時痲癢難當，直如千千萬萬隻螞蟻同時在咬嚙一般。新三版將「螞蟻」改為咬人更痛更癢的「虱子」。

九・段譽接戰慕容復，蕭峰獨鬥游坦之，每一次雙掌相接，都不禁機伶伶的打個冷戰，感到寒氣襲體，說不出的難受。一版說蕭峰內力雄渾無比，運氣一轉，便將寒毒消解，但如此鬥將下去，掌法上雖佔便宜，終須分力化解他的寒毒，又怕寒毒積累一多，自己畢竟挨受不起。一版這段解釋大長游坦之威風，卻貶低了蕭峰，二版因此將整段刪除。

十・慕容復以判官筆刺向段譽，一版說譽在危急之間向左一側，判官筆的筆尖沒能正中胸膛，卻已深入右肩，自前至後，直透而過。若真如此，一版段譽所受之傷也太嚴重了。二版改為段譽在危急之間向左一側，避過胸膛要害，判官筆卻已深入右肩。

十一・灰衣僧與黑衣僧見面後，一版兩人的對答是，白衣僧道：「我藏身少林寺中，為了探查一件事的真相。」黑衣僧道：「我藏身少林寺中，也是為了探查一件事的真相。我要查的事情，已經探明了，你的事呢？」一版蕭遠山要探查的事，即是雁門關血案的來龍去脈，但慕容博究竟要查什麼事，後來並無下文。二版改為灰衣僧道：「我藏身少林寺中，為了找尋一些東西。」黑衣僧道：「我藏身少林寺中，也為了找尋一些東西。我要找的東西，已經找到了，你要找的，想來也已找到。否則的話，咱們三場較量，該當分出了高下。」二版的兩人都是為了竊書而來。

十二・一版函谷八友來臨時，帶著康廣陵的徒兒阿碧。二版至此回仍未寫及阿碧是康廣陵徒兒之事，阿碧也未隨函谷八友上少林。

十三・菊劍持酒射向虛竹，丁春秋卻將酒水加毒反射虛竹。一版說菊劍站得較近，阿碧正要奔到慕容復身前拜見，身沾毒雨，當即倒地。二版因沒了阿碧，自也無阿碧中毒之事，改為菊劍站得較近，身沾毒雨，當即倒地。

十四．虛竹對丁春秋種生死符後，一版解釋說，這生死符既是外來的一種內勁，中符者倘若不會武功，受害者極輕，越是內功高強，強加抵禦，則受到的感應越是厲害。二版刪掉這段邏輯頗為不通的解釋。

十五．玄慈決意仗責虛竹，執行少林寺戒律，一版星宿派門人大叫：「我家靈鷲宮主人乃武林盟主，爾等少林僧眾豈可冒犯他老人家貴體？」二版刪去了「武林盟主」之稱，改為星宿派門人只道：「爾等少林僧眾，豈可冒犯他老人家貴體？」

十六．葉二娘知虛竹是親生愛子後，接連向虛竹抱了幾次，都給虛竹輕輕巧巧的閃開。一版說要知葉二娘自被游坦之一掌擊的暈死過去，醒轉之後，功力已然大不如前，原本最擅勝場的輕身功夫，更是及不上從前的一半。二版既刪去了游坦之擊傷葉二娘之事，也刪去了葉二娘最擅輕功之說，這段二版全刪了。

十七．與蕭遠山相認後，一版蕭峰取出的石壁遺文拓片，是一張摺疊好的黃紙。但黃紙怎能經得起蕭峰行走江湖中的汗濕雨淋呢？二版改為是一張縫綴而成的大白布。

鳩摩智欲融會貫通少林七十二絕技，因而走火入魔
——第四十三回〈王霸雄圖　血海深仇　盡歸塵土〉版本回較

在這一回中，代表「北喬峰」的蕭遠山與代表「南慕容」的慕容博，將進行大對決。

且來看看此回版本的變革。先看一版到二版的改變：

話說段譽為追蕭峰而到了少室後山，於竹林中見到掃地僧說法。

一版段譽所見的掃地僧身著灰袍，但灰袍與一般少林僧服色一同，二版將之改為「敝舊青袍」，以突顯其非一般少林僧人。

一版掃地僧說法曰：「水中鹽味，色裡膠青，決定是有，不見其形。心王亦爾，身內居停，面門出入，應佛隨情，自在無礙，所作皆成，了本識心，識心見佛。是心是佛，是佛是心。」跪在地下的眾人有的低眉沉思，有的點頭領悟。

一版掃地僧所說之法乃是相傳梁武帝時，傅大士翕所作《心王銘》，文見《五燈會元》卷二，收入《善慧大士傳錄》卷三。二版將掃地僧所說這段法刪去了。

故事說回掃地僧說法前，於藏經閣中降服蕭遠山、慕容博雙雄之事。

掃地僧為救治蕭遠山與慕容博二人，掌拍他二人，使其停閉呼吸，心臟不跳，再令陽氣過旺的蕭遠山與陰氣太盛的慕容博彼此對治。

一版掃地僧在兩人四手互握時，喝道：「咄！四手互握，內息相應，以陰濟陽，以陽消陰。權位之圖，仇恨之心，天地悠悠，消於無形！」

二版改為更典雅的「咄！四手互握，內息相應，以陰濟陽，以陽化陰。王霸雄圖，血海深恨，盡歸塵土，消於無形！」

二版更改掃地僧的詞語，當是為了配合二版此回回目，即「王霸雄圖　血海深仇　盡歸塵土」。

看過一版到二版的改變，再看二版到新三版的變革。

話說丐幫上少林寺，本欲爭武林盟主一席，但幫主莊聚賢不只拜丁春秋為師，更為蕭峰踢斷雙腿。

二版吳長老大聲道：「眾位兄弟，咱們還在這裡幹什麼？難道想討殘羹冷飯不成？這就下山去吧！」

新三版將「吳長老」改為「呂長老」。

「呂長老」即是傳功長老呂章，金庸在新三版中，著力描寫喬峰離去之後，丐幫由呂章領導，宋陳吳諸長老則皆只是有勇無謀的莽漢。

而後，包不同對丐幫諸老說起途見易大彪之事，卻與陳長老言語有所齟齬。宋長老心想：「陳兄弟在言語中已得罪了此人，還是由我出面較好。」

新三版也將「宋長老」改為「呂長老」。

包不同為易大彪所揭西夏榜文之事，與丐幫抬槓之後，最後對丐幫提到：「咱們同仇敵愾，去將蕭峰這廝擒了下來。那時我們念在好朋友的份上，自會將榜文雙手奉上。」

四長老聞言而猶疑之時，全冠清出言：「原當如此，更有何疑？」

接著，二版全冠清倡議：「請少林寺玄字輩三位高僧，與丐幫宋陳吳三位長老共同發號施令，大伙兒齊聽差遣。先殺了蕭遠山、蕭峰父子，除去我大宋的心腹大患。」

新三版因已增寫玄慈傳位玄寂，新三版丐幫也有了暫代幫主地位的呂章，因此，全冠清的話改為：「請少林寺玄寂大師，與丐幫呂長老共同發號施令，大伙兒齊聽差遣。先殺了蕭遠山、蕭峰父子，除去我大宋的心腹大患。」

故事接著說到蕭遠山、蕭峰父子與慕容博、慕容復父子互相追擊而進少林寺，而後，群雄亦尾隨追入。

段譽也走進少林寺後，二版說段譽亂走了一陣，突見兩個胡僧快步從側門閃了出來，段譽跟蹤這兩個胡僧來到「藏經閣」，這兩個胡僧就是哲羅星與波羅星。哲羅星與波羅星原欲趁亂闖入藏經閣，卻為少林僧人所阻，只得廢然而退。

新三版因沒了哲羅星與波羅星師兄弟，這段刪為：段譽亂走了一陣，即來到「藏經閣」。

而後，段譽走至少室後山的竹林中，見到掃地僧正在對群僧及眾豪傑說法開示。

二版聽法群僧中，有段譽「不久前在藏經閣前見到的胡僧哲羅星、波羅星」，新三版自是刪除了。

而聽掃地僧說法，二版說段譽出身於佛國，自幼跟隨高僧研習佛法，於佛經義理頗有會心，只是大理國佛法自南方傳來，近於小乘，非少林寺的禪宗一派，所學頗有不同。

新三版於此介紹大理所傳佛法的不同，增寫段譽出身於佛國，自幼跟隨高僧研習佛法，於佛經義理頗有會心，只是大理國佛法一部分自南方傳來，屬於小乘部派佛法，另一部分大乘佛法則自吐蕃國傳來，屬於密宗，與少林寺的禪宗一派頗有不同。

故事再說到蕭氏父子與慕容父子在藏經閣中對決，掃地僧隨後出場點化諸人。

慕容復問掃地僧在這裡躲了多久，二版掃地僧道：「我……我記不清楚啦，不知是四十二年，還是四十三年。這位蕭老居士最初晚上來看經之時，我……我已來了十多年。後來……後來慕容老居士來了，前幾年，那天竺僧波羅星也來盜經。」

新三版自是刪去了掃地僧話中「前幾年，那天竺僧波羅星也來盜經」之語。

而後，掃地僧一一說起各人盜經經過，與練經所致身體的危害，掃地僧說蕭遠山第一晚找到的，是一本《無相劫指譜》，二版掃地僧接著說蕭遠山第二次來借閱的，是《般若掌法》。

新三版將《般若掌法》改為《善勇猛拳法》，新三版的「般若掌法」是玄慈與蕭峰對掌所用掌法，第三十九回增說「般若掌」以「空、無、非空、非無」為要旨，狠猛沉重，非般若掌本意，因此新三版將蕭遠山所學的少林絕技，由「般若掌」改為「善勇猛拳」，蕭遠山擊殺鐵面判官單正，所使即是「善勇猛拳」。

之後，掃地僧轉而針對鳩摩智的練功之法提出警告，二版掃地老僧還對鳩摩智說：「明王，請你將那部易筋經還給我吧。」鳩摩智不由得不驚，心想：「你怎知我從那鐵頭人處搶得到『易筋經』？要我還你，哪有這等容易？」口中兀自強硬：「什麼『易筋經』？大師的說話，叫人好生難以明白。」

新三版游坦之因已將這部夾有《神足經》的梵文《易筋經》銷毀，自也無鳩摩智自游坦之身上搶得易筋經而私練之事。但可怪的是，二版掃地僧要鳩摩智將《易筋經》交還給他，但《易筋經》明明是阿朱盜自菩提院，到底干他藏經閣何事？

掃地僧說話時，少林及外來高僧也來到藏經閣。二版來僧有「天竺哲羅星、波羅星師兄弟」，新三版刪去了。

而後，掃地僧提到少林僧玄澄武學修為超凡，卻未佐以佛法，導致一夜之間，突然筋脈俱斷，成為廢人。

二版鳩摩智越聽越不服，心道：「你說少林派七十二項絕技不能齊學，我不是已經都學會了？怎麼又沒有筋脈齊斷，成為廢人？」

新三版鳩摩智則如第四十二回增寫所說，並未學全少林七十二絕技，因此，鳩摩智這段心思改為：「你說少林派七十二項絕技不能遍學，我不是已經學會不少？怎麼又沒有筋脈齊斷，成為廢人？」

接著，掃地僧說起鳩摩智此刻病灶，二版掃地僧說鳩摩智若只修習少林派七十二項絕技的使用之法，其傷隱伏，雖有疾害，一時之間還不致危害本元，但鳩摩智而後又強練「易筋經」，因練功次序顛倒，大難已在旦夕之間。

可知二版掃地僧認為鳩魔智練功後將有大難，是因為練功次序顛倒。而所謂的「次序顛倒」，是指「先練七十二絕技」，再練《易筋經》。倘使鳩摩智不練《易筋經》，而單是以「小無相功」貫通少林七十二絕技，雖有疾害，卻不致危害本元，也就是說，鳩摩智若以「小無相功」貫通少林七十二絕技，並以之橫行天下，二版掃地僧認為並沒有大問題。

新三版則因《易筋經》為游坦之毀去，此處改為掃地僧說鳩摩智若只修習少林派七十二項絕技的使用之法，其傷隱伏，雖有疾害，一時之間還不致危害本元，但鳩摩智練了少林七十二項絕技之後，又欲融會貫通，將數項絕技併而為一，才會導致大難。

新三版的說法顯然比二版妥當。

點化鳩摩智不得後，掃地僧轉而治療蕭遠山與慕容博的宿疾，化解蕭遠山與慕容博間的仇恨，掃地僧先一掌拍得慕容博氣絕。

「拍死」慕容博後，掃地僧問蕭遠山氣可平了，蕭遠山心中茫然，張口結舌，說不出話來。

二版說這三十年來，蕭遠山處心積慮，便是要報這殺妻之仇、奪子之恨。這一年中真相顯現，他將當年參與雁門關之役的中原豪傑一個個打死，連玄苦大師與喬三槐夫婦也死在他手中。

其後得悉「帶頭大哥」便是少林方丈玄慈，更在天下英雄之前揭破他與葉二娘的姦情，令他身敗名裂，這才逼他自殺，這仇可算報得到家之至。

二版這段敘述可說極其欠通，蕭遠山在大宋國混跡多年，如果當真是這一年才知曉雁門關事件的真相，他又怎會在二十多年前就知道虛竹是「帶頭大哥」玄慈的兒子，因而在報復心態下，將虛竹抱往少林寺？而若蕭遠山二十多年就知道玄慈是「帶頭大哥」，他當然也就知道汪劍通、趙錢孫等人都是當年到雁門關伏擊殺害他們一家的人，那麼，他又怎會隱忍二十多年，才向趙錢孫等人下手報復，其間還坐視汪劍通善終？

新三版為了修正「這一年中真相顯現」與「蕭遠山偷走虛竹」這兩相矛盾的說法，這段改為：這三十年來，他處心積慮，便是要報這殺妻之仇、奪子之恨。他躲在少林寺附近刺探，先查知玄慈是帶頭殺他妻子之人，卻不願暗中害他，決意以毒辣手段公開報此血仇，其後探明玄慈方丈與葉二娘私通，生有一子，便從葉二娘手中奪得其子，令他二人同遭失子之痛。他將當年參與雁門關之役的中原豪傑一個個打死，連玄苦大師與喬三槐夫婦也死在他手中。更在天下英雄之前揭破玄慈與葉二娘的姦情，令他身敗名裂，這仇可算報得到家之至。

新三版改寫後，不只沒有更圓融，破綻反而更大。蕭遠山南來中原，若早得知玄慈是帶頭大哥，也知蕭峰寄養在喬三槐家裡，他該先偷的，怎麼會是虛竹呢？他應當先將蕭峰偷回契丹讓岳父撫養才是，但蕭遠山不只沒有偷回蕭峰，更坐視他長大成為丐幫幫主，認賊作父，反過來擊殺大遼祖國的精兵良強。

蕭遠山身受太后器重，身為屬珊軍總教頭，怎可能冷眼旁觀親生兒子蕭峰傷害遼國？

二版接著再說，蕭遠山少年時豪氣干雲，學成一身出神入化的武功，一心一意為國效勞，樹立功名，做一個名標青史的人物。

新三版則強調蕭遠山對宋遼和平的貢獻，這段描述改為：蕭遠山少年時豪氣干雲，學成一身出神入化的武功，只因恩師乃南朝漢人，在出任遼國屬珊大帳親軍總教頭後，便累向太后及遼帝進言，以宋遼固盟為務，消解了不少次宋遼大戰的禍殃。

增寫蕭遠山為宋遼和平所做的貢獻，更能為玄慈的罪惡感做出邏輯上的周延解釋。

而後，掃地僧又是一掌擊中蕭遠山頂門，蕭遠山因而氣絕。

二版說，便在此時，蕭峰的右掌已跟著擊到，砰的一聲響，重重打中那老僧胸口，跟著喀喇喇幾聲，肋骨斷了幾根。那老僧微微一笑，道：「好俊的功夫！降龍十八掌，果然天下第一。」這個「一」字一說出，口中一股鮮血跟著直噴了出來。

新三版改說：便在此時，蕭峰的右掌已跟著擊到，砰的一聲響，重重打中那老僧胸口。那老僧微微一笑，道：「好俊的功夫！」這「夫」字一說出，口中一股鮮血跟著直噴出來。

若照二版所說，蕭峰擊斷了掃地僧肋骨，這可是重傷，掃地僧怎可能在自己受重傷後，隨即能泰然自若地為蕭遠山與慕容博治傷呢？新三版因此改為蕭峰並沒有擊斷掃地僧的肋骨。

此外，武功登峰造極的掃地僧真會大讚「降龍十八掌」天下第一嗎？如果「降龍十八掌」天下第一，「六脈神劍」、「火燄刀」、「八荒六合唯我獨尊功」哪一項是第二？哪一項又是第三？為免顧此失彼，新三版刪掉了「降龍十八掌，果然天下第一」兩句話。

治好蕭遠山與慕容博二人後，二版蕭遠山對掃地僧道：「弟子空在少林寺做了三十年和尚，那全是假的，沒半點佛門弟子的慈心，懇請師父收錄。」

二版並沒詳加解釋蕭遠山是混在玄慧虛空哪一輩弟子中而不為人所覺，以年紀而言，他當是「玄」字輩中人，但混在「玄」字輩中飲食睡覺，竟能不為他僧所察，這當真太離奇了。

新三版改為蕭遠山對掃地僧道：「弟子空在少林寺旁躭了三十年，沒半點佛門弟子的慈心，懇請師父收錄。」

新三版蕭遠山與慕容博二人都只住「少林寺旁」，而非住「少林寺中」，就解決了情節的大疏漏。

在這一回中，上一代的蕭遠山、慕容博、玄慈故事全部告一段落，只剩鳩摩智將苟延殘喘到第四十六回，接下來，金庸就可以細述五大主角的愛情與江湖事功，以做故事的最後收尾。

【王二指閒話】

在金庸書系中，有些俠士或武人處心積慮，甚至冒著生命危險為，進行某些行為。若從小說的鋪陳看來，他們理當會達成某種驚天動地的結果。可怪的是，他們最後完成的事功，竟是乏善可陳。就比如以下這三人：

一、《倚天》范遙：身居明教光明右使的范遙，為潛進汝陽王府索探成崑欲毀光明頂的機密，不惜毀了自己容貌，扮成帶髮頭陀，混進汝陽王府。然而，至汝陽王府臥底後，范遙一個機密也沒有傳回明教。臥底多年，除了將刻有「先誅少林，再滅武當，唯我明教，武林稱王！」十六個大字的羅漢像轉過身來，以圖迴護明教外，范遙甚麼護教利民的事都沒做過。

二、《天龍》蕭遠山：蕭遠山在妻子死於雁門關宋朝武士手下後，潛伏少林寺旁多年。蕭遠山潛伏的理由是，既然宋朝武人誣賴他盜取武學典籍，他索性真的至少林寺偷盜秘笈，以為大遼軍士習武之用。然而，蕭遠山真從少林寺偷得「無相劫指譜」、「善勇猛拳法」等秘笈後，並未有隻字片語流回大遼。

三、《天龍》慕容博：慕容博一心想興復大燕國，卻苦於宋遼間長年局勢安定，以致他無法作亂復國。而宋遼間之所以長年無戰事，是因為大遼當朝紅人蕭遠山力主遼宋和平，遼國帝后均聽其所言，從不與大宋生事端。為了暗殺蕭遠山，慕容博煽動宋朝武人，於雁門關伏擊蕭遠山，致使蕭遠山與大宋武人流血廝殺，蕭遠山最後跳崖自盡。然而，蕭遠山自盡後，慕容博從未乘機對大遼君臣進讒，慫恿大遼國南征大宋為蕭遠山報仇，也從未用計挑起兩國爭端。他竟躲回燕子塢，裝死不出門。

范遙苦心孤詣到汝陽王府當臥底，卻從未傳回隻字片語情報；蕭遠山潛身少林寺數十年，本意是要偷盜少林寺秘笈，供大遼軍士學武，但他偷得秘笈之後，竟連一頁都未送回大遼；慕容博費盡苦心，騙得大宋武人除去力主遼宋和平的蕭遠山，但蕭遠山自盡後，慕容博並未發兵造反。這三位武林高手忍人所不能忍，為人所不能為，看似所謀者大，卻是虎頭蛇尾，勞而無獲，還真是不可思議！

第四十三回還有一些修改：

一．包不同說起當日在一群傷亡的叫化子中見到易大彪的經過，二版包不同道：「其中卻有一位老兄受傷未死，那時雖然未死，卻也去死不遠了。他自稱名叫易大彪。」新三版將包不同的話增為：「其中卻有一位老兄受傷未死，那時雖然未死，卻也去死不遠了。我們設法給他治傷，卻無效驗。他自稱名叫易大彪。」新三版包不同強調為易大彪治傷，是要表達對丐幫的善意。

二．王語嫣隨慕容復之後上少林，遇上段譽時，對段譽道：「段公子，你又要助你義兄、跟我表哥為難麼？」二版段譽自道：「我……我並不想和慕容公子為難……」新三版段譽加說為：「我……我並不想跟慕容公子為難。他要殺我，你說我該當任由他來殺麼？」此處增寫仍是在表達段譽對王語嫣的怨懟。

三．二版段譽進少林寺後，心想：「倘若大哥已將慕容公子打死了，那……那便如何是好？」背上不由得出了一身冷汗，心道：「慕容公子若死，王姑娘傷心欲絕，一生都要鬱鬱寡歡了。」新三版在這段之後，增說段譽「渾不去想慕容公子若死，自己娶得王姑娘的機會立時大增。」新三版是要以段譽對王語嫣的好，對照王語嫣對段譽的無情。

四・慕容博要慕容復取出大燕國的傳國玉璽，二版慕容復伸手入懷，取出一顆黑玉雕成的方印來。但大燕國玉璽又不是私人閒章，慕容復怎能輕易放在懷中？倘若大燕國玉璽如明清傳國寶璽般既大且重，慕容復怎可能放在懷中？新三版改為慕容復解開負在背上的布包，取出一顆黑玉雕成的方印來。但新三版其實還是有瑕疵，倘使大燕國玉璽大到須以油包來背負，慕容復怎會背著偌重的玉璽四處行走並與人武鬥呢？

五・慕容博對蕭遠山說起大燕國史事，二版慕容博說：「當年東晉有八王之亂，司馬氏自相殘殺，我五胡方能割據中原之地。」二版慕容博歷史記得不太清楚，「八王之亂」是西晉史事，怎麼變成「東晉」了？新三版更正為「當年晉朝有八王之亂」。

六・慕容博建請蕭峰發兵契丹，二版蕭峰道：「我對大遼盡忠報國，是在保土安民，而不是為了一己的榮華富貴，因而殺人取地、建功立業。」新三版在「為了一己的榮華富貴」之下，加了更實際的「報仇雪恨」四字。蕭峰語畢，新三版較二版再加寫，蕭遠山年輕之時，一心致力於宋遼休戰守盟，聽了兒子這番話，點頭連聲稱是。

七・至西夏揭招親榜文回大宋的丐幫老丐，一版名叫易一清，二版改名易大彪。（此事一版第三十三回已有敘述）。

八・陳長老問包不同易大彪與西夏國之事，包不同因陳長老曾對他說：「姓包的，有話便說，有屁少放。」懷怨在心，於是告訴陳長老：「你罵我說話如同放屁，這回兒我可不想放屁了？」一版說陳長老只氣得白鬚飄動，但他是個頗工心計之人，當即哈哈一笑，說道：「適才說話得罪了閣下，老夫陪罪。」金庸在一版中常用「工於心計」一語，張無忌、慕容復等人都曾被如此形容過，二版則將「工於心計」一語盡可能刪除。一版說陳長老「是個頗工心計之人」，二版改為陳長老「心想以大事為重」。

九・群雄見到公冶乾所拿西夏榜文，一版說上面寫滿彎彎曲曲的外國文字。可知金庸創作一版《天龍》時，誤以為西夏字是類似蒙古字或滿文那樣的彎彎曲曲文字，但西夏字其實是類似漢字的方塊文字，二版因此訂正為上面寫滿密密麻麻的外國文字。

十・段譽追著蕭峰一行進少林寺，一版說段譽突見一個白髮老僧快步從側門閃了出來，登時心念一動：「寺中的隱秘所在，外人不得而知，我跟著這位少林寺的老和尚，或能找到蕭大哥，勝於自己沒頭蒼蠅般的瞎闖。」當下展開「凌波微步」的輕功，悄沒聲的跟在那老僧之後。這位「白髮老僧」或許是金庸原要安排成「無名掃地僧」的角色，然而，白髮就不似僧，僧侶理當不會有白髮，更何況是在少林寺中，竟有僧人蓄有白髮，著實奇怪。二版改為段譽亂走了一陣，突見兩個胡僧快步從側門閃了出來，東張西望，閃縮而行。段譽心念一動：「這兩個胡僧不是少林僧，他們鬼鬼祟祟的幹什麼？」好奇心起，當下展開「凌波微處」輕功，悄沒聲跟在兩名胡僧之後。這兩名胡僧，自是哲羅星與波羅星師兄弟了。

十一．於藏經閣見到慕容博，一版鳩摩智道：「慕容先生，昔年天竺一別，嗣後便聞你已歸道山，小僧好生痛悼。」二版因已無慕容博至天竺之事，鳩摩智話中的「昔年天竺一別」二版也改為「昔年一別」。

十二．慕容博要說自已的大燕家世前，先問蕭遠山：「依蕭兄之見，兩國相爭，攻戰殺伐，只求破敵制勝，克成大功，是不是還須講究什麼仁義道德？」一版蕭遠山道：「兵不厭詐，自古以來，宋襄之仁，徒貽後世之譏。可是你說這些不相干的言語作甚？」二版為降低蕭遠山的文化水平，刪去了他話中「宋襄之仁，徒貽後世之譏。」這套用典故的兩句話。

十三．慕容復取出大燕國傳玉璽，一版說蕭遠山、蕭峰、鳩摩智三人目光敏銳，但見篆文雕著「大燕皇帝之寶」六個大字。二版還是為降低蕭遠山父子的文化水平，改為鳩摩智見印文雕著「大燕皇帝之寶」六個大字。蕭氏父子不識篆文，然見那玉璽雕琢精緻。

十四．來到藏經閣的少林寺僧，一版有玄生、玄病，二版因「玄病」之名不雅，二僧改為玄生、玄滅，此外，一版的玄真、玄淨二僧，二版為求玄字輩僧人兩兩相對應，如玄慈、玄悲，因此將「玄真」改為「玄垢」，二僧即為玄垢、玄淨。

十五．掃地僧說起鳩摩智的隱伏之傷，一版掃地僧道：「明王此刻『承泣穴』上色現朱紅，『聞香穴』上隱隱有紫氣透出，『眉沖穴』筋脈顫動。」二版將掃地僧話中的「眉沖穴」改為「頰車穴」。

十六．蕭峰揮掌擊向慕容復，慕容復即要以「斗轉星移」之術化解，掃地僧當下雙手合什，他雙掌只這麼一合，便似有一股力道化成一堵無形高牆，擋在蕭峰和慕容復之間。一版說蕭峰心中一凜，他生平從未遇過敵手，自忖以虛竹二弟招數之奇，段譽三弟劍法之精，比之自己尚自遜了一籌。但蕭峰真的能勝虛竹的逍遙派內力與武功，又真能勝段譽的「六脈神劍」嗎？一版蕭峰也太自大了吧？二版刪去了蕭峰「自忖以虛竹二弟招數之奇，段譽三弟劍法之精，比之自己尚自遜了一籌。」的自滿想法。

只要王星天百依百順，阿紫願嫁為王家婦
——第四十四回〈念枉求美眷　良緣安在〉版本回較

段正淳的諸位女兒中，一版阿紫最得乃父真傳，在一版《天龍》中，阿紫既對大師哥摘星子示愛、又對蕭峰旖旎相親、還親口承諾願嫁游坦之為妻，將女人勾引男人的魅力發揮得淋漓盡致。

二版阿紫則被改為忠貞節烈，只愛蕭峰一人。且來看看一版到二版迥然不同的阿紫。

話說游坦之在少林寺不只被蕭峰踢斷雙腿，還拜丁春秋為師，而後便與阿紫躲到少室山下，蕭峰的舊居來。游紫二人到來時，段譽與鍾靈本已在屋內，連忙躲到炕下。

丐幫宋長老與四名弟子為尋游坦之，隨後也到了蕭峰舊居。

關於丐幫尋找游坦之，一版的說法是，少林寺群雄爭鬥後，群丐心中掛念著一件事：「須得另立英主，率領幫眾，重振雄風，挽回丐幫已失的令譽。」尋王星天時，卻已不知去向。群丐均想他雙足已斷，走不到遠處，當下分路尋找。至於找到後如何處置，群丐議論未定，也沒想拿他怎麼樣，但此人決計不能再為丐幫幫主，卻是眾口一辭，絕無異議的事。丐幫向例，新舊幫主交

替之時，舊幫主必須在場，王星天這麼一走了之，總是少了個交代。群丐尋找王星天之時，發覺阿紫同時不知去向，都猜想她定是與王星天在一起。

一版這段敘述著實滑稽之極，在一般狀況下，舊幫主交接給新幫主，舊幫主當然必須在場，以徵幫眾之信，如《天龍》汪劍通交接給喬峰，《神鵰》黃蓉交接給魯有腳，都是如此。

然而，丐幫幫主若是叛幫之徒，難道還要恭敬地請他當眾交接，為新幫主的地位做護持嗎？若真如此，當初喬峰被指為契丹人而離去，後來眾人又舉游坦之為幫主，為甚麼沒有到大遼國延請蕭峰回來交接幫主之位呢？

二版因此刪去了「丐幫向例，新舊幫主交替之時，舊幫主必須在場。」等幾句描述。

而後，游坦之與阿紫見到了藏身於草堆中的段譽與鍾靈。

游坦之讚鍾靈「這雙眼睛嘛，倒是漆黑兩點，靈活得緊。」阿紫聞言，怒而要游坦之挖鍾靈眼睛。

一版說阿紫和游坦之相處已久，知他心地仁善，不願隨便無辜傷人，便道：「我的眼睛給丁老怪弄瞎了，你去將這小姑娘的眼挖了出來，給我裝上，讓我重見天日，豈不是好？」

一版游坦之的性格仁善而樸拙，因此在少林寺受波羅星責打，總是逆來順受，並以禮相待。

唯因游坦之深愛阿紫，才會為了阿紫而行兇。

二版將游坦之改得既卑鄙，又善妒，這段因此刪為：阿紫隨口道：「我的眼睛給丁老怪弄瞎了，你去將這小姑娘的眼挖了出來，給我裝上，讓我重見天日，豈不是好？」

鍾靈聞言要逃，阿紫即叫道要殺了段譽。因段譽曾在昏迷中不斷叫「王姑娘」，此時的鍾靈尚以為阿紫就是段譽口中的「王姑娘」。

一版鍾靈叫道：「王姑娘，你別傷他，他……他連在夢中也在叫你的名字，對你實是一片真心！」阿紫奇道：「你說什麼？誰是王姑娘？」鍾靈道：「你……你不是王姑娘？那麼你是誰？」阿紫微微一笑，道：「這位王公子雖然和我是自己人，我可不是姓王。他若要我姓王，須得對我百依百順，沒半分違拗才成。」游坦之心中怦怦亂跳，聽阿紫這幾句話，似乎只須自己永遠聽從她的意旨，她便有委身下嫁之意，不覺喉頭乾澀，道：「段……段……段」以下的話，說什麼也不能從口中吐將出來。

一版阿紫當真多情，她與大師哥摘星子交戰時，曾當著星宿派諸弟子之面，對摘星子表白：「我心中歡喜你。」而後姊姊阿朱亡故，她又想接收姊夫蕭峰，再之後南來中原，她又喜歡上「極樂派掌門人王星天」，只要王星天百依百順，阿紫就願意跟著他姓「王」。

二版阿紫一生只愛一個蕭峰，這段因此改為：鍾靈叫道：「王姑娘，你千萬別傷他，他……他在夢中也叫你的名字，對你實在是一片真心！」阿紫奇道：「你說什麼？誰是王姑娘？」鍾靈道：「你……你不是王姑娘？那麼你是誰？」阿紫微微一笑，說道：「哼，你罵我『小瞎子』，你自己這就快變小瞎子了，還東問西問幹麼？乘著這時候還有一對眼珠子，快多瞧幾眼是正緊。」

金庸在修訂二版為新三版時，曾說「天下的男人都是不專情的，信不信由你了。」但在一版改寫為二版時，金庸的原則卻是「天下的女人都該是專情的，不然就討人厭了。」因此一版多情如段正淳的阿紫，二版搖身一變，成為「節烈」的「段二姐」。

而後，蕭峰與虛竹一起來到蕭峰的舊居。

在舊居中，蕭峰把玩著喬三槐昔時為他所刻的木頭小老虎，一版蕭峰手掌輕輕一握，將那隻木彫小虎揑成了粉末，但他慢慢張開手來，臉上露出愛憐之色，目光甚是柔和。

一版蕭峰不知為何將童年的玩具揑成粉末，二版則改為：蕭峰手掌握攏，中指和食指在木雕小虎背上輕輕撫摸，臉上露出愛憐之色。

故事再說回蕭峰將受傷的段譽放回少室山舊居後，曾再上少林寺欲求見已拜無名僧為師的蕭遠山。

一版知客僧對蕭峰說道：「蕭居士，令尊已在本寺出家為僧，法名慧和。他要我轉告居士，他塵緣已了，心中平安喜樂，願居士勿以為念。」

原來蕭遠山出家後，是依「玄慧虛空」的「慧」字輩敘輩，也就是說，他是「虛」、「空」兩輩和尚的「師叔」與「師叔祖」。

二版刪去了蕭遠山法號「慧和」之說，改為知客僧向蕭峰說道：「蕭施主，令尊已在本寺出家為僧。他要我轉告施主，他塵緣已了，心得解脫，深感平安喜樂，今後一心學佛參禪，願施主勿以為念。」

一版少林寺稱呼寺外之人均稱「居士」，但「居士」乃是在家修行之人，因此常會名實不符，二版一律改稱「施主」，免生爭議。

蕭峰、虛竹、段譽三兄弟會合後，決定上縹緲峰為阿紫治眼睛，又因王語嫣隨慕容復一行前往西夏招親，段譽提議眾人一起到西夏。

西行途中，巴天石與朱丹臣前來傳遞段正淳給段譽的手書。

一版段正淳所書為：「我大理僻處南疆，國小兵弱，難抗外敵，如得與西夏結為姻親，得一強援，實為保土安民之上策。吾兒當在祖宗基業為重，以社稷子民為重，盡力圖之。高氏婚姻之約，為父自當善處之也。」

一版所謂「高氏婚約」，是指段譽與木婉清被囚於萬劫谷石室，幾乎亂倫時，保定帝決定讓段譽與高昇泰之女高湄婚配，已絕大理臣民攸攸之口。

二版刪去了高湄，也就沒有段高聯姻之事，故而段正淳的手書中，也無「高氏婚姻之約，為父自當善處之也。」這末兩句。

繼巴朱二人之後，木婉清也前來了。

一版鍾靈見到木婉清，向木婉清道：「木姑姑，我真想不到是你！」木婉清冷冷的道：「你是我妹子，怎麼叫我姑姑？」鍾靈奇道：「木姑娘，你說笑了，我怎麼會是你的妹妹？」木婉清向段譽一指道：「你去問他！」

一版鍾靈稱木婉清「姑姑」，乃因鍾靈母親鍾夫人與木婉清平輩論交，鍾夫人還冒用過「木婉清」之名，但一版情節頗有混亂，若木婉清與鍾夫人是平輩，木婉清之母秦紅棉豈不長了鍾夫人一輩？

二版此處做了修正，改為鍾靈向木婉清道：「木姊姊，我真想不到是你！」木婉清冷冷的道：「你是我親妹子，只叫『姊姊』便了，何必加上個『木』字？」鍾靈奇道：「木姊姊，你說笑了，我怎麼會是你的親妹子？」木婉清向段譽一指道：「你去問他！」

一版接下來的情節是，鍾靈轉向段譽，待他解釋。段譽暗暗心驚，心想鍾夫人和他爹爹之間，必有大不尋常的干係。他又想起了當年初入萬劫谷，鍾靈之母一見到自己，臉上立現驚惶之色，說道：「你……你也姓段？」自然是為了自己容貌與爹爹少年時頗為相似之故。

二版因在第九回就已揭曉鍾靈生父即是段正淳，段譽的這段回想自是全段刪除。但這段情節說明了一件事，那就是一版直到此回，都還說段正淳與段譽面相酷似，也就是說，他倆絕對是親生父子，但在隨後的第四十八回，竟將段譽的生父改為段延慶。

二版則在第五回即增說，木婉清第一次見到段正淳時，便想段譽長相不似段正淳，以為段譽的親生父親不是段正淳的伏筆。

看過一版到二版的修訂，再看二版到新三版的改寫。

且說蕭峰下少林寺時之事。

二版說蕭峰只聽得腳步聲響，寺中出來七八名高僧，卻是神山上人、哲羅星等一干外來高僧。玄寂、玄生等行禮相送。那波羅星站在玄寂身後，一般的合什送客。

原來哲羅星將回天竺，波羅星則決意留在少林寺修行。波羅星告訴哲羅星：「天竺即中土，中土即天竺，此便是達摩祖師東來意。」哲羅星回道：「師弟一言點醒。你不是我師弟，是我師父。」波羅星笑道：「入門分先後，悟道有遲早，遲也好，早也好，能參悟更好。」兩人相對一笑。

新三版因將哲羅星與波羅星師兄弟完全刪除，這段刪為：蕭峰只聽得腳步聲響，寺中出來七八名老僧，卻是神山上人等一干外來高僧。玄寂、玄生等行禮相送。

二版此處是哲羅星與波羅星師兄弟最後一次出場，新三版將這段刪改後，一版佔極大篇幅，二版份量也不輕的哲羅星與波羅星，即徹底從《天龍》書中消失。

接著故事再接到蕭峰、虛竹與段譽齊上西夏之事。

修訂新三版時，金庸的原則之一，就是力求史實與地理的真確。

這一回在群俠西行時，二版說炎暑天時，午間赤日如火，好在離中秋尚遠，眾人只揀清晨、傍晚趕路，每日只行六七十里，也就歇了。

新三版這段將時令由六月改至十一月，整段則增寫加長為：少室山位於京西北路河南府，要去西夏國，先得西赴永興軍路的陝州、解州、河中府，轉向西北，到坊州、鄜州、甘泉而至延安府，經保安軍而至西夏洪州，再西北行，沿邊塞而至鹽州、西平府興州、懷州，過黃河而至西夏都城興慶府。一路上多見山嶺草原，黃沙撲面，風颳如刀。

二版接著說及，群俠西行，這日一行人來到了咸陽古道，段譽向蕭峰等述說當年劉、項爭霸的史跡。

新三版因對宋代地理已有過詳細考究，將「咸陽古道」改為「同州一帶」。

此外，蕭峰、虛竹、段譽群俠行近興州時，二版說西夏疆土雖較大遼、大宋為小，卻也是西陲大國，此時西夏國王早已稱帝，當今皇帝李乾順，史稱崇宗聖文帝，年號「天祐民安」，其時朝政清平，國泰民安。

新三版則為求史實之真，將這段鋪陳為：西夏疆土雖較大遼、大宋為小，卻也是西陲大國，地據河套及甘州、肅州、涼州等肥沃之地。此時西夏國王早已稱帝，大宋為元祐年間，大遼為大安年間，西夏皇帝李乾順，史稱崇宗聖文帝，年號「天祐民安」，其時朝政清平，國泰民安。

新三版《天龍》的史實感更強烈，可知比之二版，新三版《天龍》更像是歷史小說。

【王二指閒話】

《法句經》對「佛教」的闡釋是：「諸惡莫作，眾善奉行，自淨其意，是諸佛教。」然而，在金庸書系中，歸屬「佛教」的武林教派，大多不只不求內在的「自淨其意」，外在的「眾善奉行」也可能是扭曲的，至於「諸惡莫作」，更可能變成「口中唸佛，惡事幹盡」。像這樣的「惡事幹盡，殺人稱善，內心爭勝，武林佛教。」竟普遍存在於金庸書系的佛教團體中。

《神鵰》中蒙古的金輪國師，一、二版原稱「金輪法王」，新三版之後，金庸為免「法王」二字引起佛教的非議，一律統稱為「金輪國師」。新三版金輪國師唐卡不離身，禮敬文殊菩薩，還能教郭襄「報修身佛金剛薩埵所說的瑜伽密乘」，看似信佛信得頗虔誠。但在唸佛頌佛的同時，金輪國師仍努力練「龍象般若功」，準備痛宰楊過與小龍女，似乎殺人爭勝才是他真正的快樂。

《天龍》的吐蕃國師鳩摩智也不遑多讓，《天龍》中說，大輪明王鳩摩智「具大智慧，精通佛法，每隔五年，開壇講經說法。」然而，顯然是佛教高僧的鳩摩智，卻將段譽帶到燕子塢，意圖燒死段譽，以換取慕容博的武功秘笈。

《天龍》大理的枯榮大師也是佛教高僧，以數十年光陰靜修枯禪，但當段譽受傷，保定帝攜其至「天龍寺」請眾僧醫治時，枯榮大師竟說：「強敵日內便至，天龍寺百年威名，搖搖欲墮，這黃口小子中毒也罷，著邪也罷，這當口值得為他白損功力嗎？」換句話說，「天龍寺」比段譽的「人命」有價值，為了維護佛寺的名聲，死幾個人也不算什麼。

不只蒙古、吐蕃與大理的佛教都把「爭勝、殺人」當作佛教高僧的常態，身屬文化上國的中國也是如此，《倚天》少林寺僧在六大門派圍剿光明頂時，是殺人放火的首領，領頭的少林僧空智想法是：「魔教之眾，今日不能留下一個活口，除惡務盡。」而佛教團體與江湖團體最大的差別是，江湖團體殺完人即離開，佛教高僧殺完人後，會多唸一聲「阿彌陀佛」再離開，差別也不過如此。

在這種「武俠小說」專有的「武林佛教」中，還出現了某些奇特的「高僧名言」，試舉兩例：

一、《倚天》空見大師名言：成崑在謝遜家裡幹下滅門血案後，投入少林寺空見大師門下，空見大師即出頭為他擺平血案，他對謝遜撂話說：「尊師殺了你全家一十三口性命，你便打我一十三拳。若打傷了我，老衲罷手不理此事，尊師自會出來見你。否則這場冤仇就此化解如何？」也就是說，當有道高僧的武功高強時，他們可以靠拳頭說話。高僧的弟子若是殺人放火，高僧不只不鼓勵他們投案服刑，反而會以武功私自約出弟子的仇家，威逼他們不可再報仇。這究竟是有道高僧，還是江湖大哥？

二、《天龍》掃地僧名言：掃地僧說起少林武功，認知是「如練的是本派上乘武功，例如拈花指、多羅桑指、般若掌之類，每日不以慈悲佛法調和化解，則戾氣深入臟腑，愈陷愈深，比之任何外毒都要厲害百輩。」但既然學武是「外毒」，少林派為什麼還鼓勵弟子「先吸外毒，再以佛法化解」呢？

「武林佛教」最特異之處，是僧人必須學武，而學武之後，只要有漂亮的表面理由，如維護個人名聲、維護寺院令譽、打出正義旗幟等等，殺人放火都是被佛教鼓勵的，可知佛教在武俠小說中，唸佛幾乎都是唸在嘴巴中，從未唸進心裡。

現代的佛教在修法的同時，以練功達成身心靈一體清明者，亦所在多有，但與武俠小說最大的差異是，真實的佛教學武是為健身，也絕無「學武即須爭勝、爭勝即須殺人，因此殺人只要打出佛教的名號就是慈悲。」這種怪異的邏輯。

第四十四回還有一些修改：

一．鍾靈說段譽是惡人，二版段譽笑道：「那麼師娘呢？岳老三不是叫你作『師娘』的嗎？」新三版將段譽話中的「師娘」改為「小師娘」。

二．鍾靈端雞湯給段譽喝時，二版說此時正當六月大暑天時，她一雙小臂露在衣袖之外，皓腕如玉。新三版因將這段故事發生的時間由六月改為十一月，十一月非暑天，這段因此刪去。

三．阿紫深知蕭峰的性情，只要自己一提到阿朱，那真是百發百中，再為難的事情也能答允。二版說阿紫恨極鍾靈罵自己為「小瞎子」，暗道：「我非叫你也嘗嘗做『小瞎子』的味道不可。」這段新三版刪了，因為阿紫理當知道蕭峰富有俠義之心，就算蕭峰會因阿朱而對她百依百順，仍不可能讓鍾靈變「小瞎子」以取悅她，畢竟這違反俠義之道。

四．阿紫說起當年在關東療傷，蕭峰整天抱著她，二版說游坦之眼中射出凶狠怨毒的神色，望著蕭峰，似乎在說：「阿紫姑娘是我的人，自今以後，你別想再碰她一碰。」新三版在游坦之的心思最後再加上「說甚麼也不能再讓你抱了。」

五．蕭峰、虛竹走進屋時，新三版較二版增寫，蕭峰一見到大門口宋長老與四名丐幫弟子的屍首，橫躺在地，不由得又驚又恐，向游坦之和阿紫狠狠瞪視一眼，隨即歎了口氣，和虛竹同將這五人埋了。新三版此處改寫，或者是因蕭峰與新三版矮胖子宋長老交情最好，因此對宋長老之死又驚又恐又難過，至於蕭峰與二版四長老之首宋長老的交情則是一般，因此蕭峰對二版宋長老之死，若真沒有傷感，也說得過去。

六・虛竹向段譽說起西夏招親之事，二版說「定八月中秋招婿」，新三版改為「定明年三月清明招親」。

七・前往靈鷲宮時，二版說阿紫騎在馬上，前前後後，總是跟隨在蕭峰身邊。新三版為強調阿紫的目盲，改為阿紫騎在馬上，總是要蕭峰拉了馬韁引導，跟隨在蕭峰身邊。

八・段正淳送給虛竹的禮物，二版說是一柄象牙扇子，扇面有段正淳的書法，新三版改為一柄象牙扇子，扇面有段正淳鈔錄的心經。新三版段正淳顯然更投虛竹之所好。

九・群俠西行，二版說眾人一路向西，漸漸行近靈州。新三版則根據宋代地理，改為眾人一路向西北行，漸漸行近興州。

十・前往西夏的路上，兩個吐蕃大漢攔路把關，二版大漢道：「吐蕃國王宗贊王子有令：此關封閉十天，待過了八月中秋再開。」然而，西夏榜文貼之久矣，許多青年才俊亦都提早多日抵達，「封關十日」，未免效果不足。新三版改為大漢道：「吐蕃國王宗贊王子有令：此關封閉一個月，待過了三月清明再開。」

十一．段譽以「北冥神功」吸了吐蕃兩大漢的內力。二版鍾靈笑道：「只怕他們下次再也沒打人的本領了。」新三版刪了此話，想來鍾靈自己也曾為段譽的「北冥神功」吸過，她都還能打人，怎會說吐蕃大漢從此就無力打人呢？

十二．木婉清與段譽重逢，二版說一年多來道路流離，種種風霜雨雪之苦，無可奈何之情，霎時之間都襲上了心頭。新三版將「一年多來」更正為「兩年多來」。

十三．虛竹說他曾聽天山童姥說過，眼睛沒全壞，換上一對活人的眼珠，有時候確能復明，阿紫聞言便要挖鍾靈的眼珠，鍾靈大聲叫道：「不成，不成，你們不能挖我眼珠。」。一版虛竹道：「是啊！將心比心，你不願瞎了雙眼，這位鍾姑娘自然也不願失了眼睛。孔子說：『己所不欲，勿施於人』，便是這個道理。何況鍾姑娘是咱三弟的好朋友……」但佛教徒出身的虛竹就算要掉書袋，怎會引用《論語》呢？二版改為虛竹道：「是啊！將心比心，你不願瞎了雙眼，鍾姑娘自然也不願失了眼睛。雖然釋迦牟尼前生作菩薩時，頭目血肉，手足腦髓都肯佈施給人，然而鍾姑娘又怎能跟如來相比？再說，鍾姑娘是我三弟的好朋友……」

十四．阿紫求虛竹以鍾靈的眼睛治她的傷眼，道：「虛竹先生，我是你三弟的親妹子，這鍾姑娘只不過是他朋友。妹子和朋友，這中間的分別可就大了。」一版段譽聞言，說道：「原來你早已知我和你有血緣之親，那為什麼又叫人來傷我性命？」一版阿紫道：「小哥哥，你躲在柴房中時，我不知道是你，後來聽到你說話的聲音，這才辨了出來。我眼睛瞧不見東西，若不聽你說話，怎知是我的親哥哥啊？」一版此處是個破綻，阿紫跟段譽並非舊識，如何能一聽聲音就知道他是段譽呢？二版改為段譽說道：「原來你早知我是你的哥哥，怎麼又叫人來傷我性命？」阿紫笑道：「我從來沒跟你說過話，怎認得你的聲音？昨天聽到爹爹、媽媽說起，才知道跟我姊夫、虛竹先生拜把子，打得慕容公子一敗塗地的大英雄，原來是我親哥哥，這可妙得很啊。我姊夫是大大英雄、我親哥哥也是大英雄，真正了不起！」段譽搖頭道：「什麼大英雄？丟人現眼，貽笑大方。」阿紫笑道：「啊喲，不用客氣。小哥哥，你躲在柴房中時，我怎知道是你？我眼睛又瞧不見。直到聽得你叫我姊夫作『大哥』，才知道是你。」

十五．阿紫騙段譽說她與王語嫣有約，蘭劍卻指阿紫所說為假，段譽問蘭劍怎知，蘭劍笑道：「我要是說了出來，段姑娘定然怪我多口，也不知主人許是不許。」虛竹則對蘭劍道：「三弟和我不分彼此，你們什麼事都不必隱瞞。」一版蘭劍道：：「主人也親眼瞧見的，自己卻不說。慕容公子一行人說要到西夏去瞧公主招親，王姑娘跟了她表哥同行，這會兒只怕早在數百里之外了。怎麼又能跟段姑娘訂下明日之約？」但一版蘭劍的說法，不是陷虛竹於不義，傷了虛竹與段譽的結義之情嗎？二版刪掉了「主人也親眼瞧見的，自己卻不說。」這兩句。

十六・靈鷲天部諸女對段譽說起段正淳一行所往，一版諸女說：「鎮南王一行人是向東北去，段延慶和南海鱷神卻向南疾馳，雙方決計碰不到頭。」二版為配合三大惡人於前往西夏的路上救得王語嫣之說，將一版「段延慶和南海鱷神卻向南疾馳」改為「段延慶和南海鱷神、雲中鶴卻是向西。」

王語嫣愛段譽，其實愛的是段譽「大理儲君」的超優條件

——第四十五回〈枯井底 汙泥處〉版本回較

二版與新三版金庸小說中俠士的愛情觀有著明顯的不同，二版俠士的愛情觀大多是「愛我所愛」，比如小龍女常常搞失蹤，楊過仍對小龍女珍愛逾恆；段譽明知王語嫣愛的是慕容復，仍苦戀王語嫣，心中也只有一個王語嫣。

新三版俠士的愛情觀則大多是「若有人真心愛我，我也一定以愛相報。」因此新三版俠士即使心有所屬，對於其他愛他的人，也絕不辜負。比如《碧血》袁承志除了女友青青外，也愛愛他的阿九；《倚天》張無忌最愛的是趙敏，但也愛愛他的小昭。

二版《天龍》改寫為新三版，段譽的愛情觀也從「愛我所愛」變成「若有人真心愛我，我也一定以愛相報」。二版段譽迷戀最愛的王語嫣，最後贏得美人歸，新三版則改為段譽娶的是最愛他的木婉清與鍾靈，而非他最愛的王語嫣。

段譽與王語嫣的愛情故事深植二版讀者心中，新三版的更動可說是驚天動地的改變，為了不讓二版讀者過度反彈，新三版對王語嫣猛澆臭水，醜化她的形象，以讓讀者也都認為王語嫣配不

上段譽。段譽拋棄王語嫣，則是拋棄得天經地義。

且來看看這一回二版到新三版的修訂。

話說段譽在前往西夏的路上救得王語嫣後，在城外廟宇中夜宿，因為夜半無法入眠，信步至庭院，竟見王語嫣哭泣，段譽遂跪求原諒。二版段譽對王語嫣道：「我見姑娘傷心，心想姑娘事事如意，定是我得罪了慕容公子，令他不快，以致惹得姑娘煩惱。下次若再撞見，他要打我殺我，我只逃跑，決不還手。」

新三版在段譽這段話之後，加寫「你如要我不逃跑，我也遵命。」兩句。

這兩句道出新三版段譽對王語嫣真正的想法，原來在段譽心中，王語嫣根本是個蛇蠍女，段譽相信王語嫣會希望以他的之死來換取慕容復的快樂，但若真如此，王語嫣怎配稱「神仙姊姊」？她根本是「妖魔」！而新三版要塑造的，正是王語嫣對段譽冷血無情的形象。

而後，王語嫣說起慕容復一意要往西夏爭做駙馬。段譽為討好佳人，決意挺身去做西夏駙馬，以助成王語嫣與慕容復的婚事。

段譽言畢，新三版增寫了近三頁王語嫣想起公冶乾曾對她所說，段譽與慕容復兩位公子外在條件的比較，這三頁內容是：

王語嫣便即想到，那日公冶乾來向她開導，說道慕容復要去西夏求親，盼得成為駙馬，以助燕國興復，她傷心欲絕，泣不成聲，公冶乾一面勸說，一面詳加分剖：

段譽是大理國王子，將來必是大理國皇帝。慕容復要興復燕國，並不見得真能成真。西夏要招駙馬，當然會招段譽，讓西夏公主將來做皇后娘娘。此外，身為大理國皇子的段譽，來到西夏，金銀賄賂即使花二三十萬也不稀奇，慕容家根本比不上。（王語嫣心想：這書獃子是大理國皇子嗎？我倒不知道，他怎麼從來不說？他真的已賄賂了這麼多錢麼？）

再說到文才武功，段譽飽讀詩書，出口成章。以武功而論，段譽的「六脈神劍」，慕容復根本不是對手。（王語嫣心想：段公子還會「凌波微步」、「六陽融雪功」，這些功夫，表哥可都不會。）

段譽與慕容復都很英俊，但慕容復整天只想著復國，面帶憂容，不像段譽看起來那般泰然自若、瀟洒大方。只不過段譽小慕容復幾歲，比較稚嫩一些。（王語嫣心想：段公子比表哥要小八九歲吧，大概只大我一兩歲。表哥最近有了一兩根白髮，我必須假裝瞧不見，免得他不高興。）

段譽手下有大理三公、四大護衛，智謀武功都不下於大理四大家臣。段譽的把兄蕭峰與虛竹，武功可說天下無敵，還好慕容家有個胸中藏有各家各派武功的王語嫣，勉強可算與他們打個平手。（王語嫣心想：蕭峰大王和虛竹先生的武功，我半點兒也不懂，怎能跟他們打個平手？）

而就算西夏國王當真挑中慕容復，只要蕭峰以大遼數十萬雄兵相脅，逼西夏國王改擇段譽為駙馬，西夏國王也只能被迫接受。（王語嫣心想：原來這書獃子竟有這許多好處，我一副心思一直放在表哥身上，全沒半分想到這書獃子。嗯，他便再好上十倍，跟我也渾沒相干。）

公冶乾聽聞段譽也到了西夏興州，心想段譽必定是來爭駙馬的，他希望王語嫣勸段譽回去，別來與慕容復爭。他還告訴王語嫣，慕容復若真能當西夏駙馬，得西夏奧援，將來興復大燕，那時西夏公主是正宮娘娘，王語嫣便是西宮娘娘，慕容復必專寵西宮。（王語嫣心道：我倒希望段公子去搶了做西夏駙馬，表哥便做不成了。卻不知段公子願不願做駙馬呢？）

新三版增寫的這三頁，最重要的目的是，經過公冶乾對段譽與慕容復的分析與比較，王語嫣這才醒悟，原來除了「表哥」之外，她還有「條件更好」的「大理儲君」段譽可以選擇。本來段譽在王語嫣心目中只不過是個書獃子，經過公冶乾這一比較，段譽在王語嫣心中的地位陡增，原來段譽是「大理未來皇帝」，也是真正條件最優的「高富帥」。

段譽答應王語嫣出馬角逐西夏駙馬後，夜半時分，慕容復將段譽抓住，並將之投井。段譽落井後，王語嫣正巧前來，遂問慕容復：「啊喲，你把段公子怎麼啦？」

王語嫣尾隨慕容復與段譽之後而至，二版說王語嫣將慕容復抓住段譽的情景都瞧在眼裡，生怕兩人爭鬥起來，慕容復不敵段譽的六脈神劍，當即追隨在後。

新三版加寫成：王語嫣將慕容復抓住段譽的情景都瞧在眼裡，生怕兩人爭鬥起來，慕容復不敵段譽的六脈神劍，當即追隨在後，危急之時，可以喝止段譽。

新三版加寫這兩句，用意鮮明之極，也就是說，王語嫣的內心對表哥慕容復一面倒，她在慕容復抓住段譽，強弱分明的狀況下，仍只怕段譽傷了慕容復，而不為段譽耽心一分。

王語嫣到來後，問起慕容復為何殺了段譽，慕容復反出言譏刺王語嫣那日在太湖之畔的碾坊中，赤身露體與段譽躲在柴草堆中之事。

聞慕容復之言，新三版較二版加寫王語嫣突然心中一動：「表哥為此生氣，那是在喝醋了。他喝醋，心中便對我有幾分愛意。」

新三版的用意自然是要強調王語嫣深愛的乃是慕容復。

雖然王語嫣柔情示愛，慕容復仍決意為興復大燕，爭為西夏駙馬，王語嫣萬念俱灰，遂問慕容復：「你定要去娶那西夏姑娘？從此不再理我？」

二版慕容復硬起心腸，點了點頭。

新三版增說為：慕容復本想做了西夏駙馬，得遂復國大業，再娶王語嫣為嬪妃，但又想此念萬萬洩露不得，若給西夏人知道，駙馬便決難中選，於是硬起心腸，點了點頭。

《天龍》中慕容復逼死王語嫣的情節，實在是頗見破綻的。慕容復害死王語嫣，書中寫得就像是陳世美為求功名，加害原配妻子秦香蓮，然而，慕容復跟王語嫣根本沒有婚約，慕容復想當西夏駙馬，並不須對王語嫣有所交代，他何必要害死王語嫣，或對王語嫣見死不救，才去西夏應選賦馬呢？

新三版為這個破綻提出解釋，但邏輯上依然不周延。

慕容復決意娶西夏公主後，王語嫣遂準備投井自殺，二版說：王語嫣此刻為意中人親口所拒，傷心欲狂，幾乎要吐出血來，突然心想：「段公子對我一片癡心，我卻從來不假以辭色，此番他更為我而死，實在對他不起。反正我也不想活了，這口深井，段公子摔入其中而死，想必下面有甚尖巖硬石。我不如和他死在一起，以報答他對我的一番深意。」當下慢慢走向井邊，轉頭道：「表哥，祝你得遂心願，娶了西夏公主，又做大燕皇帝。」

新三版將這段改為：王語嫣此刻為意中人親口所拒，傷心欲狂，幾乎要吐出血來，本來段譽已允她去搶駙馬，但他既已給表哥投入井中害死，這番指望也沒有了，萬念俱灰，心想便死在表哥面前，一了百了，慢慢走向井邊，轉頭道：「表哥，祝你得遂心願，娶了西夏公主，又做大燕皇帝。」

新三版削弱了王語嫣對段譽的情感，一再強調她心中只有慕容復，但凡二版寫及王語嫣對段譽有真情的部份，新三版均大刪特刪。

王語嫣投井時，慕容復為擺脫表妹的柔情糾纏，一隻手伸了出去，卻不去拉王語嫣。

二版說王語嫣見此神情，猜到了他的心情，心想你就算棄我如遺，但我們是表兄妹至親，眼見我踏入死地，竟絲毫不加阻攔，連那窮凶極惡的雲中鶴尚自不如，此人竟然涼薄如此，當下更無別念，叫道：「段公子，我和你死在一起！」縱身一躍，向井中倒衝了下去。

新三版自是刪去了王語嫣叫道：「段公子，我和你死在一起！」一事。

因新三版段譽最後將要拋棄王語嫣，為了讓段譽拋棄的義無反顧，二版王語嫣對段譽真情流露，可能會讓段譽顧念情意的描述，均得悉數刪除。

王語嫣投井後，緊接著鳩摩智現身，並在與慕容復一番武鬥後，將慕容復也投入了井中。

將慕容復投入枯井後，鳩摩智因強練少林七十二絕技而內息膨漲，思及慕容博相贈少林七十二絕技秘笈之用心險惡，遂對井口猛擊三掌。

鳩摩智擊井時，衣襟中一物掉下，落入井中。二版說落入井中的便是那本「易筋經」。鳩摩智知道自己內息運錯，全是從「易筋經」而起，解鈴還須繫鈴人，要解此禍患，自非從「易筋經」中鑽研不可。這是關涉他生死的要物，如何可以失落？當下便不思索，縱身便向井底跳了下去。

新三版將這段改為：落入井中的便是那本「辛」字《小無相功》。鳩摩智知道自己內息運錯，全因「小無相功」而起。當日從曼陀山莊偷來的《小無相功》少了「庚」字第七本，恐是練錯了其中關竅，便想再鑽研第八本，以求改正錯失，這是關涉他生死的要物，如何可以失落？當下更不思索，縱身便向井底跳落。

原來就是因為新三版鳩摩智這時要掉落的書籍乃是《小無相功》，新三版游坦之才須毀去《易筋經》，新三版因此也就沒有二版鳩摩智劫奪《易筋經》的情節，否則鳩摩智若同時從懷中掉出「辛」字《小無相功》與《易筋經》兩書，豈不是要雙手齊伸而亂抓了。

故事說回段譽與王語嫣先後落井後的故事。

段譽落井後醒來，見懷中多了一人，竟然正是王語嫣，懷中的王語嫣柔聲道：「段公子，我真是糊塗透頂，你一直待我這麼好，我……　我卻……」

新三版刪去了王語嫣話中的「我真是糊塗透頂」一句，改為懷中的王語嫣柔聲道：「段公子，你一直待我這麼好，我……　我卻……」

新三版王語嫣知道自己心中的最愛始終是慕容復，她可不認為自己「糊塗透頂」。知道懷中佳人是王語嫣後，為免泥污及於王語嫣，段譽遂將王語嫣橫抱。

二版說王語嫣歎了口氣，心下感激。新三版改說王語嫣陡知段譽沒死，驚喜交集。

接下來，新三版要深入描述王語嫣決意轉而愛上段譽時，所抱持的心態。

二版說王語嫣兩度從生到死，又從死到生，對於慕容復的心腸，實已清清楚楚，此刻縱欲自欺，亦復不能，再加段譽對自己一片真誠，兩相比較，更顯得一個情深意重，一個自私涼薄。她從井口躍到井底，雖只一瞬之間，內心卻已起了大大變化，當時自傷身世，決意一死以報段譽，卻不料段譽與自己都沒有死，事出意外，當真是滿心歡喜。

新三版將這段加寫為：王語嫣兩度從生到死，又從死到生，對於慕容復的心境用意實已清清楚楚，此刻縱欲自欺，亦復不能。想到段譽對自己一片真誠，兩相比較，更顯得一個情深意重，一個自私涼薄。她從井口躍到井底，雖只一瞬之間，內心卻已起了極大變化，當時為一向鍾情的表哥所拒，決意一死，卻不料段譽與自己都沒死，猶似人在大海，正當為水所淹、勢在必死之際，忽然碰到一根大木，自然牢牢抱住，再也不肯放手。

她自幼相識的青年男子，便只一個表哥慕容復，少女情懷，一顆心便繫在表哥身上。她廣讀武學經書，博記武家招數，全是為了表哥。她如偶爾拿表哥跟別的男子比較，也必表哥大佔上風，相去不可以道里計。她遇到段譽，這書獃子纏在身旁，儘獻殷勤，雖然幾次蒙他忠誠相助，總覺有幾分可厭，盼他離得越遠越好。

直到最近公冶乾跟她分剖段譽的種種優越之處，竟勝過了表哥，登時眼界大開，才想到世上可嫁之人，實不止表哥一個。當時還盼段譽去搶做西夏駙馬，表哥無可奈何，只得來娶自己。這次投井自盡，表哥近在身旁，竟不出一指相阻，則他對自己委實沒半點真心，比之甘願為自己「上刀山、下油鍋、身入十八層地獄」的段譽，更加萬萬不如了。

她倒不是突然改而愛上段譽，而是走投無路之際，忽現生機，驀地裡大夢初醒。

新三版這段增寫將王語嫣由「神仙姊姊」貶成「拜金俗女」，王語嫣與段譽成為情人，原來只是將段譽當做愛情受挫時的「替代品」，而之所以拿段譽當替代品，是因為段譽是大理王子，條件優渥，算是「可嫁之人」。

比起阿紫、木婉清等因愛而愛的妙齡女子，王語嫣渾似歷經滄桑的熟女，她在乎的只是男人的財富事業等條件，她要嫁的也是男人的財富事業，而不是男人本身，因此，不只對段譽，王語嫣連在深愛慕容復之時，也「偶爾拿表哥跟別的男子比較」，不斷拿男人的外在條件做比較，要比出條件最好的才嫁。新三版王語嫣勢利、膚淺而無情，而金庸想達到的目的，就是將王語嫣變成這般形象，如此一來，段譽拋棄王語嫣，讀者自當也會覺得理所當然了。

回想王語嫣曾說諸保昆（新三版的王語嫣也這麼說）：「男子漢大丈夫，第一論人品心腸，第二論才幹事業，第三論文學武功。」這還真叫人噁心反胃，王語嫣在乎的不就只「事業」一項嗎？其他的她根本不看在眼裡。

王語嫣接著對段譽吐露心事，二版王語嫣道：「段公子，我只道你已經故世了，想到你對我的種種好處，實在又是傷心，又是後悔，幸好老天爺有眼，你安好無恙。我在上面說的那句話，想必你聽見了？」

新三版王語嫣沒在井上叫：「段公子，我和你死在一起！」這段改為王語嫣道：「段公子，我只道你給我表哥打死了。想到你過去救我性命，為我解毒，對我的種種好處，實在傷心難過。我真後悔過去對你無禮冷漠，要想對你好一些兒，也來不及了。」

新三版接著較二版增寫，段譽喜悅不勝，說道：「謝謝老天爺保佑，你要待我好一點兒，現在倒還來得及。你要怎樣待我好一點兒？是不是要我去搶西夏駙馬來做？」王語嫣忙道：「不，不！我不要你去娶西夏公主！」段譽大喜，問道：「為甚麼？」王語嫣柔聲道：「是我要你反悔的，你不算失信。」段譽問道：「你……你不嫁你表哥嗎？」王語嫣心頭一酸，道：「我不想嫁表哥了。因為……因為……你待我太好。」

新三版而後刪掉了二版一大段情節，這段內容是：井中一片黑暗，相互間都瞧不見對方。王語嫣微笑不語，滿心也是浸在歡樂之中。她自幼癡戀表兄，始終得不到回報，直到此刻，方始領會到兩情相悅的滋味。

段譽結結巴巴的問道：「王姑娘，你剛才在上面說了句甚麼話？我可沒有聽見。」王語嫣微笑道：「我只道你是個至誠君子，卻原來也會使壞。你明明聽見了，又要我親口再說一遍。怪羞人的，我不說。」

段譽急道：「我……我確沒聽見，若叫我聽見了，老天爺罰我……」他正想罰個重誓，嘴巴上突覺一陣溫暖，王語嫣的手掌已按在他嘴上，只聽她說道：「不聽見就不聽見，又有甚麼大不了的事，卻值得罰甚麼誓？」段譽大喜，自從識得她以來，她從未對自己有這麼好過，便道：

「那麼你在上面究竟說的是什麼話？」王語嫣道：「我說……」突覺一陣靦腆，微笑道：「以後再說，日子長著呢，又何必急在一時？」

這段是段譽與王語嫣真情相待的一段，新三版自當刪去。因有了這一增一刪，接下來，二版說「日子長著呢，又何必急在一時？」這句話鑽進段譽的耳中，當真如聆仙樂，只怕西方極樂世界中伽陵鳥一齊鳴叫，也沒這麼好聽。

新三版則改為：「我不想嫁表哥了。因為你待我太好。」這句話鑽進段譽耳中，當真如聆仙樂，只怕西方極樂世界中伽陵鳥一齊鳴叫，也沒這麼好聽。

雖然王語嫣已表達愛意，但段譽仍不放心，問王語嫣道：「王姑娘，倘若你表哥一旦悔悟，忽然又對你好了，那你……你……怎麼樣？」

二版王語嫣歎道：「段郎，我雖是個愚蠢女子，卻決不是喪德敗行之人，今日我和你定下三生之約，若再三心兩意，豈不有虧名節？又如何對得起你對我的深情厚意？」

新三版改為王語嫣嘆道：「段郎，今日我和你定下三生之約，若再三心兩意，又如何對得起你對我的深情厚意？除非……除非你忽然不要我了。」

新三版刪去了「喪德敗行」、「有虧名節」等說詞，說來王語嫣挑男人只看外在條件，誰的地位高，誰有錢就嫁誰，也就沒甚麼「喪德」不「喪德」之差了。

而後，慕容復也為鳩摩智投入了井中。

見到慕容復，二版王語嫣顫聲道：「表哥，你……你又來幹甚麼？我此身已屬段公子，你若要殺他，那就連我也殺了。」

新三版刪掉了王語嫣話中「我此身已屬段公子」一句，王語嫣只說：「表哥，你……你又來幹甚麼？你若要殺他，那就連我也殺了。」

新三版因書末要安排王語嫣離開段譽，回到慕容復身邊，因此不能讓她說出「我此身已屬段公子」這般以身相許的深情言語。

慕容復知道他二人怕自己出手加害，當下說道：「表妹，你嫁段公子後，咱們已成一家人，段公子已成我的表妹婿，我如何再會相害？」

二版說段譽宅心仁厚，王語嫣天真爛漫，一般的不通世務，兩人一聽之下，都是大喜過望，一個道：「多謝慕容兄。」一個道：「多謝表哥！」

新三版將這段全刪了。新三版段譽依然「宅心仁厚」，新三版王語嫣卻一點也不「天真爛漫」，見到男人就算計對方的身世條件，重麵包勝於愛情，拜金世故得不得了，怎配得上「天真

花」形容王語嫣，於新三版而言，似乎也還不為過。

慕容復見王語嫣言行，心下憤怒：「人道女子水性楊花，果然不錯。」慕容復用「水性楊花」形容王語嫣，於新三版而言，似乎也還不為過。

經過新三版這一抽筋換骨的改寫，王語嫣從二版到新三版完全成了兩個人，二版王語嫣自小幽居姑蘇王家，屬於「遺世獨立」的絕代佳人，因而有神仙姊姊的神仙味，她苦戀慕容復未果，才終於發現真愛段譽早就出現在生命中，因而傾心相從。

新三版王語嫣則一身銅臭味與市儈之氣，相較於她那忠於愛情的母親王夫人，王語嫣只視愛情為尋找「終生飯票」的工具，誰的條件好，家裡銀錢多，地位高，她就可以跟隨。王語嫣若真這般勢利，人格只怕比馬夫人還不堪。

【王二指間話】

武林是超絕於俗世的環境，身為武林中人，較量的往往是「武藝」的高低，因此，武林中的女子擇偶時，除了性格上的契合外，最能吸引她們目光的，往往就是男人武功上的造詣。只要武功能技驚武林，就是一個男人可讓女人託付終身的保證。

武林中人也講究聲名地位，但大多數都是像《倚天》滅絕師太，企盼的是光大自己的門派，使得個人或所屬門派在武林中馬首是瞻。雖然武林中也有像《書劍》張召重或《鹿鼎》風際中之流，追求官場名聲地位的，但畢竟是少數。

《天龍》王語嫣原本對段譽無情無義，後來竟願意委身以侍，新三版的解釋是王語嫣貪慕段譽「大理儲君」的地位，由此可證王語嫣是個愛慕虛榮的女子，這樣的觀點其實是大有可議的。

金庸小說中不是沒出現過愛慕虛榮的女子，比如一版《倚天》周芷若就很貪慕虛榮，她渴望委身張無忌，是因為張無忌已是明教教主，將來極有可能榮登大寶，當上皇帝，她也就是母儀天下的皇后了。

一版周芷若是明教烈士周子旺之女，她曾經說過：「明教教徒做皇帝，那也不稀奇。當年我爹爹自立為王，倘若成事，他老人家不就是皇上嗎？」，彭瑩玉聞言歎道：「不錯，只可惜當年周子旺周師兄造反不成，否則周姑娘好端端的便是一位公主娘娘。」周芷若以當不成公主為憾，為彌補心中的遺憾，周芷若將人生寄託於最有可能當上皇帝的張無忌，因此她曾對張無忌說：「周芷若雖是個弱女子，可是機緣巧起來，說不定我便能助你做了天子。我爹爹事敗人亡，我命中無公主之份，卻又有誰知道我不能當皇后娘娘？」」

新三版《天龍》將王語嫣塑造得宛似一版《倚天》周芷若，在新三版故事中，王語嫣是基於段譽是「大理儲君」，才願意委身段譽，然而，王語嫣的家世背景跟周芷若是大不相同的，若說王語嫣選擇段譽，是因為段譽是大理儲君，金錢與權勢等外在條件都優於慕容復，可能不盡合理。

段譽是「大理儲君」，財富豐足，位高權重，不過，王語嫣家也算蘇州一霸，她王家富可敵國，家產未必少於大理段家，王家又只有她這麼個獨生愛女，可知整個王家的產業將來都是她的。王夫人從來不事生產，王語嫣只要延襲王夫人的生活模式，就可優渥過一生。王語嫣若如新三版所說，這般會計較男人的財富與地位，她就不可能不知道自己將會成為姑蘇的女王，她個人的財富或許還不輸於當大理皇帝的段譽。

就因王語嫣家裡有的是錢，她擇偶時根本不需考慮對方有沒有錢，因此二版王語嫣不論愛上慕容復或段譽，都是少女純純的真愛，新三版則為了讓段譽在拋棄王語嫣時有合理的藉口，不至於引起讀者反感，或者還能獲得讀者認同，因此編派王語嫣是比較過段譽與慕容復兩個男人的條件，感覺段譽比較優，才會轉投段譽懷抱，足知王語嫣是個貪慕虛榮的女子，也配不上純情善良的段譽。這樣的說法用在別的女人或許還適用，但用在家中財富山積，又是第一次談戀愛，內心仍充滿粉紅泡泡的王語嫣身上，實在太過牽強。

第四十五回還有一些修改：

一．說到西夏疆土，二版說其時西夏國勢方張，擁有二十二州。黃河之南有靈州，洪州，銀州，夏州諸州，河西有興州，涼州，甘州，肅州諸州，即今甘肅，寧夏，綏遠一帶。新三版刪去了「綏遠」，只說即今甘肅，寧夏一帶。

二．關於西夏皇帝姓氏，二版說西夏皇帝雖是姓李，其實是胡人拓跋氏，唐太宗時賜姓李。新三版增說為西夏皇帝雖是姓李，其實是胡人拓跋氏，唐太宗時賜姓李，宋時賜姓趙，但西夏仍喜姓李。

三．西夏的都城，二版是「靈州」，新三版已根據史實改為「興州」。西夏公主招親的日子因二版與新三版不同，二版說此時中秋將屆，四方來的好漢豪傑不計其數，新三版則將「中秋將屆」改為「清明將屆」。

四．段譽夜半至庭園中時，二版說段譽在梧桐樹下繞了幾匝，隱隱覺得胸前傷口處有些作痛，知是日間奔得急了，觸動了傷處。然而，段譽雖中鳩摩智的「火燄刀」，但他是內力頗足之人，又服過靈鷲宮的「九轉熊蛇丸」，為何傷口胸痛總也不好？新三版刪去了「隱隱覺得胸前傷口處有些作痛，知是日間奔得急了，觸動了傷處。」之說，只說段譽在桐樹下繞了幾匝。

五．段譽落水後，二版說次日是八月十二，離中秋尚有三日。新三版改為次日是三月初七，離清明尚有二日。而後，二版說巴天石一早便到靈州城投文辦事。新三版已將「靈州城」更正為「興慶府」。

六．巴天石至興慶府辦事後，二版西夏禮部的陶侍郎率領人員，前來迎接段譽，遷往賓館款待。一版與二版的這位禮部官員，一忽兒是「陶侍郎」，一忽兒又是「陶尚書」，新三版一律說是「陶尚書」。

七．慕容復欲抓住段譽將他投入井中時，二版說段譽突然間背上一緊，又被慕容復抓住了穴道。但前一刻段譽還在與慕容復長談，怎麼忽然間慕容復又繞到段譽背後去了？新三版改為段譽突然間胸口一緊，又給慕容復抓住了穴道。

八．慕容復譏諷王語嫣那日在太湖之畔的碾坊中，赤身露體與段譽躲在柴草堆中之事，二版慕容復道：「那時我要一刀殺死了這姓段的小子，你卻指點於他，和我為難，你的心到底是向著那一個？哈哈，哈哈！」說到後來，只是一片大笑之聲。但慕容復這般大笑，是要將蕭峰等人都引過來嗎？新三版將慕容復的話改為「那時我要一刀殺死了這姓段的小子，你卻指點於他，不斷的跟我為難，你的心到底是向著那一個，還不清楚得很嗎？嘿嘿……」新三版刪去了慕容復大笑之說。

九．慕容復說起當日他假扮西夏武士李延宗，王語嫣出言諷他黔驢技窮之事。二版說王語嫣柔聲說道：「表哥，那日我說錯了，這裡跟你陪不是啦。」說著躬身襝衽行禮。但王語嫣是女非男，怎會「躬身襝衽行禮」呢？新三版改作「彎膝襝衽行禮」。

十．慕容復見鳩摩智雙手發抖，二版說慕容復驀地想起：「那日在少林寺藏經閣中，那無名老僧說鳩摩智練了少林派的七十二絕技之後，又去強練甚麼『易筋經』，又說他『次序顛倒，大難已在旦夕之間』。」新三版因鳩摩智未練過《易筋經》，改為慕容復驀地想起：「那日在少林寺藏經閣中，那無名老僧說鳩摩智強練少林派的七十二絕技之後，又說他『次序顛倒，大難已在旦夕之間』。」

十一．鳩摩智與慕容復鬥武後，將慕容復投入了井中，而後鳩摩智站在井畔，不住喘氣，煩惡難當。二版說鳩摩智不禁暗驚：「那老賊禿說我強練少林七十二絕技，戾氣所鍾，本已種下了禍胎，再練易筋經，本末倒置，大難便在旦夕之間。莫非……莫非這老賊禿的鬼話，當真應驗了？」新三版鳩摩智未練《易筋經》，這段改為鳩摩智不禁暗驚：「那老賊禿說我以小無相功為底子，強練少林七十二絕技，戾氣所鐘，種下了禍胎，本末倒置，大難便在旦夕之間。莫非……莫非這老賊禿的鬼話，當真應驗了？」

十二．將慕容復投井後，鳩摩智內息如潮，在各處經脈穴道中衝突盤旋，似是要突體而出。二版說少林寺藏經閣中那老僧的話不斷在鳩摩智耳中鳴響，這時早知此言非虛，自己貪多務得，誤練少林派七十二絕技和『易筋經』，本末顛倒，大禍已然臨頭。新三版因鳩摩智未練《易筋經》，這段改為：少林寺藏經閣中那老僧的話不斷在鳩摩智耳中鳴響，這時早知此言非虛，自己貪多務得，以小無相功為基，誤練少林派七十二絕技，佛道兩派武功本有抵觸，他又均是照本自練，未得旁人指點，再加本末顛倒，大禍已然臨頭。

十三．處身內息無法宣洩之苦中，二版鳩摩智驀地裡腦海中靈光一閃：「他（慕容博）……他自己為甚麼不一起都練？為甚麼只練數種，卻將七十二門絕技的秘訣都送了給我？我和他萍水相逢，就算言語投機，一見如故，卻又如何有這般大的交情？」新三版因慕容博以「少林七十二絕技」相贈鳩摩智之事已所解說，故而刪去了二版鳩摩智「我和他萍水相逢，就算言語投機，一見如故，卻又如何有這般大的交情？」一段心思。

十四．慕容博以「少林七十二絕技」相贈鳩摩智，二版說鳩摩智原是疑竇叢生，猜想對方不懷好意，但展閱秘訣，每一門絕技都是精妙難言，以他見識之高，自是真假立判，再詳試秘笈，紙頁上並無任何毒藥，這才疑心盡去。新三版刪去了「再詳試秘笈，紙頁上並無任何毒藥」之說。

十五．鳩摩智苦練少林絕技，竟落得求生不得，求死不能，二版說鳩摩智這才想到：「他在少林寺中隱伏數十年，暗中定然曾聽到寺僧談起少林絕技不可盡練。那一日他與我邂逅相遇。他對我武功才略心存忌意，便將這些絕技秘訣送了給我。一來是要我試上一試，且看盡練之後有何後患；二來是要我和少林寺結怨，挑撥吐番國和大宋相爭。他慕容氏便可混水摸魚，興復燕國。至於七十二項絕技的秘笈，他另行錄了副本，自不待言。」二版鳩摩智對慕容博的想法未免高估，若慕容博早知練少林絕技之害，怎還會自己練得陽白、廉泉、風府三穴痛不可當呢？新三版將鳩摩智的心思改為：「那日他與我邂逅相遇。將這些絕技秘訣送了給我。一來是要報答我傳他『火燄刀』之德，更想和我交換《六脈神劍劍譜》；二來是要我和少林寺結怨，挑撥吐蕃國和大宋相爭。他慕容氏便可混水摸魚，興復燕國。」

十六．鍾靈問南海鱷神道：「這矮胖子是吐蕃國人麼？他又為什麼要害你們性命？」一版南海鱷神道：「都是老四不好，他到西夏國皇宮去偷看公主，見到之後，出來大吹大擂，說公主如何美麗，像天仙一般。這事給吐蕃國的王子知道啦，咱們大夥兒就打了架，打死十來個吐蕃武士。所以嘛，如此這般，咱們三大惡人和吐蕃國的武士們就不是好朋友啦！」二版改為南海鱷神說道：「我們四大惡人是西夏國一品堂中數一數二，不，不，數三數四的高手，你們大家自然都是久仰的了。這次皇上替公主招駙馬，吩咐一品堂的高手四下巡視，不准閒雜人等前來搗亂。哪知吐蕃國的王子蠻不講理，居然派人把守西夏國的四處要道，不准旁人去招駙馬，只准他小子一個兒去招。我們自然不許，大夥兒就打了一架，打死十來個吐蕃武士。所以嘛，如此這般，我們三大惡人和吐蕃國的武士們，就不是好朋友啦。」

十七．慕容復與鳩摩智對打，一版說鳩摩智喘氣雖急，招數卻也跟著越來越快，驀地裡大喝一聲，慕容復只覺後領一緊，已被他一把提起，跟著腰間「脊中穴」、腹部「商曲穴」同時一痛，已被點中穴道。二版刪去了「只覺後領一緊，已被他一把提起。」以鳩摩智當時氣息的岔亂，與慕容復對打還有餘，要提起慕容復，只恐力已不及。

十八・說到鳩摩智插手吐蕃王子爭西夏駙馬之事，一版說鳩摩智下少室山後，途中聽到西夏國王招駙馬的訊息，他是吐蕃國的國師，與聞軍政大計，途中和吐蕃的探子接上了頭，當即寫下奏章，啟奏國王。吐蕃王早就有意結納西夏，一接到奏章，立即派遣小王子帶同大批高手武士、金銀珠寶、珍異玩物、名馬寶刀，星夜趕赴靈州。一版這段大見破綻，一是鳩摩智自中原向吐蕃傳訊，又不是用現代的電話電腦，若以馬匹或信鴿，曠日廢時，信到之時，吐蕃王子怎還有時間準備？二是吐蕃臣工又不只鳩摩智一人，怎會無探子在西夏游走？且西夏公主招親又非國家秘密，而是揭之榜文，公諸於眾之事，探子怎會不知？這還須要鳩摩智從大宋輾轉得知嗎？二版改為鳩摩智下少室山後，途中和吐番傳遞訊息的探子接上了頭。得悉吐番國王已派遣小王子前往靈州求親，應聘駙馬。那探子言道，小王子此行帶同大批高手武士、金銀珠寶、珍異玩物、名馬寶刀。

十九・鳩摩智內息如潮，幾要突體而出時，一版鳩摩智猛然間想起慕容博在天竺以「少林七十二絕技秘訣」相贈的用意來。二版慕容博未去過天竺，也刪去了「在天竺」三字。

鳩摩智將《小無相功》秘本還給了王語嫣
——第四十六回〈酒罷問君三語〉版本回較

這一回要說的是吐蕃國大輪明王鳩摩智的退場故事。

故事就由鳩摩智落井後，被段譽以「北冥神功」吸去一身內力，導致數十年的艱辛修為廢於一旦說起。

武功廢去後，鳩摩智回顧數十年來的所作所為，額頭汗水涔涔而下，又是慚愧，又是傷心。

上井離去前，二版鳩摩智將沾滿了污泥的《易筋經》交給段譽，請段譽轉交少林寺。

新三版因已將鳩摩智隨身攜帶的，由《易筋經》改為辛字本《小無相功》，此處因此改為，鳩摩智將從蘇州王夫人家「借」來的第八本《小無相功》秘本交給王語嫣，另外六本《小無相功》尚留在吐蕃，他說會再遣人送往蘇州，歸還王夫人。

新三版鳩摩智當樑上君子，竊得《小無相功》秘笈，並因此練得逍遙派「小無相功」一事，至此告一段落。

故事再說回段譽與王語嫣的愛情發展。

出井之後，段譽對王語嫣說起：「不知你表哥今日去向西夏公主求婚，成也不成。」二版說王語嫣本來一想到此事便即傷心欲絕，這時心情已變，對慕容復暗存歉疚之意，反而亟盼他能娶得西夏公主，說道：「是啊，咱們快瞧瞧去。」

新三版改為王語嫣本來一想到此事便即傷心欲絕，這時卻想：「段郎既不去爭奪，表哥定會點中駙馬。他喜氣洋洋，看我和段郎相好，也就不會著腦。」說道：「是啊，咱們快瞧瞧去。」

新三版王語嫣最後將回到慕容復身邊，顯見她內心真正愛戀的仍是慕容復，段譽只不過是她感情受創時暫時轉移對象的「替代品」罷了，新三版因此不再說王語嫣「亟盼慕容復能娶得西夏公主。」

而後，段譽與王語嫣回到賓館，又遇上了慕容復。二版王語嫣對慕容復道：「表哥，他……他……段公子……還有我，都很對你不住，盼望你得娶西夏公主為妻。」

新三版則改為王語嫣道：「表哥，他……他……段公子……說，盼望你點中駙馬，娶得西夏公主。」

新三版王語嫣口中希望慕容復娶得西夏公主的，只有段譽一人。她王語嫣對慕容復餘情未了，只是暫時托身段譽身邊「療傷」，因此並沒希望慕容復娶得西夏公主。

與慕容復口頭和解後，三人而後齊至西夏皇宮青鳳閣，參與銀川公主招親之事。於青鳳閣中，二版說段譽和王語嫣手拉著手，坐在廳堂角落的一張小茶几旁低聲細語，眉花眼笑，自管說自己的事。

新三版段譽不再這般陶醉於與王語嫣的「兩人世界」了，因為他最後將與王語嫣分手，並迎娶木婉清、鍾靈等人，所以得分些情意給未來的老婆。

新三版這段改為段譽拉著王語嫣的手，坐在廳堂角落的一張小茶几旁低聲細語。他偶向木婉清一瞥，但見她淚眼瑩瑩，不由得心中憐惜，又感過意不去，這才正襟危坐，凝目向前。

故事再說到群雄進內書房後，包不同品評內書房書畫，此處新三版較二版增寫，包不同問銀川公主的宮女叫甚麼名字，那宮女低聲道：「我叫曉蕾，曉風殘月的『曉』，花蕾的『蕾』。」

這位西夏宮女在新三版中，將會許配給段譽，因此二版原本沒有名字的她，新三版有了名字，即「曉蕾」。

接著，故事說到段譽在內書房見到李秋水的「舞劍圖」，二版說圖中美女竟與王語嫣的容貌一模一樣，只衣飾全然不同，倒有點像無量山石洞中那個神仙姊姊。

新三版改為圖中美女竟與王語嫣的容貌十分相似，惟年紀略大，衣飾全然不同，倒有點像無量山石洞中那個神仙姊姊。

新三版較合理，因為畫中的李秋水年紀長於目下的王語嫣。

而後，段譽再一次去觀看那幅「湖畔舞劍圖」。二版段譽再細看那圖時，便辨出畫中人與王語嫣之間的差異來。畫中人身形較為豐滿，眉目間略帶英爽之氣，不似王語嫣那麼溫文婉孌，年紀顯然也比王語嫣大了三四歲，說是無量山石洞中那位神仙姊姊，倒似了個十足十。

新三版刪去了「說是無量山石洞中那位神仙姊姊，倒似了個十足十。」之說，因無量山石洞中所雕是李秋水的小妹子，而「湖畔舞劍圖」所繪則是李秋水，兩姊妹並未像個十足十。

「湖畔舞劍圖」之事尚有瑕疵，因為隨後銀川公主就要將內書房書畫送給應選駙馬諸公子，段譽便選取了這幅「湖畔舞劍圖」。然而，李秋水是銀川公主的祖母皇太后，西夏的國風再開放，皇室真的會將皇太后的圖像跟一堆畫作擺在一起，供人挑選品評嗎？

接著，宮女開始代銀川公主對群英提出三問。

問及慕容復：「公子生平最愛之人叫什麼名字？」時，二版慕容復一怔，沉吟片刻，歎了口氣，說道：「我沒什麼最愛之人。」

新三版將慕容復的回答改為：「倒也有人愛我，我卻沒最愛之人。」

新三版加寫這句，自是表明慕容復也知王語嫣深愛於他，可知慕容復並不是完全不解風情的男人。

宮女依次對群英問過三個問題後，內監捧出書畫卷軸來，請各人自擇一件，段譽自是取回了「湖畔舞劍圖」，並與王語嫣並肩觀賞。

二版王語嫣品圖，嘆道：「圖中這人，倒很像我媽媽。」

新三版改為王語嫣探道：「圖中這人，倒有幾分像我媽媽。」

王夫人李青蘿雖是李秋水的親生女，但既融入了一半無崖子的基因，說兩人有「幾分像」應該較為合理。

看過二版到新三版的改寫，再看一版至二版的修訂。

話說群英為應選西夏駙馬，齊至西夏皇宮之中。

官封征東大將軍的一品堂總管赫連鐵樹也在皇宮中，一版又說段延慶、南海鱷神等曾投入過一品堂中，他們自是另有打算，不會受西夏朝廷的羈糜，此刻正受命守在公主所居的青鳳閣外。

但莫非一品堂真的沒人了？西夏皇帝怎會讓包含淫棍在內的這三個醜八怪守護公主呢？

二版刪為段延慶、南海鱷神等也算是一品堂的人物，他們自是另有打算，不受西夏朝廷的羈縻。

二版不讓雲中鶴守護公主，看來合理多了。

故事再接回段譽與慕容復出枯井後的情節。

於枯井中與王語嫣配成一雙後，段譽出得井來，又見到慕容復。慕容復告訴段譽，有一位姑娘冒充段譽去應選駙馬。

一版王玉燕對慕容復道：「他……他說答應過要助你一臂之力，教你娶西夏公主為妻。我……我有一位公主娘娘做表嫂，那也是歡喜得緊。」

王語嫣的話，二版改為：「表哥，他……他……段公子……還有我，都很對你不住，盼望你得娶西夏公主為妻。」

王語嫣的愛情，最受讀者爭議的是，愛慕對象轉換得太快，她從小癡戀慕容復，卻在落井那一刻，轉而狂戀段譽，這麼快速的轉變著實不可思議。金庸在改版時，盡力降低王語嫣瞬間變化愛戀對象的突兀感，一版王玉燕對慕容復說：「我有一位公主娘娘做表嫂，那也是歡喜得緊」，二版改為王語嫣對慕容復說：「盼望你得娶西夏公主為妻。」二版的用詞較不會顯出王語嫣對慕

容復已無絲毫情感

聞王語嫣之言，慕容復精神一振，喜道：「此話當真？段兄真的不跟我爭做駙馬了麼？」

一版段譽道：「你是燕妹表哥，也就是我的表哥。表哥之事，兄弟豈有袖手旁觀之理？」

但段譽之言簡直不成體統，他與王玉燕只是戀愛中的情侶，而不是夫妻，怎能說「你是燕妹表哥，也就是我的表哥」？

二版改為段譽道：「我決不來跟你爭西夏公主，但你也決不可來跟我爭我的嫣妹。大丈夫一言既出，決不翻悔。」

而後，段譽、慕容復與王語嫣一齊趕赴西夏皇宮。

在公主內書房中，段譽突然見到一幅古裝仕女的舞劍圖，不由得大吃一驚。一版說，原來圖中的美女竟與玉燕容貌一模一樣，但見左手持針，右手拈線，正坐在窗邊穿針，膝上放了一塊絲緞，正是綉花的情狀。

一版畫中的李秋水竟然是在「綉花」，或許李秋水確有針黹之術，但這絕不能展現李秋水武藝高強的個人特色。

二版改為圖中美女竟與王語嫣的容貌一模一樣，只衣飾全然不同，倒有點像無量山石洞中那個神仙姊姊。圖中美女右手持劍，左手捏了劍訣，正在湖畔山邊舞劍，神態飛逸，明艷嬌媚，莫可名狀。段譽霎時之間神魂飛蕩，一時似乎到了王語嫣身邊，一時又似到了無量山的石洞之中，出神良久。

二版畫中的李秋水掄刀弄劍，這才是李秋水的俠女本色。因為所繪內容不同，一版此圖名為「茜窗刺繡圖」，二版則改為「湖畔舞劍圖」。

在內書房中，宮女對應選駙馬的群英各提了三問，而後眾人再退出至凝香殿。

在凝香殿中，木婉清向段譽招招手，左手舉起一張紙揚了揚，要告知段譽段正淳有難的訊息。段譽點點頭，過去接了過來。一版說木婉清化裝為段譽，雜在人叢之中，大家也不如何留心，這時宗贊注意著段譽的動靜，忽見木婉清向他招手，兩個人一般的衣飾打半扮，一眼望去，便如是一個人化身為二的模樣。宗贊吃了一驚，心道：「妖怪，妖怪！」

二版將這段刪除了，說來木婉清女扮男妝，是求其「男相」，而非要刻意「易容」為段譽。此因西夏只知大理國有小王子，卻無人知道段譽外貌如何，因此木婉清並無易容成段譽的須要。而既然木婉清只是女扮男妝，非易容成段譽，宗贊王子眼中的兩人也就不是長得一模一樣的「妖怪」了。

【王二指間話】

金庸創作「射鵰三部曲」時，對主角的愛情描述非常細膩，如《射鵰》郭靖，自蒙古南來與黃蓉邂逅後，兩人共同經歷過拜洪七公學武的甜蜜，一起走過郭靖為楊康所刺，及黃蓉為裘千仞所傷，彼此患難相扶持的日子，還曾遭遇過黃藥師拒絕郭靖為婿，以及兩人因江南五怪血案而分手的苦痛經驗。在愛情的道路上，有苦有甘，最後才修成正果，成為一對鸞鳳和鳴的小夫妻。

「射鵰三部曲」的男女主角全都像郭靖黃蓉這般，在愛情的路上經驗過甜蜜與痛苦，因此確知對方即是自己的真愛。《天龍》則與「射鵰三部曲」不同，《天龍》書中人物極多，單是男主角就多達五人，因此無法細細鋪陳每個主角的愛情歷程。有別於「射鵰三部曲」男女主角的「愛情長跑」，《天龍》主角的愛情個個都是「速成愛情」。

愛情的速成模式如下：

一、因物戀人：段譽在無量山石洞中見到神仙姊姊玉像，霎時感覺「得睹芳容，死而無憾。」因為迷戀上神仙姊姊的玉像。後來段譽在姑蘇王家見到貌似神仙姊姊玉像的王語嫣，竟不由自主地跪倒在地，口中叫道：「神仙姊姊，我……我想得你好苦！」段譽會愛上王語嫣，是因為王語嫣的外貌酷似神仙姊姊玉像，可知段譽的愛情，是因物而戀人的愛情。

二、先性後愛：虛竹從沒見過銀川公主，銀川公主也從沒見過虛竹，兩人之所進展為情人，是因為虛竹在冰窖中時，天山童姥將銀川公主抱到虛竹懷中，虛竹在根本不見對方為何人之下，「將那少女越抱越緊，片刻間神遊物外，那少女更熱情如火，將虛竹當作了愛侶。」金庸含糊地寫了兩人的肉體關係，雖沒明確說出兩人是否已有性關係，但虛竹與銀川公主的愛情確實是「先性後愛」，也就是先有了肉體關係，才發展出愛情。

三、患難生情：蕭峰自菩提院救得阿朱後，為救活被玄慈「大金剛拳」所傷的阿朱，冒死帶阿朱上聚賢莊求治於薛神醫，因而打動了阿朱的芳心。後來蕭峰欲殺段正淳報仇，阿朱為報蕭峰恩情，假冒段正淳受蕭峰一掌，以免蕭峰為殺段正淳而死於大理段氏皇族的報復。雖然阿朱因此而死，但蕭峰從此心中都有著阿朱。蕭峰與阿朱在患難中見到彼此的真情，並因此萌生愛情，兩人都以自己的性命來保護對方，因而能快速擄獲對方的心。

四、貪戀美色：游坦之在遼國第一次見到阿紫，即驚豔於她的清秀美麗。即使被阿紫放人鳶，游坦之仍深深迷戀阿紫的美色，他曾經看到阿紫便撲了過去，抱著她小腿，低頭便去吻她雙足腳背。而後游坦之慘被阿紫烙鐵面具，阿紫還拿他來當練功的工具，但游坦之仍癡癡地迷戀阿紫。為了貪戀阿紫的美色，游坦之願為被凌虐的奴僕。

不同於「射鵰三部曲」窮一書之力完成男女主角的愛情，《天龍》的愛情都是速成，但速成的愛情往往不踏實，因此，金庸修訂二版為新三版時，在沒有更動太多情節及字數之下，就翻轉了段譽與王語嫣愛情的結局，從二版段譽與王語嫣兩情相悅而終成眷屬，新三版改為段譽坐視王語嫣離去而無絲毫挽留之意。像《天龍》這般「大翻盤」的結局絕不可能發生在「射鵰三部曲」，由此也可知，速成的愛情果真不牢靠！

第四十六回還有一些修改：

一．段譽落井後，二版說朱丹臣等各人分頭出去找尋，整整找了一天。新三版將「找了一天」改為「找了一整個早上」。而後，二版說，傍晚時分，眾人聚在段譽的空房中紛紛議論。新三版亦將「傍晚時分」改為「中午時分」。

二．梅蘭竹菊四劍四姝提議木婉清女扮男妝，代段譽候選駙馬。四姝言及木婉清被挑上了駙馬，二版菊劍說道：「就算那時段公子仍不現身，木姑娘代他拜堂，卻又如何？」新三版增寫蘭劍接著菊劍的話道：「就算木姑娘須得代哥哥跟嫂子洞房花燭，反正大家是女子，那也不妨，最多說穿了便是。」新三版增蘭劍的話，顯得四姝之言更幽默討喜。

三・西夏鄉農下井，誤以為鳩摩智等三具「死屍」在其中，二版說愚夫愚婦，附會多端，說道每逢月明之夜，井邊便有四個滿身污泥的鬼魂作祟。新三版則因把招親之期由中秋改為清明，這段也改做愚夫愚婦，附會多端。說道每逢節氣將臨，如清明節、端午節、重陽節前夕，井邊便有四個滿身污泥的鬼魂作祟。

四・包不同說宗贊王子超過四十歲，二版包不同道：「前天我給你算過命，你是丙寅年、庚子月、乙丑日、丁卯時的八字，算起來，那是足足四十一歲了。」新三版改為包不同道：「前天我給你算過命，你是甲午年、壬子月、癸丑日、乙卯時的八字，算起來，那是足足四十一歲了。」二版包不同說宗贊王子是丙寅年所生，這應該是金庸信手胡寫的，因為丙寅年是宋元祐元年，即西元一〇八六年，而西夏公主招年約在西元一〇九六年左右，這麼算來宗贊王子只有十歲。新三版改說的甲午年是宋至和元年，西元一〇五四年，那麼西夏公主招親時，宗贊王子就真的超過四十歲了。

五・群雄進入內書房前，新三版較二版加寫道：原來這內書房是西夏皇太妃李秋水的舊居之地。李秋水神功奧秘，武學深湛，將居所布置得甚為奇特，她年老之後，另還寧居，將年輕時所用的宮殿讓給了孫女銀川公主。這段加寫是要為內書房中有逍遙派武功圖刻預埋伏筆。

六・銀川公主要問三個問題，包不同搶先作答，一版包不同自稱「有妻有兒」，二版改為包不同自稱「有妻有妾」，新三版包不同又改為一版自稱的「有妻有兒」。此處疑為二版的字誤，因為包不同的性格不太像會納妾。

七・宗贊王子強奪木婉清給段譽的信箋，大聲讀了出來：「有厲害人物要殺我的爸爸，也就是要殺你的爸爸，快快去救。」二版說眾人一聽，均摸不著頭腦，怎麼宗贊王子說「我的爸爸，也就是你的爸爸？」新三版再加寫道：難道吐蕃、大理兩國王子，乃一父所生？

八・要過幽蘭澗上鋼絲時，巴天石攜住段譽之手，輕輕一帶，兩人便即走了過去。一版說其實此刻段譽得了鳩摩智的內力後，輕功早已在巴天石之上，只是兩人均不自知而已。二版將這段刪除了，說來內力是內功，輕功則是外功，內力或許可自他人吸取而得，外功則仍須苦練，段譽怎可能吸取鳩摩智內力就擁有更高明輕功呢？

九・至公主的內書房，包不同對壁上字畫大加譏彈。一版說公主書房中頗有一些晉人唐人的書法，北宋南宋的繪畫，卻給包不同說得一錢不值。此處不知是排版錯誤，還是金庸信筆所寫之誤，背景年代是「北宋」的《天龍》，竟出現了「南宋」繪畫。二版已更正為「晉人北魏的書法，唐朝五代的繪畫。」

十．說起包不靚，一版包不同說：「此人年方三歲」，二版將「三歲」改為「六歲」。

姑蘇王家的女僕不認識大小姐王語嫣——第四十七回〈為誰開　茶花滿路〉版本回較

至第四十六回時，金庸已經完整交代了無崖子、天山童姥、李秋水、玄慈、蕭遠山、慕容博、丁春秋以及鳩摩智等《天龍》老一輩高手的故事，第四十七回及第四十八回要再將段正明、段正淳與段延慶等段家高手的故事做個收尾。

這一回的故事是王夫人設陷阱要擒抓段正淳，此事將導致下一回段正淳與其妻子情人同日殞命的慘事。且來看這一回的修訂。

故事就從段譽一行得訊，有厲害人物設局要危害段正淳說起。

據靈鷲宮女子所說，訊息是得自阿碧。

一版靈鷲宮婦人說，訊息「最初是菊劍姑娘聽到另一個姑娘說的。那位姑娘的名字叫作什麼阿碧，是咱們主人的大徒兒的徒兒……」

一版的說法顯然有誤，所謂「咱們主人的大徒兒的徒兒」，意即康廣陵乃虛竹的徒兒，阿碧則是康廣陵的徒兒。但康廣陵明明就是蘇星河的徒兒，他並沒拜在虛竹門下。

二版改作聞阿碧報訊，段譽接口道：「啊，是阿碧姑娘，我認得她。她本來是慕容公子的侍婢。」那靈鷲宮婦人則提到：「這就是了。菊劍姑娘說，阿碧姑娘和她年紀差不多，相貌美麗，很討人歡喜，就是一口江南口音，說話不大聽得懂。阿碧姑娘是我們主人的師侄康廣陵先生的弟子，說起來跟我們靈鷲宮都是一家人。菊劍姑娘說到主人陪公子到皇宮中去招親，阿碧姑娘要趕去西夏，和慕容公子相會。她說在途中聽到訊息，有個極厲害的人物要和鎮南王爺為難。她說段公子待她很好，要我們設法傳報訊息。」

二版將一版阿碧是康廣陵徒弟之事幾乎刪除得一乾二淨，此處為串接「王夫人設局擄捉段正淳」與「段譽得訊」兩件事，而與聞王夫人計劃的人，一定是與姑蘇慕容家有關之人，此人又必須與靈鷲宮扯上邊，才有合理的理由報訊，因此一版到二版刪除殆盡的康廣陵與阿碧師徒關係，竟硬梆梆地直接加進來。讀者或許會頓感莫名其妙，為甚麼慕容家的阿碧會是逍遙派康廣陵的弟子？

新三版將二版「阿碧姑娘是我們主人的師侄康廣陵先生的弟子，說起來跟我們靈鷲宮都是一家人。」改為「阿碧姑娘與我們主人的師侄康廣陵先生有些淵源，說起來跟我們靈鷲宮都是一家人。」

新三版將阿碧與康廣陵的關係含糊籠統交代過去，以免讀者心生疑竇。

而後，因靈鷲宮示警，段正淳一行避開了王夫人的陷阱，段譽一干人卻踏入王夫人所設的局中。

在草海老婆婆屋中，段譽一行為「醉人蜂」所襲，二版說段譽忙將王語嫣抱在懷裡，護住她頭臉。

二版段譽只愛王語嫣一人，此舉當屬自然，新三版則因段譽日後將與王語嫣分手，娶木婉清、鍾靈與曉蕾為妻，這段因此增寫為：段譽忙將王語嫣按低，伏在自己懷裡，右手攬過木婉清，左手攬過鍾靈，護住兩人頭臉。

後來段譽一行均被綁至姑蘇王家。二版說段譽一恢復知覺，便即伸手去攬王語嫣，但手臂固然動彈不得，同時也察覺到王語嫣已不在懷中。

新三版段譽心中關愛的，可不只王語嫣一人。這段改作段譽一恢復知覺，便即伸手去攬王語嫣、木婉清和鍾靈，但手臂固然動彈不得，同時也察覺三女已不在懷中。

在王夫人所擄段譽一干人中，王語嫣也在其中，為甚麼王家女僕計捉段正淳，卻連錯捉自家小姐王語嫣都不知道呢？二版沒有解釋，導致留下謎團，新三版則為此增寫了一段說明。

新三版在王夫人問起慕容復：「語嫣呢，你帶她到那裡去啦？」之後，較二版增寫：原來王夫人以醉人蜂施毒，所針對的只段正淳一人，只盼將他擒入手中，那時要他如何順從歸附，自然一憑己意。她派在草海辦事的那老婆婆，正是當年曾見過段正淳、自己年輕時服侍過她的女僕。段正淳分手後，便將那女僕派往太湖的東山別墅之中，嚴令不許回曼陀山莊來，以免洩露了她與段正淳的私情。那女僕一直住在東山別墅，從未見過王語嫣之面，王語嫣自也不識得她。段譽等人為毒蜂螫中昏迷之後，奉命辦事之人只道王夫人所欲擒拿者乃是段譽，於是將他單獨監禁，而王語嫣、巴天石等另行監在一處，王夫人一直未見，這才問起。

這一增寫，就把王夫人錯抓王語嫣的可怪之處，做出了還算合理的解釋。

【王二指閒話】

「融武俠於歷史」是金庸的創作風格之一，身為歷史愛好者與研究者的金庸，除了屢將歷史人物與歷史事件引入小說外，在改版過程中，不論一版改為二版，或二版改為新三版，都力求小說中的史料更真實、史觀更恢宏。

為表明小說中引述的史實有所本，金庸在《射鵰》後記中曾說明：「成吉思汗的事跡，主要取材於一部非常奇怪的書。這部書本來面目的怪異，遠勝《九陰真經》，書名《忙豁侖紐察脫必赤顏》，一共九個漢字。全書共十二卷，正集十卷，續集二卷。」這部《忙豁侖紐察脫必赤顏》即是《蒙古秘史》。

除此之外，金庸書系中還夾有多篇歷史筆記或論文，都是金庸讀史研史的心得，比如《射鵰》書末有「成吉思汗家族」、「關於『全真教』」兩文，《碧血》書末有「袁崇煥評傳」一文，此外，據新三版《神鵰》後記所說，金庸原本還要在《神鵰》書末收錄「忽必烈的性格與行為」、「襄陽的攻守」兩篇相關的文章，但因為「對歷史上的結論自己信心不足，所以這兩篇附錄沒有附入本書。」在武俠小說中收錄歷史論文，以為對照閱讀，足見金庸對歷史的鑽研之深。

當然，小說為求情節的趣味，難免會更動歷史以迎合小說。若是對歷史有明顯的扭曲，金庸有時會先行「消毒」，以免引起爭議，比如《鹿鼎》將建寧公主由康熙之姑改為康熙之妹，金庸即加注云「建寧公主其實是清太宗之女，順治之妹。建寧長公主封號也要康熙十六年才封。順治的女兒和碩公主是康熙的姊姊，下嫁鰲拜之侄。但稗官小說不求事事與正史相合，學者通人不必深究。」此外，《神鵰》楊過於襄陽擊斃大汗蒙哥，金庸亦加注說：「依歷史記載，憲宗係因攻四川重慶不克而死。」又說：「為增加小說的興味起見，安排為憲宗攻襄陽不克，中飛石而死。」

由此可知小說中若有引述史事，金庸總會細心考究。而在金庸如此嚴謹的治史精神之下，《天龍》竟出現了金庸書系中罕見的歷史大錯亂，且金庸完全沒加注說明或辯解。

這樁錯亂就是大理的帝系。在《天龍》中，大理保定帝段正明避位為僧後。，便將帝位傳給侄兒段譽，然而，從史料上來看，段正明於一〇八一年至一〇九四年為帝，段譽則於一一〇八至一一四七年為帝，在段正明與段譽之間，還有一〇九四年到一〇九六年間，取代段氏而稱帝，改國號為大中的高昇泰，以及一〇九六年高昇泰去世後，自高家手中得回帝位，掌國至一一〇八年的段正淳。

根據大理史書《南詔野史》的記載，段譽的伯父段正明並不像《天龍》書中所述那般政通人和，《南詔野史》中說：「宋哲宗紹聖元年，明在位十三年，為君不振，人心歸高氏。君臣請立鄯闡侯高昇泰為君，正明遂禪位為僧，段氏中絕矣。」

而關於高昇泰，《南詔野史》的說法是：「高昇泰，宋哲宗甲戌紹聖元年，受大理國段正明之禪即位，改國號曰大中國。」

也就是說，高昇泰對大理歷史而言，大約等於唐朝的武則天，武則天自立為「武周皇帝」，使得大唐亡國十數年，高昇泰也曾讓段氏大理亡國數年。

至於段正淳，《南詔野史》的說法是：「段正淳，宋哲宗丙子紹聖三年，復得國，即位，號後理國。」段正淳自高昇泰手中得回帝回，承續大理血脈，成為「後理國」的開國之君。以此而論，高昇泰又類似篡西漢後，自立「新」朝的王莽，段正淳則成了東漢的開國皇帝光武帝劉秀。

考諸大理史事，金庸在《天龍》中竟忽略了佔有大理國重要歷史地位的竄國之帝高昇泰，以及後理國的開國皇帝段正淳，直接讓段正明傳承於段譽，這簡直大違金庸一貫對歷史力求真實的創作原則，唯一有可能的解釋是，金庸創作《天龍》時，所本史書是《宋史》。在《宋史》中，大理國三一六年的歷史，卻只有六百零四個字，金庸企圖以小說補足歷史的缺漏，卻不料《宋史》是一部對大理考據不詳實的史書。

金庸在新三版中，為了彌補「康熙傳位嘉慶」，也就是「段正明直接傳位段譽」的歷史錯誤，增說段譽登基後，「善闡侯高昇泰其時已去逝，拜其子高泰明為左丞相」及「恭謚父親段正淳為『中宗文安帝』」，含糊籠統地將歷史上的兩個真皇帝唬弄過去，最後又加寫「據大理國史籍記載：大理（史稱「後理」）憲宗宣仁帝段譽，登基時年號『日新』。」企圖以更詳實的段譽史事，掩蓋高昇泰與段正淳的歷史真相。

史書中多稱「段譽」為「段正嚴」或「段和譽」，金庸為求小說趣味，一概稱「段譽」，這倒也不妨。只是在史事如此顛倒錯亂的狀態下，金庸在新三版「釋名」中，還較二版多寫了一句「書中所述史事大致正確」，就不知所謂「大致正確」，是正確到幾分了。

第四十七回還有一些修改：

一・臆測為難段正淳的對頭是段延慶後，二版朱丹臣道：「咱們這裡有段世子、木姑娘、鍾姑娘、王姑娘、你我二人，再加上王爺和二位夫人，以及華司徒、范司馬、古大哥他們這些人，又有靈鷲宮的姑娘們相助。人多勢眾，就算殺不死段延慶，總不能讓他欺侮了咱們。」新三版將朱丹臣話中的「古大哥」更正為「古二哥」，蓋「漁樵耕讀」乃褚萬里、古篤誠、傅思歸、朱丹臣，古篤誠的排序乃是第二，並非褚萬里一死，古篤誠即升為「大哥」。

二・靈鷲宮婦人說有對頭要為難段正淳的訊息是得自阿碧，二版王語嫣喜道：「原來是阿碧。我可好久沒見到她了。」段譽接口道：「啊，是阿碧姑娘，我認得她。她本來是慕容公子的侍婢。」新三版刪除了王語嫣的話，改為聞靈鷲宮婦人之言，段譽接口道：「啊，是阿碧姑娘，我認得她。」

三．將近草海時，二版朱丹臣道：「草海中毒蚊、毒蟲甚多，又多瘴氣。眼下桂花瘴剛過，芙蓉瘴剛起，兩股瘴氣混在一起，毒性更烈。」新三版將「眼下桂花瘴剛過，芙蓉瘴剛起。」改為「眼下桃花瘴剛過，榴花瘴剛起。」而之所以做此更動，還是因為徵選駙馬的時令由「中秋」改至「清明」。其說明在王語嫣問朱丹臣桂花瘴、芙容瘴（新三版桃花瘴、榴花瘴）是甚麼東西時，朱丹臣的解釋之言中。二版朱丹臣對王語嫣道：「瘴氣是山野沼澤間的毒氣，三間桃花瘴、五月榴花瘴最為厲害。」新三版將朱丹臣的話改為：「瘴氣是山野沼澤間的毒氣毒霧，三間桃花瘴、五月榴花瘴、八月桂花瘴、十月芙蓉瘴。」

四．段譽等六人在草海老婆婆屋中為「醉人蜂」所襲，二版說過得一會，六人一齊暈倒，人事不知。然而，各人功力深淺不同，中了蜂毒，怎能「一齊暈倒」？新三版改為過得一會，六人於驚呼聲中先後暈倒，人事不知。

五．段譽知道擒他之人是爹爹段正淳的舊相好後，二版段譽尋思：「她安排下毒蜂之計，本來是想擒住爹爹的，卻教我誤打誤撞的鬧了個以子代父。既然如此，對我們也決計不會痛下毒手。」但段譽怎能確定段正淳的舊相好會愛屋及烏，絕不殺他呢？新三版刪了段譽想法中的「既然如此，對我們也決計不會痛下毒手。」兩句。

六・二版說段譽和王夫人談論山茶的品種之時，提及一種茶花，白瓣而有一條紅絲，叫做「美人抓破臉」。此處與第十二回所述有所不同，第十二回說此種茶花名為「抓破美人臉」。新三版統一了此茶花之名，將此回的「美人抓破臉」改為「抓破美人臉」。

七・王夫人說段譽與王語嫣不許婚配，包不同聞言道：「非也，非也，王姑娘和段公子乃是天生一對，地成一雙，夫人說萬萬不許，那可錯了。」王夫人怒道：「包不同，誰叫你沒規矩的跟我頂嘴？你不聽話，我即刻叫人殺了你的女兒。」包不同立即噤若寒蟬。二版說原來倒不是包不同怕王夫人去殺他女兒包不靚，只因包不同數代跟隨慕容氏，是他家忠心耿耿的部屬，王夫人是慕容家至親長輩，說來也是他的主人，真的發起脾氣來，他倒也不敢抹了這上下之分。但包不同真的不怕王夫人殺他女兒嗎？新三版改為：原來一則是包不同也真怕王夫人去殺他女兒包不靚，二來因包不同一直跟隨慕容氏，是他家忠心耿耿的部屬，王夫人是慕容家至親長輩，說來也是他的主人，真的發起脾氣來，他倒也不敢抹了這上下之分。

八・慕容復至王家找王夫人，二版王夫人問慕容復道：「復官，你來找我，又安了甚麼心眼兒啦？又想來算計我甚麼東西了？」新三版增為王夫人道：「復官，你來找我，又安了甚麼心眼兒啦？要來算計我甚麼東西了？又想來揀幾本書吧？」增寫的這句話是要說明慕容復先前常至王家借書。

九．靈鷲宮玄天部兩女來對段譽報訊，說對鎮南王示警後，鎮南王已改道東行。一版說原來靈鷲宮諸女極少單行，以前每次前來報訊，都是兩騎或三騎一起。其時道路不靖，單身女子上道，縱然武功極高，也是諸多麻煩。木婉清所以結下不少仇家，又得了個「香藥叉」的外號，便是以一妙齡女子孤身行走江湖之故。當時她以黑巾蒙臉，已然如此，何況靈鷲宮諸女以真面目示人？二版將這段《天龍》時代武林概況的描述刪除了。

十．段譽一行人因雨至賈老者屋中，朱丹臣對賈老者道：「不敢請問老丈貴姓。」一版賈老者道：「老朽姓賈，真真假假的賈。」但賈老者若真自稱「真真假假的賈」，豈不立使朱丹臣等心生疑慮？二版刪了此話，改為賈老者只答：「老朽姓賈。」

十一．巴天石以刀背互撞點火後，一版說段譽猛抬頭間，忽見兩條柱子上雕刻著一副對聯。二版改為巴天石見良久並無動靜，在木屋各處仔細查察，見幾條柱子上都包了草蓆，外面用草繩綁住了，依稀記得初進木屋時並非如此，當即扯斷草繩，草蓆跌落。段譽見兩條柱子上雕刻著一副對聯。二版的寫法更見草海老婆婆布局心思之精密，也更顯其不願段譽誤蹈為段正淳所設之陷阱。

十三．段譽以手指劃破柱子填字，刻痕之中，透出極馥郁的花香。一版鍾靈道：「這種香木真好，咱們帶幾根回去。」二版刪了鍾靈此話。想來段譽一行又不是《倚天》明教的巨木旗，怎能扛著木柱回大理呢？

十四．段譽為「醉人蜂」所刺後，一版說段譽食過朱蛤，本來百毒不侵，但這蜜蜂係人為飼養，尾針上所具的不是蜂毒而是麻藥，給幾百頭蜜蜂刺過之後，還是給迷倒了。但王夫人怎能逆轉生物學，養出「不具蜂毒」的蜜蜂呢？二版將一版所說「尾針上所具的不是蜂毒而是麻藥」改為「尾針上除蜂毒外尚有麻藥」。

十五．王夫人得知誤擒段譽後，說要將他千刀萬剮，一版段譽聞言，心想：「爹爹得罪了你，又不是我得罪你，為什麼你這般恨我？那些蜜蜂原來叫做『醉人蜂』，不知她從何處找來這許多蜜蜂，只是追著我們叮？這女子到底是誰？不會是婉妹的媽媽，也不會是鍾夫人，阮姨的聲音還清脆得多。」然而，段譽真的能清楚分辨段正淳每一個情人的聲音嗎？二版將段譽所想的「不會是婉妹的媽媽，也不會是鍾夫人，阮姨的聲音還清脆得多。」改為「她不是鍾夫人，兩人的口音全然不同。」二版出身大理的段譽只能分辨出王夫人絕非是大理口音的鍾夫人，理當較為合理。

十六．一版慕容復稱王夫人為「姑媽」，此因一版王夫人是慕容博姊妹。二版已將王夫人改為李秋水女兒，慕容復對王夫人的稱謂也改作「舅媽」。

十七．段譽回思起曼陀山莊的規矩，凡是有男子擅自進莊，便須砍去雙足。王夫人更道：「只要是大理人，或者是姓段的，撞到了我便得活埋。」一版說那外號叫作「怒江王」的秦元尊不知如何給王夫人擒住了，他不是大理人，只因家鄉離大理不過四百餘里，也便將之活埋。二版刪去了「秦元尊」其人，此處改為「那個無量劍的弟子給王夫人擒住了」。

十八．慕容復說鎮南王妃也跟段正淳在一起，一版說段譽和王夫人同時吃了一驚，一個心道：「怎麼媽媽也來了？」另一個心道：「他老婆居然跟他在一起，倒是大出我意料之外。」然而，鎮南王妃跟鎮南王在一起，何怪之有？二版模糊了王夫人的心思，將一版所說王夫人心道：「他老婆居然跟他在一起，倒是大出我意料之外。」改為王夫人「啊」的一聲，顯是大出意料之外。

十九．段正淳全軍覆滅，給段延慶一網打盡之處，一版說是雙鳳驛邊的觀音灘，二版改為雙鳳驛邊紅沙灘。

段譽因「心魔」作祟，才會狂愛王語嫣

——第四十八回〈王孫落魄　怎生消得　楊枝玉露〉版本回較

這一回的故事是金庸改版過程中，絕無僅有的一次藉由改版為男主角「換妻」。二版段譽與王語嫣最後成為愛侶，新三版則改為段譽的妻子是木婉清、鍾靈及曉蕾諸女。

新三版《天龍》面世時，二版讀者一片譁然。而關於這段改寫，記者陳宛茜於「七年改版十五部，金庸說：減肥成功」一文中，曾述及金庸自己的看法，說：「自古英雄愛美人。然而新修版《天龍八部》中，段譽追到王語嫣後，受夠她的嘮叨與自戀，徹悟昔日執著容貌的迷思，打破傳統的神仙眷侶大團圓結局。金庸坦言，他對最後改法仍不太滿意，覺得表達手法『不夠空靈』，但讓男主角『打破心魔』的嘗試卻讓他相當振奮。」

不論讀者接受不接受，新三版段譽就是與王語嫣分手了。至於分手的原因，金庸的解釋是，段譽之所以戀上王語嫣，是因為「心魔」作祟，一旦「心魔」退去，就自然與王語嫣分手了。

且來看金庸如何偷天換日，將段譽的伴侶由王語嫣換成木婉清、鍾靈與曉蕾。

先看此回一版與二版的差異。

話說慕容復告知王夫人段正淳為段延慶所擒之事後，段延慶竟不請自來。面對驟然前來的段延慶，慕容復、鄧百川、公冶乾、包不同與風波惡群起圍攻。一版說段延慶每一招攻擊，慕容復等的兵刃不得不抽回自保，攻向對方的殺著自然歸於無效。王夫人的武功並不高強，但見多識廣，武學上的見識只有更在乃女玉燕之上，眼見段延慶所使宛然是大理段氏正宗武功，既感心驚，亦復神傷。

原來在一版故事中，不只王玉燕博知武學，王夫人更是廣識武學的「兩腳書櫥」。這段情節二版刪去了。

但一版說「王夫人的武功並不高強」，卻與先前的情節相矛盾，一版王夫人不是還生擒過「怒江王」「三掌絕命」秦元尊嗎？武功怎能不高強？

接著，再看看二版到新三版的修改。

故事從段延慶欲殺段譽，刀白鳳忙說出：「天龍寺外，菩提樹下，化子邋遢，觀音長髮！」之事，並暗示段延慶，段譽是他親生兒子說起。

刀白鳳為何認得出段延慶就是當年的叫化子呢？

二版說，刀白鳳當年以身相就段延慶時，見段延慶臉上、身上、手上，到處都是傷口，每處傷口中都在流血，都有蛆蟲爬動，都在發出惡臭。

新三版則在之下，加上一句「尤其臉蛋正中的一條筆直刀疤，更是可怖。」

新三版加寫的的這條「刀疤」，就是刀白鳳認出段延慶所憑藉的最重要特徵。

段延慶回想當年之後，二版說，此刻他正欲伸杖將段譽戮死，以絕段正明、段正淳的後嗣，突然間段夫人吟了那四句話出來：「天龍寺外，菩提樹下，化子邋遢，觀音長髮。」

新三版則將此段增寫為：鳳凰驛邊紅沙灘上，段延慶追上段正淳一行，擒獲眾人，其時段夫人刀白鳳見到段延慶臉上垂直而下的長刀疤，便已認了他出來，當時寧可讓他處死，不說舊事。這時見他要殺自己兒子，迫不得已，吐露真相，吟了那四句話出來：「天龍寺外，菩提樹下，化子邋遢，觀音長髮。」

如此一來，刀白鳳認出段延慶，就有了明顯的身體特徵當佐證。

接著，段延慶依白刀鳳之言，拿起段譽頸前金牌，二版說只見一面刻著一行小字：「大理保定二年癸亥十一月廿三日生。」

這自是段譽的生辰，新三版則將段譽生辰改為：「壬子年十一月廿三日生。」

考諸史冊，癸亥年是一〇八三年，《天龍》的故事是在一〇九四年前後，如果段譽生於癸亥年，此時才十一歲，與故事中的年齡不符，壬子年則是一〇七二年，段譽若生於壬子年，此時是二十二歲，這才與故事中的年齡相符。

而後，慕容復欲拜段延慶為義父，並以刀白鳳諸女的性命，威脅段正淳登基後，需盡速將皇位禪讓予段延慶。豈知慕容復最後竟殺了阮星竹、秦紅棉、甘寶寶、王夫人四女，段正淳與刀白鳳隨後自殺。段譽扶靈回大理，並繼段正明之後，登基為帝。

新三版於此增寫了八頁內容，增寫的情節主要是段譽對王語嫣愛情的心理轉折。增寫內容為：

段譽登基為帝，年號「日新」，厲行革新，興利除弊。又應巴天石、朱丹臣等臣子建議，恭謚父親段正淳為「中宗文安帝」、母親刀白鳳為慈和文安皇后，訪到秦紅棉、阮星竹兩家家屬，皆有賜贈，甘寶寶家有丈夫，不便賜卹，暗中對鍾靈賜予金銀，命她分送其母的親屬。厚卹褚萬里、古篤誠兩名護衛，贈予將軍銜，蔭及子孫。善闡侯高昇泰其時已去逝，拜其子高泰明為左丞相，司徒華赫艮為三公之首，兼領右丞相。司馬范驊執掌兵權。文武百官，各居原位，皆晉升一級。派使臣前往大宋、遼國、吐蕃、西夏、回鶻、高麗、蒲甘諸國，告知老皇退位、新皇登基，各國均有回聘致賀。

段譽辦了登基大典等大事後，撥付府第，給王語嫣、木婉清、鍾靈居住，派出宮女分別至各府服事。

段譽每當想起王語嫣等三女之事，便覺十分頭痛。因為他若娶王語嫣，就得承認自己並不是段正淳親生兒子，但這麼一來，既損了段正淳聲名，又污了刀白鳳清白名節，因此不知如何是好。

這一天，段譽來到王語嫣住所。王語嫣見到段譽，怔怔的掉下淚來，哽咽道：「譽哥，你我有緣無份，我心裡對你好了，那知道……那知道到頭來仍是一場空……」段譽回道：「嫣妹，你我雖無夫妻之份，卻是真正的兄妹，那也好得很啊！」

王語嫣又說，她想削髮為尼，出家悔過，段譽則說，她不須削髮為尼，只要在大理清靜之地悠閒居住，一切供養，均由他供給，不論王語嫣要甚麼，只須他力能所及，無有不允。

段譽見王語嫣對兩人乃是兄妹之事，既不傷心惋惜，亦無纏綿留戀，比之當年木婉清得知是自己妹子之時的淒然欲絕情狀，渾不相同，心中忽有所感：「她畢竟對我並無多大情意，決不像婉妹那樣，一意要做我妻子。在那萬劫谷的石屋之中，雖說她中了春藥『陰陽和合散』之毒，但她對我情意纏綿，出自真心，並非單是肉體上的春情蕩漾，她確是真心愛我。後來再在西夏道上相遇，她知我已轉而愛上了王姑娘，雖微有妒意，卻不恨我，當我和語嫣在小溪邊卿卿我我之時，婉妹還冒險化裝為男子，去西夏皇宮代我求親，就是鍾靈妹子，也干冒兇險，行走江湖，出來尋找，比語嫣對我好得多。語嫣一生苦戀表哥，只因慕容復當時一意想去做西夏賦馬，她在萬念俱灰、無可奈何之中，才對我宛轉相就。」

霎時之間，腦海中出現了王語嫣幾次三番對他冷漠相待的情景：包不同趕他出聽香水榭，他戀戀不捨的不肯走，王語嫣並無片語隻字挽留，連半個眼色也無，反而是阿碧情致殷殷的划船送他到無錫；此後西來同路，包不同數次惡言驅逐，不准他同行，王語嫣也從來沒絲毫好言居間；他幾次背負她脫險，她從不真心致謝，惟得以重會表哥為喜；最後在少林寺外，慕容復將他踹在地下，發掌要取他性命，王語嫣全無半分關懷。他父親和南海鱷神來救，慕容復出指點中了段正淳胸口，王語嫣反而大聲喝彩：「表哥，好一招『夜叉探海』……」

自他在曼陀山莊見到王語嫣，只因她容貌與無量山石洞中的玉像相似，心中立時便生出「她是神仙姊姊」的意念，他心中將「神仙姊姊」冰肌玉貌的神仙體態、神清骨秀的天女形貌，都加在王語嫣身上。其實不但王語嫣並非當真如此美豔若仙，即使玉像本身，也遠遠不及段譽心中自己所構成的意象，原來那便是佛家所謂的「心魔」。

一人若為「心魔」所纏，所愛者其實已是自己心中所構成的「心魔」，而非外在的本人。而當頭腦漸趨清醒後，「心魔」之力便即減弱。

段譽得知自己身世後，為王語嫣發痴著迷的心情即大減。「心魔」既去，眼中望出來，便是王語嫣的本來面目，耳中聽進去，便是王語嫣的本來語音，不再如過去那樣，經「心魔」一番加強美化裝飾之後，人則美若天仙，語則清若仙樂。

王語嫣而後說，她想回蘇州去。段譽聞言，心想她要回蘇州，是不是想見表哥慕容復？心道：「那也很好，嫣妹一生便想嫁給表哥。我下過決心，愛一個人，便要使她心中快樂，得償所願。嫣妹如能嫁得表哥，那是她一生的大願望。我如真正愛她，便是要她心中幸福喜樂。」於是答允了王語嫣。

經過新三版的改寫，段譽成功「換妻」了。然而，金庸的新創意，讀者卻不見得都買單，在陳宛茜「七年改版十五部，金庸說：減肥成功」的報導中，曾寫及：「新修版《天龍八部》問世後，一位讀者寫信給金庸，說他太喜歡舊版的王語嫣，女兒因此取名為王語嫣。『為什麼你把她改不好？女兒長大了要抗議！』金庸談起這段『讀者陳情』，不禁笑了。」

其實這位讀者倒也不須過度氣憤，不論「王語嫣」在小說中情歸何處，「王語嫣」都是一個典雅美麗的名字。

真正要抗議的，理當是《射鵰》一燈大師段智興，因為新三版一改，段智興的「皇祖母」就由王語嫣變成了他人。身為大理皇帝的一燈大師段智興，原本身上有王語嫣的高顏值DNA，經過這麼一改，他的「皇祖母」就不知變成了何人，也不知顏值有沒有王語嫣這麼高了。

【王二指閒話】

修訂二版為新三版時，金庸將二版段譽與王語嫣配成鸞鳳的結局，改為兩人勞燕分飛。金庸還為這個新結局做出了哲理上的解釋，他說段譽會愛上王語嫣，乃因「心魔」作祟。而所謂「心魔作祟」，金庸的解釋是：「一人若為『心魔』」所纏，所愛者其實已是自己心中所構成的『心魔』，而非外在的本人。」

金庸的意思是說，段譽之所以狂愛王語嫣，是愛上了他心中美好的王語嫣，而不是真實的王語嫣，這即是「心魔」作祟。而當「心魔」退去之後，愛意自消，段譽也就不再愛王語嫣了，所以才會放棄王語嫣。

如果這樣的說法成立，那麼，人間的愛情幾乎都可以說是「心魔」作祟的結果。說來愛情之所以萌生，一個人會愛上另一個人，大多是因為心中有個美好的他，所以才會瘋狂追求他，想要擁有他，渴望與他相伴此生。

但這樣的心態卻是金庸認為的「心魔」作祟，可知只要是陷入熱戀的人，都是「心魔」作祟。

段譽會愛上王語嫣，是因為在段譽心中，王語嫣是神仙姊姊幻化成的美女，這是「心魔作祟」；郭靖與黃蓉陷入熱戀，是因為在郭靖心中，黃蓉可以跟他共同編織美好的未來，這也是「心魔作祟」；楊過戀上小龍女，是因為在楊過心中，小龍女可與他終生互相照顧，這當然也是「心魔作祟」；張無忌迷戀趙敏，是因為在張無忌心中，趙敏是最懂他的心、最能讓他歡喜的女子，這無疑是「心魔作祟」。

段譽、郭靖、楊過、張無忌愛上的都不是真正的對方，而是自己想像或預期的對方，可知他們都是「心魔」作祟。

依照金庸的理論，「心魔」作祟產生的愛情感是虛幻而短暫的，當「心魔」退去後，愛意也就淡了，可知這樣的愛情是不踏實的。

金庸的一版小說創作於三十一歲到四十八歲之間，一版修訂為二版，是在他四十六歲到五十六歲之間。一版與二版小說是金庸青中壯年時期的作品，對於這時期的金庸來說，愛情就是愛情，並沒有心魔不心魔的問題。

二版小說修訂新三版，是在金庸七十五歲到八十二歲之間，此時金庸對愛情的想法，或許已經轉成老年人的想法，也就是「愛情是虛幻的，人生是現實的」、「經營美好的家庭比瘋狂的戀愛更重要」、「被愛比愛人更幸福」。

金庸將他的想法投射進小說中，使得新三版俠士的愛情觀，幾乎都變成「被愛比愛人重要」，只要有女俠深愛俠士，新三版俠士幾乎都真情相應，因為只有被愛、被關懷、被真心相待，才是「真愛」，而非「心魔」作祟。

新三版俠士的愛情觀因此完全不同於二版，比如新三版《碧血》袁承志對愛慕他的阿九，也以愛相應；新三版《倚天》張無忌心中的最愛，是始終為他默默付出的小昭；新三版《天龍》段譽不再迷戀他最愛的王語嫣，而是迎娶愛他的木婉清與鍾靈。

新三版俠士們的愛情觀是「誰對我最好，最能給我幸福，就是我的真愛」，至於「我愛誰，我喜歡誰」，那只是一時的「心魔」作祟，並非真愛。

《射鵰》是新三版改版倖免於這觀念的作品，或也有可能《射鵰》改版於《天龍》之前，才未受這觀念波及，如果這觀念也套進《射鵰》，那麼，華箏對郭靖真情相待，郭靖理當也得與華箏纏綿悱惻一番，才南來中原，因為華箏的愛是真愛。但若真如此，黃蓉不知則已，知道之話，豈不得殺向蒙古，跟華箏拚個你死我活！

第四十八回還有一些修改：

一．刀白鳳自訴是擺夷女子，二版說擺夷是大理國的一大種族，族中女子大多頗為美貌。新三版改說擺夷是大理國的最大種族（按：唐宋時稱「白蠻」，該族自稱「白子」、「白尼」，民國後改稱「民家」，現已改成「白族」，大理現為「雲南省大理白族自治州」。），族中女子大多頗為美貌。二版又說擺夷男子文弱，人數又少，常受漢人的欺凌。新三版刪去「人數又少」之說。

二．得刀白鳳以身相就後，二版說段延慶遠至南部蠻荒窮鄉僻壤之處，苦練家傳武功，最初五年習練以杖代足，再將「一陽指」功夫化在鋼杖之上。新三版接著加寫「然後練成了腹語術」。二版接著說段延慶又練五年後，前赴兩湖，將所有仇敵一家家殺得雞犬不留，手段之凶狠毒辣，實是駭人聽聞，因而博得了「天下第一大惡人」的名頭。新三版加說段延慶「自稱『惡貫滿盈』，擺明了以作惡為業，不計後果。」新三版是要為段延慶以頗不吉利的「惡貫滿盈」外號行走江湖做出解釋。

三・風波惡問慕容復：「在公子爺心中，十餘年來跟著你出死入生的包不同，便萬萬及不上一個段延慶了？」二版慕容復道：「風四哥不必生氣。我改投大理段氏，卻是全心全意，決無半分他念。包三哥以小人之心，度君子之腹，我這才不得不下重手。」但當此之時，慕容復還有臉自稱「君子」嗎？新三版將「包三哥以小人之心，度君子之腹，我這才不得不下重手。」幾句，改為「包三哥以小人之心，歪曲我一番善意，我這才不得不下重手。」

四・慕容復拜段延慶為義父，要解他「悲酥清風」之毒時，二版慕容復又想：「他最恨的是段譽那小子，我便交將這小子先行殺了。」然而，段延慶跟段譽有何仇恨可言？他就算要恨，恨的也該是段正明，段譽只不過受池魚之殃罷了，怎能說是「最恨」？新三版將慕容復的心思改為：「段譽這小子留在世上，後患無窮，須得先行殺了。」新三版合理多了，真正怨恨段譽的是慕容復自己。

五．王夫人胸口中劍，臨終時對段正淳說的話中，二版提到：「咱倆將來要到大理無量山中，我小時候跟媽媽一起住過的山洞裡去，你和我從此在洞裡雙宿雙飛，再也不出來。」新三版將「咱倆將來要到大理無量山中，我小時候跟媽媽一起住過的山洞裡去。」改為「咱倆將來要到大理無量山中，去我媽媽住過的石洞。」新三版的修改表示王夫人小時候住石洞的時間並不長久，因此她將石洞稱為李秋水舊居。

六．慕容復說要殺刀白鳳時，段譽尚處於「走火入魔」中。二版說段譽聽到慕容復呼出「三」字，早忘了自身是在綑縛之中，急躍而起。新三版增寫為：段譽聽到慕容復呼出「三」字，早忘了自身是在綑縛之中，內息自行，重歸正道，急躍而起。新三版是要將細節說明清楚。

七．回歸大理後，段正明將皇位傳於段譽。二版說段正明伸手除下頭上黃緞便帽，頭上已剃光了頭髮，頂門上燒著十二點香疤。新三版為了避免又生「北宋僧人是否點香疤」的爭議（新三版四十二回金庸為此加了近四頁長注解釋），索性刪去段正明「頂門上燒著十二點香疤」之說。

八．說起段正淳為段延慶所擒之事，一版說段正淳撞在段延慶手中，鳳凰驛邊觀音灘上一戰，段正淳全軍覆滅，華赫艮被南海鱷神打入江中，屍骨無存。二版改為段正淳撞在段延慶手中，鳳凰驛邊紅沙灘一戰，段正淳全軍覆滅，古篤誠被南海鱷神打入江中，屍骨無存。將華赫艮改為古篤誠的原因，理當是因華赫艮是三公之一，古篤誠則是四衛之一，三公的武功高於四衛。

九．王夫人亂踢段譽，一版南海鱷神見狀，道：「喂，他是我的師父，你踢我師父，等如是踢我。你罵我師父是禽獸，豈不是我也成了禽獸？你這潑婦，我把你的心肝掏出來吃了。」二版因已為南海鱷神創作「招標動作」，即扭斷對方脖子，因此將一版南海鱷神所說「你這潑婦，我把你的心肝掏出來吃了。」改為「你這潑婦，我喀喇一聲，扭斷了你雪白粉嫩的脖子。」

十．一版說枯榮大師是段延慶父親的親兄弟，是他親叔父，也是保定皇帝段正明的叔父。二版將「保定皇帝段正明的叔父」更正為「保定皇帝段正明的堂叔父」。

十一．段延慶見長髮白衣女子前來時，一版說她的臉背著月光，但雖在陰影之中，但段延慶仍是驚訝於她的清麗秀美，她有許多頭髮遮在臉上，五官朦朦朧朧的瞧不清楚。然而，若舒白鳳「許多頭髮遮在臉上」，段延慶會將這披頭散髮的女人當觀世音菩薩嗎？二版刪去了「許多頭髮遮在臉上」之說，改為：她的臉背著月光，五官朦朦朧朧的瞧不清楚，但段延慶於她的清麗秀美仍是驚詫不已。

十二．得刀白鳳以身相就後，一版說次日清晨，段延慶一問枯榮大師尚未出定，當下跪在菩提樹下感謝菩薩的恩德，折下兩根菩提樹枝，挾在脅下，飄然而去。二版則將段延慶「一問枯榮大師尚未出定」改為「也不再問枯榮大師已否出定」。

十三・一版段譽的生辰是：「大理保定二年癸亥十一月十三日生。」二版晚了十天，改為「大理保定二年癸亥十一月廿三日生。」

十四・慕容復欲殺刀白鳳時，一版慕容復突然間右肩上被什麼東西一碰，身子不由自主的向後一縮，隨見段譽的身子從地下彈了起來，舉頭向自己小腹撞到。一版發暗器撞到慕容復右肩，以救刀白鳳的，自是段延慶，但身中「紅花香霧」的段延慶還能發暗器嗎？二版改為慕容復正要挺劍向段夫人胸口刺去，只聽得段延慶喝道：「且慢！」慕容復微一遲疑，轉頭向段延慶瞧去，突然見段譽從地下彈了起來，舉頭向自己小腹撞來。

十五・回歸大理後，段正明傳帝位於段譽。一版說段正明頂門上燒著九點香疤。二版將「九點香疤」改為「十二點香疤」。

蕭峰與虛竹聯手將「降龍廿八掌」改為「降龍十八掌」

——第四十九回〈敝屣榮華　浮雲生死　此身何懼〉，

第五十回〈教單于折箭　六軍辟易　奮英雄怒〉（上）版本回較

金庸修訂二版小說為新三版時，是按連載時創作的順序逐部修訂，然而，在全套小說開始修定之前，金庸顯然早有了全盤的規畫。

何以見得？且看《射鵰》第十二回中，新三版較二版增寫「北宋年間，丐幫幫主蕭峰以此（降龍十八掌）邀鬥天下英雄，極少有人能擋得他三招兩式，氣蓋當世，群豪束手。當時共有『降龍廿八掌』，後經蕭峰及他義弟虛竹子刪繁就簡，取精用宏，改為降龍十八掌，掌力更厚。」此外，洪七公教郭靖「亢龍有悔」一招時，新三版增寫洪七公解釋此招，說：「『亢龍有悔，盈不可久』，因此有發必須有收。打出去的力道有十分，留在自身的力道卻還有二十分。」

新三版《射鵰》的這兩段增寫，跟《射鵰》的故事並沒有必要關聯。在新三版《射鵰》中，郭靖並未上溯「降龍廿八掌」的原掌招，而「亢龍有悔」是不是留有餘力，新三版郭靖在使用上與二版並無二致。可知新三版《射鵰》這兩段增寫，說穿了，就是要與新三版《天龍》相呼應。

蕭峰與虛竹子修改「降龍廿八掌」為「降龍十八掌」，是要為二版蕭峰忽然自盡，「降龍十八掌」理當就此而絕的情節解套；而「亢龍有悔」預留掌力，則是要跟蕭峰與玄慈化身的遲性老者對掌，臨時收回掌力的新情節相呼應。

新三版《射鵰》於二〇〇三年出版，新三版《天龍》則於兩年後的二〇〇五年出版，在修訂《射鵰》時，金庸對《天龍》的修訂已有了明確的方向，他將《天龍》的新創意寫進了新三版《射鵰》，以與新三版《天龍》前後呼應。

且來看看這一回蕭峰與虛竹將「降龍廿八掌」簡化為「降龍十八掌」的新三版新故事。

談新三版前，先看一版到二版的改變。

話說蕭峰被囚在獅籠後，阿紫向中原群雄報訊，而後來救蕭峰。在丐幫放蛇、又有人放火，大鬧王宮時，御營都指揮使厲聲喝道：「莫中了奸細的調虎離山之計，若有人劫獄，先將蕭峰一矛刺死。」

一版而後說，突然間金影一閃，一條金色小蛇躍起，撲向御營都指揮的面門。那指揮使「啊」的一聲大叫，已被金蛇咬中，向後便倒。原來是鍾靈放出金靈子，咬倒了敵方主將。

這是一版鍾靈的「金靈子」最後一次跟讀者見面。二版則因金靈子與青靈子合成了閃電貂，這段改為：突然間青影一閃，有人將一條青色小蛇擲向御營都指揮的面門。二版丟出青色小蛇的不是鍾靈，而是前來放蛇，大鬧王宮的丐幫弟子。

接著再看二版到新三版修訂。

且說蕭峰為群雄所救，脫出獅籠後，眾人離開大遼南京，西退而去。二版說眾人迤邐行了一日。當晚在山間野宿，整晚並無遼兵來攻，眾人漸感放心。新三版於此處增寫蕭峰傳「降龍廿八掌」於虛竹之事，增寫的內容是：

這天晚上，蕭峰對吳長風說起，游坦之離開丐幫後，將來不論丐幫奉誰為幫主，他都必須將「打狗棒法」及「降龍廿八掌」傳給新幫主。

而後，蕭峰對虛竹說：「丐幫如要推一位英雄出任幫主，一時之間未必便能找到合適人才，依照祖傳規矩，丐幫幫主必須會得『打狗棒法』和『降龍廿八掌』兩門功夫。二弟，我想煩你先學會了，日後轉而傳給繼任的幫主。」

虛竹答允了蕭峰，蕭峰於是先教虛竹「打狗棒法」。蕭峰教了一個多時辰，虛竹也就學會了。

蕭峰接著傳虛竹「降龍廿八掌」，蕭峰耐心解釋，說到第十八掌時，天已大明。

蕭峰對虛竹說：「二弟，你就算沒本來武功，單只學這一十八掌，也足可與天下英雄爭雄。以後這十掌，變化繁複，威力卻遠不如頭上的十八掌。我平日細思，常覺最後這十掌似有蛇足之嫌，它的精要之處，已盡數包含於前面的十八掌之中。」

虛竹喜道：「其實『亢龍有悔』這一招，必須擊敵三分，留力七分，便已道出『降龍廿八掌』的精要。」

虛竹從此即身負「打狗棒法」及「降龍十八掌」絕技。

過得多年，丐幫公推一位少年英雄為幫主，並將此人送去靈鷲宮，由虛竹傳他「打狗棒法」及「降龍十八掌」。這少年幫主不負所託，學得神功。丐幫這兩門祖傳功夫，雖說「降龍廿八掌」少了十掌，但經蕭峰與虛竹兩大高手刪削重複，更顯精要，威力非但不弱於原來的廿八掌，反而有所勝過，成為武林中威震天下的高明武學。

經過新三版這段增寫，二版蕭峰驟逝，「降龍十八掌」理當自蕭峰而絕的大破綻就此解決。

次晨一早，群雄繼續前行。

新三版此處增寫了六頁內容，增說的故事是，虛竹的「夢姑」銀川公主李清露也現身契丹，她還將曉蕾及梅蘭竹菊四姝，全交託給了段譽。

新三版增寫的內容為：

這日夜晚，群雄在山道邊一處曠地野宿，蕭峰、虛竹與段譽相聚談心。正說話間，只見梅蘭竹菊四劍前來。梅劍稟告虛竹，銀川公主也到了契丹。

虛竹攜銀川公主李清露來見蕭峰與段譽，銀川公主向蕭峰與虛竹問過安後，說道：「我們（西夏皇族）本是鮮卑跖跋人，原本姓元，姓李是唐朝皇帝的賜姓，到了宋朝，卻又改為賜姓趙了。因此我祖父、祖母雖然都姓李，卻可結親。」

這段話是要為姓「李」的李秋水嫁進國姓為「李」的西夏皇族，同姓婚配，做出解釋。然而，李秋水是漢人，西夏皇族則是鮮卑跖跋人，民族本就不同，即使同姓「李」，理當也不致於被質疑同姓婚配不妥。

銀川公主還說，她要將貼身宮女「曉蕾」許配給段譽。段譽叩謝虛竹夫妻，說他會納曉蕾為妃。

銀川公主接著又說，她要將梅蘭竹菊四姝也都送給段譽，讓他們都做段譽的嬪妃。

段譽則說，他可不敢封四姝為嬪妃，但會收四姝為義妹，封她們為郡主娘娘，即梅郡主、蘭郡主、竹郡主、菊郡主。

四女於是嘻嘻哈哈的圍在段譽身邊胡說八道，又將曉蕾拉了過來，曉蕾紅著臉，只微笑不語。

段譽見虛竹雖得美滿姻緣，神色間總有鬱鬱之意。他問虛竹為何不開心，虛竹說他心裡不開心，是因為做不成和尚。

段譽於是向虛竹說起《維摩詰所說經》，並對虛竹說，維摩詰居士是不出家的大居士，但他勤修佛道，比出家的舍利佛、大目楗連、須菩提等等所有如來佛的大弟子，對正法更加通達，如來佛也認為如此。虛竹聞言後，心下即釋然。

而後，銀川公主李清露即與眾人告別而去。

新三版銀川公主現身契丹，原來是要把虛竹身邊所有的年輕女子全數掃出靈鷲宮。想來銀川公主深知虛竹是個老實人，若身邊年輕美女挑逗誘惑，只怕虛竹無力招架，因此她不只將梅蘭竹菊四劍送給段譽，連她自己貼身的「陪嫁」曉蕾也一起給了段譽。段譽這「義弟」也當真「義薄雲天」，二話不說，全部收納，曉蕾與梅蘭竹菊四劍也就全歸大理段家了。

【王二指閒話】

金庸一版小說連載於一九五五年至一九七二年，一九七二年結束《鹿鼎》連載後，金庸隨即進行修訂，修定時間於一九七〇年至一九七二年間。因距一版創作時期不遠，二版與一版的文筆與風格並無明顯差別。

二版流通有年後，金庸於一九九九年開始將二版修訂成新三版，至二〇〇六年新三版悉數出版完畢。二版與新三版相距二十多年，金庸在新三版中的譴詞用字，已與二版頗有不同。比如二版慣用的「答應」、「實在」、「身材」、「擔心」等詞語，新三版一律改為「答允」、「委實」、「身裁」、「躭心」。

除了用字習慣有所改變之外，新三版的某些創作風格也迥異於二版，茲舉例如下：

一、小說中大掉書袋：一版《射鵰》述及丘處機西行，為成吉思汗講述中華長生不老之術時，曾引用一段《元史．丘處機傳》，道：「處機每言：欲一天下者，必在乎不嗜殺人。及問為治之方，則對以敬天愛民為本，問長生久視之道，則告以清心寡欲為要。」這段引述二版刪除了。

一版中若有像這樣將古籍直接植入小說的橋段，修訂為二版時，能刪之處幾乎都刪除了。此因一來在小說中引經據典，故事的流暢度難免大打折扣，二來武俠小說是白話讀物，古籍經典則大多是以文言寫就，將古籍硬生生放進武俠小說中，習慣白話文的讀者難免會有閱讀障礙。因此，金庸在二版中盡量刪去一版引用古籍之處，以維持小說的流暢度與文體的一貫性。

然而，金庸在新三版增寫故事時，既有《書劍》的「魂歸何處」一段，香香公主在雲端大談《可蘭經》第三十章第三十節，又有《天龍》段譽講述《維摩詰所說經》。在新三版中，金庸透過小說闡述哲理，又希望所說之理皆有所本，因而直接將經典摘錄到小說人物的語言中，這樣的風格實與二版殊異。

二、將不相關的歷史人物大量引進小說中：金庸小說大多有其歷史背景，小說中也會出現真實的歷史人物與歷史事件。金庸曾說過「小說戰則，均以簡單為佳。」在一版與二版寫及歷史故事時，金庸都秉持「簡單」的說故事原則。比如一、二版《射鵰》述及成吉思汗史事時，只提到成吉思汗、札木合、哲別等寥寥數人。一、二版《天龍》述說宋哲宗與群臣的新舊法爭議時，小說中也只出現蘇軾、蘇轍、范祖禹三位臣工。

新三版的風格顯然與二版不同，新三版《倚天》增說朱元璋故事時，說道：「朱元璋是郭子興手下，郭子興去世，他的部眾歸其長子郭天敘統領。郭天敘是都元帥，張天佑任右副元帥，朱元璋任左副元帥。郭天敘領了大軍渡長江，攻陷了太平，再攻集慶路，手下將領陳野光叛變，殺了郭天敘和張天佑。」這段敘述寫及大批與小說毫無相關的歷史人物。

此外，新三版《碧血》增寫李岩評斷李自成造反後，也不過是如同前朝皇帝一般的專制帝王。小說中的李岩說：「本朝開國，論到功勞，以宰相李善長為第一，還不是給殺了。此外功臣大將，給太祖皇帝處死的，諸如馮勝、傅友德、陸仲亨、周德興、耿炳文、費聚、趙庸、朱亮祖、胡美、黃彬、藍玉，個個是封王、封公、封侯的立有大大汗馬功勞之人。」

這段敘述中提及的馮勝、傅友德、陸仲亨、周德興等人，既與小說毫無關係，也不是人們耳熟能詳的知名歷史人物。將這些人物硬拉到書中，本是要為故事的真實性加分，卻反而導致敘事的流暢度減分，這也是新三版不同於二版之處。

三、反面人物大談人生哲理：金庸小說中有不少僧尼道士，金庸有時會藉這些修行人之口闡說人生哲理。在一、二版中，說真理的都是丘處機、一燈大師、掃地僧等正面人物，但新三版《神鵰》竟增寫金輪國師也大談佛理：「文殊菩薩的智慧之劍，把各種各樣亂七八糟的煩惱妄想全部斬斷。」說來金輪國師是《神鵰》的首席反面人物，角色地位約等同於《射鵰》歐陽鋒、

《倚天》成崑。反面人物談人生哲理，有何可信度可言？新三版金庸以反面人物來講述真理，也有異於一、二版的風格。

從二版到新三版，金庸創作的時間已相距超過二十年，經過歲月的推移，新三版的文風確實有迥異二版之處，部份情節一望而知是新三版的新作，跟二版的風格是不完全相融的。

第四十九回還有一些修改：

一．二版說段正明將帝位傳給侄兒段譽，誡以愛民、納諫二事，新三版改為誡以愛民、納諫、節欲三事。這是因為二版段譽的後宮只有王語嫣一位皇后，新三版段譽的後宮則有木婉清、鍾靈及曉蕾諸妃。可知段正明雖尚未見段譽冊封，卻也擔心這姪兒日後荒淫無度。

二．二版耶律洪基稱宋人為「南人」，新三版改稱「漢人」。

三．耶律洪基為征宋冊封蕭峰，說道：「南院大王蕭峰公忠體國，為朕股肱，茲進爵為宋王，以平南大元帥統率三軍，欽此！」新三版較二版加寫，原來遼國朝制，北院統兵，南院統民，現遼帝進封蕭峰統帥三軍，那是大增他的權位了。金庸在新三版加寫這段，是要為《天龍》

中耶律洪基命蕭峰統率三軍，明顯違反歷史上的遼國制度強做解釋，然而，蕭峰擔任南院大王，本就是虛構的歷史。而即使是虛構的歷史，仍須尊重史實，由此可見金庸的仔細與用心。

四・蕭峰不願南征，阿紫問他：「中原武林那些蠻子欺侮得你這等厲害，今日好容易皇上讓你揚眉吐氣，叫你率領大軍，將這些傢伙盡數殺了，你怎麼反而不喜歡啦？」二版蕭峰憶起聚賢莊往事，道：「當日給我殺了的人中，有不少是我的好朋友，事後想起，心中難過得很。」新三版將蕭峰的話加為：「當日給我殺了的人中，有不少是我的好朋友，尤其有個丐幫的奚長老，事後想起，心中難過得很。」這一加寫，即能突顯蕭峰對丐幫極念舊情。

五・趙煦對太皇太后說起：「奶奶所以要立孩兒，只不過貪圖孩兒年幼，奶奶自己可以親臨朝政。」一版說趙煦語畢，眼睛向殿門望了幾眼，只見把守在殿門口的太監，仍都是自己那些心腹，一個個手執兵刃，守衛甚是嚴密。一版的說法太也不可思議，若趙煦手下太監個個帶兵刃進宮，那豈不是要逼宮？趙煦須要對一個垂死的老太婆逼宮嗎？二版將「只見把守在殿門口的太監，仍都是自己那些心腹，一個個手執兵刃，守衛甚是嚴密。」改為「見把守在門口的太監仍都是自己那些心腹，守衛嚴密。」如此較為合理。

六・蘇轍向趙煦進言，一版所說：「後漢時光武、顯宗以察為明，以讖決事。」二版改為

「後漢時明帝察察為明，為識決事。」

七・阿紫前來時，耶律洪基不知來人是阿紫，對她珠箭連發。接過耶律洪基的箭後，一版說阿紫格格一笑，將接住的十餘枝狼牙箭擗向天空。但擗出皇帝御箭，阿紫不是公然侮辱皇帝了嗎？以耶律洪基的器量，又怎能容忍這般羞辱？二版改為阿紫格格一笑，將接住的七枝狼牙箭擲給衛兵。

八・見到蕭峰後，一版說阿紫雙足在馬上一登，飛身越過這二十餘名親衛的頭頂，落到蕭峰馬前。一版阿紫的輕功如此之好，簡直不弱於巴天石與雲中鶴了。二版改為阿紫雙足一登，飛身躍到蕭峰馬前。

九・漢人獵戶欲殺蕭峰，一版蕭峰心想：「我和他素不相識，無冤無仇，可是他必欲殺我而甘心，那自是為了宋遼之仇，而不是為了我和他二人之間的仇怨了。宋遼之仇，到底是為何而起？宋人說契丹人侵佔他們的土地，咱們契丹人卻又說漢人忘恩負義，言而無信，也不知到底誰對誰錯？」這段蕭峰的心思二版全刪。說來欲殺蕭峰的漢人，只是被耶律洪基射倒，故而圖謀報復，應該無關民族仇恨才是。

十・阿紫對蕭峰道：「你幾時又把人家放在心上了？」蕭峰聽她話中大有幽怨之意，不由得怦然心驚。一版蕭峰心想：「莫非這小姑娘心中，對我暗蓄情意嗎？」二版將一版蕭峰此想刪了。金庸寫及此處時，可能忘了在第二十六回，阿紫早以對蕭峰吐露情意：「阿朱待你有多好，阿紫決不比阿朱少了半分。」

十一．阿紫說起昔時想法：「你不許我跟著你，那麼我便將你弄得殘廢了，由我擺布，叫你一輩子跟著我」一版蕭峰聞言，驀地裡恍然大悟，道：「那日你用毒針射我，就是為此麼？」阿紫雙手猛搖他的肩膀，叫道：「你這笨牛，你這笨牛，你一定要我親口說出來才知道。你從來不去想一想我的心事。」但蕭峰不是早在第二十六回就聽阿紫說出心事了嗎？二版改為蕭峰搖了搖頭，說道：「這些舊事，那也不用提了。」

十二．一版穆貴妃說聖德寺交給她的聖水是一小瓶，二版為讓整個謊言更周延，改為兩小瓶。如此穆貴妃掉了沒找，就更合理。

第五十回還有一些修改（上）：

一．蕭峰被囚獅籠中，說客對蕭峰相勸多日後，二版蕭峰突然想起：「是了，皇上早已調兵遣將，大舉南征，卻派了些不相干的人將我穩住在這裡。我明明已無反抗之力，他隨時可以殺我，又何必費這般心思？」然而，二版蕭峰的想法與事實不合，此時的耶律洪基尚未南征。為了不傷蕭峰之明，新三版改為蕭峰突然想起：「是了，皇上正在調兵遣將，準備大舉南征，卻派了些不相干的人將我穩住在這裡。只盼時日久了，讓我眼見反抗無益，我終於屈服，接旨南征。」

二．二版完顏阿骨打來救蕭峰，對契丹人喊話道：「契丹狗子聽了，幸好你們沒傷到我蕭大哥的一根寒毛，今日便饒了你們性命。否則我把城牆拆了，將你們契丹狗子一個個都射死了。」新三版將「將你們契丹狗子一個個都射死了。」改為更像北方民族用語的「將你們契丹狗子一個個都射死得硬硬的！」

三．群雄西行第二日，二版說這一日行到五台山下的白樂堡埋鍋造飯。新三版改為這一日過了蔚州靈丘，埋鍋造飯。

四．玄石、玄鳴力戰契丹武士，玄石倒持禪杖，杖尾反彈上來，噹噹兩聲，將契丹武士攻向玄鳴的兩柄長刀彈了回去。一版說玄石膂力驚人，這兩柄長刀撞回，餘勁十足，刀背撞入兩名契丹武士額頭，登時腦漿迸裂。二版將這段大贊玄石膂力，卻頗為血腥的敘述刪除了。而後，一版說一名契丹武士舉矛直進，刺入玄石小腹，在玄石小腹處洞穿而過，將他釘在城牆之上。二版刪去了「在玄石小腹處洞穿而過，將他釘在城牆之上」兩句血腥敘述。

五·遼軍追擊蕭峰等群雄時，完顏阿骨打亦率女真人來救蕭峰，遼軍因而退兵。一版說群丐見遼軍退兵，當即大聲吶喊，但未得蕭峰號令，並不上前追殺。一版這段頗見破綻，二版刪除了。說來中原群雄是為營救蕭峰而來，救得蕭峰後，能退則退，他們並非正規部隊，怎能主動出擊攻擊遼軍呢？

六·見到鐵甲遼兵騎馬急衝出來，一版阿骨打罵道：「狗娘養的！」，但「狗娘養的！」是漢人的罵人用詞，女真蠻族的文化水平怎能及得上漢人，用如此粗魯的詞語罵人呢？二版改為阿骨打罵道：「殺不完的契丹狗子！」

王語嫣「不老長春」的美夢落得一場空

——第五十回〈教單于折箭　六軍辟易　奮英雄怒〉（下）版本回較

在這一回故事中，新三版較二版增寫了十三頁內容，增寫的這段故事說的是王語嫣恐懼變老，渴望「凍齡」與「逆齡」，因而想至「不老長春谷」（即「香格里拉」），追求永遠的青春美麗。

金庸藉這段故事告訴讀者，「青春不老」終歸是虛幻的一場空夢，「凍齡」與「逆齡」是不可能的。

先來看看此回一版到二版的修訂。

話說蕭峰脅迫耶律洪基退軍後，當下以斷箭自刺心口而逝。

阿紫見蕭峰自盡，奔出抱住蕭峰，段譽請木婉清安撫阿紫。一版阿紫道：「走開，走開！男人不是好人，女人也不是好人！你想用毒藥來害我姊夫，教他喝了酒後，再不能動彈。你再走近一步，我一劍先殺了你。」

二版則將阿紫的話刪為：「走開，走開！你再走近一步，我一劍先殺了你。」

從一版阿紫的話可知，一版阿紫對蕭峰之死有深深的自責，認為是自己誤使蕭峰服毒，因而導致蕭峰最後的死亡。在強大的自責壓力下，神智不清，方將木婉清當成穆貴妃。

然而，若阿紫已瘋，接下來阿紫抱蕭峰墜谷的慘烈性就減分了，二版遂改為阿紫始終處於傷心欲絕卻又神清智明的狀態。

而後，游坦之現身，緊接著，阿紫抱著蕭峰屍身摔入萬丈空谷。

一版並未交代游坦之的下場，二版則增說游坦之隨阿紫之後，也墜入了谷中。

蕭峰逝後，段譽一行回到大理，卻見到發瘋的慕容復。

段譽等人看到七八名鄉下小兒跪在慕容復所坐墳前，亂七八糟的嚷道：「願吾皇萬歲，萬歲，萬萬歲！」而後，一版慕容復道：「眾愛卿平身，朕既興復大燕，身登大寶，人人皆有封賞。」從懷中取出糖果糕餅，分給眾小兒。

二版改為慕容復道：「眾愛卿平身，朕既興復大燕，身登大寶，人人皆有封賞。」墳邊垂首站著一個女子，正是阿碧。她身穿淺綠色衣衫，明艷的臉上頗有淒楚憔悴之色，只見她從一隻籃中取出糖果糕餅，分給眾小兒，說道：「大家好乖，明天再來玩，又有糖果糕餅吃！」語音嗚咽，一滴滴淚水落入了竹籃中。

二版慕容復神智錯亂後，阿碧不離不棄，仍服侍著舊主，情節安排顯然比一版更佳。

看過一版到二版的更動，再看二版到新三版的修訂。

話說蕭峰為群雄所救，脫出獅籠後，與群雄於雁門關遇上耶律洪基親領，正待伐宋的大軍。虛竹與段譽於是擄獲耶律洪基，蕭峰再逼耶律洪基退兵，並允諾一生不再發兵大宋，以之為自贖綵物。

耶律洪基折斷鵰翎狼牙箭應允後，二版耶律洪基向大遼三軍大聲發令：「大軍北歸，南征之舉作罷。」又說：「於我一生之中，不許我大遼國一兵一卒，侵犯大宋邊界。」

新三版在耶律洪基發話後，增寫蕭峰右手拾起地下斷箭，高高舉起，運足內力，大聲說道：「我是遼國南院大王蕭峰，奉陛下聖旨宣示：陛下恩德天高地厚，折箭為誓，下旨終生不准大遼國一兵一卒侵犯大宋邊界。」他內力充沛，這一下提聲宣示，關上關下十餘萬兵將盡皆聽聞。

新三版的增寫，是要彌補耶律洪基宣誓後，二版所寫「雁門關上的宋軍、關下的群豪聽到遼帝下令退兵，並說終他一生不許遼軍一兵一卒犯界。」之說，想來耶律洪基又不是內力高強的武功高手，他說話的聲音如何能傳遍大遼與大宋的千軍萬馬呢？二版增寫蕭峰複誦耶律洪基的誓言，故事就圓融了。

逼迫耶律洪基立誓後，蕭峰旋即自盡。蕭峰逝後，阿紫抱著蕭峰屍身踏入萬丈深谷。蕭峰既逝，遼軍亦退，雁門關守將此時方准放行群豪。二版說虛竹、段譽等跪下向谷口拜了幾拜，翻山越嶺而去。

新三版則改為虛竹、段譽、吳長風等迄未死心，仍盼忽有奇蹟，蕭峰竟然復活，抱了阿紫從谷中上來。各人待到深夜，不見有何動靜，當夜便在谷口露宿。

新三版的改寫更能顯出虛竹與段譽對蕭峰的結義之情。

蕭峰去逝後，二版《天龍》的結局是段譽帶著木婉清、鍾靈等人回歸大理，與王語嫣會合。一行人逕向南行，這一日將到京城，段譽等人竟見到慕容復坐在一座土墳之上，頭戴高高的紙冠，神色儼然。七八名鄉下小兒跪在墳前，亂七八糟的嚷道：「願吾皇萬歲，萬歲，萬萬歲！」

王語嫣知道表哥神智已亂，不禁淒然。

二版即以這段慕容復為了復國而神智錯亂的情節做《天龍》一書的結尾，新三版則於這段大加文章，增寫了一長段王語嫣追求「不老長春」的新故事，新三版《天龍》的大結局為：

段譽與木婉清、鍾靈、曉蕾、梅蘭竹菊等人南赴大理，進入大理國境，王語嫣和大理國的侍衛、武士候在邊界迎接。

段譽向王語嫣說了曉蕾及梅蘭竹菊四女的情狀來歷，王語嫣對段譽說：「譽哥，你仔細瞧瞧我，跟我老實說，我近來有了甚麼不同。」

段譽說他看王語嫣，仍跟第一天見她時一模一樣。王語嫣幽幽的道：「我昨天多了一根白頭髮，左邊眼角上多了一道皺紋，你不再留心我了，因此你瞧不出來。我一天老過一天了。」

王語嫣還說，她不想變老，想跟梅蘭竹菊四個小妹妹一樣年輕可愛。

而後，段譽等一行傍山道南下，來到善巨郡、謀統府一帶（今麗川、劍川、鶴慶等地之北），其西、其北為高黎貢山、大雪山。

這天在善巨郡山邊一家鄉村大屋中歇宿，巴天石來求見段譽，對段譽說，善巨郡之北、吐蕃以南的高山中，有處地方叫作「不老長春谷」，那裡的人個個都活到一百歲以上，且百歲老人又都烏髮朱顏，好似十來歲的少年少女一般。巴天石還說，王語嫣要他帶她到「不老長春谷」。

此時梅蘭竹菊四女也進房來，菊劍說不老長春是真的，就像童姥會得「天長地久不老長春功」，九十六歲時模樣還像個小姑娘一般。

王語嫣聽說童姥和李秋水直到八九十歲，仍然容顏不老，便求著段譽，一定要去那「不老長春谷」瞧瞧。段譽次晨召集華赫艮等人，攜同王語嫣、木婉清、鍾靈、曉蕾、靈鷲四姝，前往「不老長春谷」。

一行人於是往「不老長春谷」而去，眾人延著山道，越行越高，道路也越來越險峻陡峭，到後來要攀藤拉索方可上行。行到天色向晚，來到一條深澗之前，地形橫空斷絕，更無前進道路。此時左首突然轉出兩個人來，這兩人是在高山峭壁上採集金絲燕窩的，他們說「不老長春谷」山路極險，他們也不敢去。他們還說，前面大樹上寫得有些字，但他們不識得，段譽等人可以去瞧瞧。

巴天石請兩人將大樹上的字描下來給他看，兩人將字描下來後，巴天石認出那是當地納西族人的象形文字，大意是說：

「神書已隨逍遙去，此谷惟餘長春泉。」

巴天石說，這些字的意思是，不老長春谷裡本來有部神奇的書，教人怎樣長生不老，這部神書給一個叫甚麼「逍遙子」的人拿去了，谷裡只留下令人飲了可長保青春的一道泉水。

巴天石還說，那兩個採燕客提到，從谷裡偶然會有人拉著大松樹上的長藤，盪出谷來。出來時臉白唇紅，年輕貌美得很，不過在谷外住不了幾天，黑髮就轉為雪白、背駝身縮、滿臉皺紋，幾天之內就似乎老了一百歲，再過幾天就死了。因此採燕客勸段譽一行別去了。

王語嫣說，樹上所寫的逍遙子，就是天山童姥的師父。可知那部神書定是逍遙子帶到無量玉洞去了。她於是請段譽帶眾人到無量玉洞尋找那部神書，段譽聞言，也想再看看神仙姊姊玉像，於是答允了王語嫣。

來到無量玉洞後，段譽見到「神仙姊姊」的玉像。這玉像仍與初見時一般模樣，身上淡黃綢衫微微顫動，一雙黑寶石彫成的眼珠瑩然生光，眼光神色似是情意深摯，又似黯然神傷。

曉蕾、鍾靈、與四姝都說玉像即是王語嫣的玉像。

段譽霎時之間，心中一片冰涼，登時明白：「以前我一見語嫣便為她著迷，整個心都給她綁住了，完全不能自主。人家取笑也罷，譏刺也罷，我絲毫不覺羞愧。語嫣對我不理不睬，視若無睹，我也全然不以為意。之所以如此自輕自賤，只因我把她當作了山洞中的『神仙姊姊』，竟令我昏昏沉沉，糊裡糊塗，做了一隻不知羞恥的癩蛤蟆。那並不是語嫣有甚麼魔力迷住了我，全是我自己心生『心魔』，迷住了自己。」

王語嫣而後衝了進來。見到玉像後，王語嫣心道：「長春功的秘訣多半藏在玉像中！」隨手便將玉像一推。

砰嘭聲響，玉像倒地，像首登時破裂，一半頭臉掉落地下，衣衫也即碎開。王語嫣搶到玉像之旁，見玉像頭頸中空，便伸手到空處掏摸，只摸到一把玉石碎片，還有些零散頭髮，當是無崖子製像時所遺留。

段譽於是勸王語嫣說，只怕並沒有不老長春功。人的色身是無常的，今天美妙無比，明天就衰敗了，這大苦人人都免不了！

聞段譽之言，王語嫣叫道：「我不要無常……」掩面向外奔出。

段譽見玉像頭部碎裂，左眼的黑寶石掉出，留下了一個空洞。本來插在鬢邊的明珠玉釵已現黃色，身上衣衫破裂，「神仙姊姊」無復昔日的尊貴丰采。段譽不由得嘆了口氣，心道：「不但人的美色無常，連玉像也不能長保美滿。」

王語嫣後來離開大理，返回蘇州，段譽認為她應該是回到慕容復身邊了，

段譽而後在大理國登基為君，他廣施仁政，全國百姓都讚他是為民造福的好皇帝。

這一日，段譽帶同巴天石、朱丹臣，以及木婉清、鍾靈等，向北出巡，經過一處樹林。忽聽得樹林中有個孩童聲音叫道：「陛下，陛下。」

段譽等人向聲音來處看去，只見慕容復坐在一座土墳之上，頭戴高高的紙冠，神色儼然。七八名鄉下小兒跪在墳前，亂七八糟的嚷道：「願吾皇萬歲，萬歲，萬萬歲！」

墳邊垂首站著兩個女子，卻是王語嫣和阿碧。王語嫣衣衫華麗，兩頰輕搽胭脂。阿碧身穿淺綠色衣衫，明艷的臉上頗有淒楚憔悴之色。

段譽知道慕容復神智已亂，不禁淒然。他原想招呼王語嫣、阿碧和慕容復同去大理，卻又覺得各有各的緣法，何必多事。

段譽在柳樹後遠遠站著，瞧著王語嫣和阿碧，心中一酸，不自禁的熱淚盈眶。王語嫣與阿碧而後也看到了段譽。三人一時心中都有千言萬語，不知從何說起，都走近了幾步，段譽輕聲叫道：「嫣妹！阿碧小妹子！」王語嫣和阿碧也叫了聲：「哥哥！」二女見段譽流淚，情不自禁，珠淚紛紛自面頰落下。

三人相對片刻，揮手道別，各自轉身。

段譽回到宮中，召見高泰明等諸臣等人商議，猜測慕容復何以從蘇州遠來大理？華赫艮說慕容復一心只想復國為君，所謀不成，已神智混亂。巴天石道：「慕容復自稱皇帝，若在大宋境內，給人發覺了，便是滿門抄斬的大罪。王姑娘躭心他出事，又勸他不醒，便帶他到大理來，托庇在陛下宇下。」

段譽見王語嫣和阿碧的景況不甚好，命朱丹臣至庫房支五千兩銀子，悄悄送去給她們。以後如有所需，可不斷適當支助。

段譽為君，清靜無為，境內太平。後來他稟告伯父本塵大師，將自己身世秘密對華赫艮、巴天石等親信說了，立木婉清為貴妃、鍾靈為賢妃、曉蕾為淑妃。華赫艮等以這是皇帝的身世機密，盡皆守口如瓶。段譽徵得梅蘭竹菊四姝首肯，並獲得虛竹夫婦認可，將她們分別許佩給高泰明、華赫艮、巴天石等人之子。

據大理國史籍所載：大理（史稱「後理」）憲宗宣仁帝段譽，登基時年號「日新」，後改文治、永嘉、保天、廣運，共有五個年號。其後避位為僧，一共做了四十年皇帝，傳位於其子段正興。段正興史稱「景宗正康帝」，次年改元「永貞」。他做了廿五年皇帝，也避位為僧，傳位於其子。段正興之母姓名，史無記載，是木婉清、鍾靈、曉蕾，還是別的嬪妃所生，便不得而知。

新三版加寫的十三頁故事略述至此。

經過這段增寫，段譽也就從小說中的段譽，回歸成歷史上的憲宗宣仁帝段譽了。

【王二指間話】

二○○五年金庸來台灣接受TVBS電視台記者詹慶齡小姐專訪時，曾經說過：「天下的男人都是不專情的，信不信由妳了。」這句話就是新三版金庸修改俠士愛情的總原則。

所謂「不專情」，也就是「多情」，還可粗分兩型，一型是「韋小寶型」的多情，「韋小寶型」的多情即是「主動出擊型」的多情，韋小寶只要見到美女，不管是沐劍屏、方怡，還是阿珂，馬上主動出擊，死纏爛打，必欲一親芳澤而甘心；另一型是「張無忌型」的多，，「張無忌型」的多情即是「被動接受型」的多情，張無忌較無主見，只要美女真心相許，張無忌即被動接受，並真情相應，不管趙敏、周芷若、小昭或殷離，他一概來者不拒。

新三版小說中，金庸所謂「天下的男人都是不專情的，信不信由你了。」指的是男人都是「張無忌型」的多情，而不是「韋小寶型」的多情。而關於「張無忌型」多情的創作起心，在記者陳宛茜「七年改版十五部，金庸說：減肥成功」一文中，曾寫及「金庸坦言，一開始只想修改書中破綻與文句，然而看稿時，對一些角色的行為怎麼都不能『認同』。比如袁承志怎麼會愛上刁蠻任性的青青，卻不愛楚楚可憐的阿九？他很自然拿起筆改了起來。」

「『武功可以誇張，性格一定要真實！』金庸認為，武俠雖是虛構世界，人物性格卻必須真實，這是他修訂舊作的第一守則。他說，年輕時想事情比較『簡單』，現在對人性與愛情有更複雜的看法，想藉作品表達。比如袁承志愛上阿九後，仍必須信守照顧青青的承諾，情義之間舉棋不定。最後他選青青，既凸顯武俠強調的『義』字，更反映真實人生中的複雜。」

這個「袁承志怎可不愛楚楚可憐的阿九？」就是老年後金庸對「愛情」的認知，也就是說，美女只要傾心相隨，俠士定當真情相報。在這個原則下，不只《碧血》袁承志愛上阿九，《神鵰》楊過在新三版改為於古墓就與小龍女深植愛苗，卻仍眷顧陸無雙、程英與公孫律萼，《倚天》張無忌視小昭為最愛，還允諾周芷若不得與趙敏成婚的要求，《天龍》段譽則將木婉清、鍾靈、曉蕾全都收入後宮。

新三版金庸小說中，除了郭靖與令狐沖還能維持二版的「單一伴侶」外，其他主角俠士全成了「張無忌型」，「被動接受愛情」的多情主義者。

然而，金庸這個「真情相應」的愛情邏輯卻是男女有別的，在新三版中，金庸雖然認為俠士多情才符合真實人生的愛情，但「投以真愛，報以真情」的愛情觀，卻不能用於女俠身上。在新三版小說中，金庸認可的女俠愛情，仍是「忠於初戀男友，直到終老」。

二版《射鵰》中，歐陽克遠赴桃花島求親，盼黃蓉成為她的嬌妻，而後在明霞島上，因黃蓉之計而為巨石壓斷腿，他卻仍一意迴護黃蓉。歐陽克曾告訴黃蓉「我一心一意對你」，黃蓉亦知「這人雖討厭，對我可也真不壞。」但黃蓉始終棄歐陽克如敝屣；二版《神鵰》中，公孫止對小龍女情意纏綿而吐露求婚之意，小龍女卻只當他是治療與楊過分手之傷的替代品；《倚天》宋青書為了一窺周芷若臥室而犯下殺叔之罪，周芷若卻只利用他來做「假丈夫」，企圖藉此刺激出張無忌對她的佔有慾。

黃蓉、小龍女與周芷若在新三版不只沒有比照俠士，讓她們對歐陽克、公孫止、宋青書真情相應，金庸在新三版中，甚至還把二版由愛慕容復轉而愛上段譽的王語嫣，又編派回慕容復身邊，完全無視慕容復對王語嫣已有殺母大仇，硬是要她去堅守對慕容復的初戀之情。

金庸新三版中，要俠士們都是「張無忌」，卻要美女們都是「黃蓉」，從初戀到終老，必須謹守她的第一個男人。「男當多情，女應專情」，這就是新三版金庸的愛情觀。

金庸在新三版修正了許多二版的故事情節，使得故事更加圓融，卻對俠士美女的愛情多所動工，導致俠士美女們不再「為愛而愛」，而全成了「為了原則而愛」，這個原則就是「俠士當回應美女之愛，美女當堅守初戀愛人。」由此可知，「故事圓融化，愛情原則化」，應該就是對新三版最適切的考語了。

第五十回還有一些修改（下）：

一．虛竹、段譽分抓耶律洪基右腕、左肩，將其擄獲。幾十名親兵奮不顧身的撲上來想救皇帝，二版說都被虛竹、段譽飛足踢開。然而，段譽的功夫只有手上的「六脈神劍」，應無下盤功夫才是。新三版改為親兵都給虛竹飛足踢開。

二．耶律洪基立誓後，二版說眾人均知契丹人雖然凶殘好殺，但向來極是守信，與大宋之間有何交往，極少背約食言。新三版再加說，當年宋遼兩國締結「澶淵之盟」，雙方迄今守信。

三．蕭峰自盡時，二版是拾起地下的兩截斷箭，插入自己心口。新三版因蕭峰本將斷箭拿在手裡，並舉箭複誦耶律洪基誓言，故而改作蕭峰舉起右手的的兩截斷箭，插入自己心口。

四．遼軍回擊女真部族而去後，群雄西行，第三日午夜，群豪只見北方燒紅了半邊天。范驊低聲道：「蕭大王，你瞧是不是遼軍繞道前來夾攻？」一版蕭峰道：「遼帝立意攻宋，大發士卒，想必是北路的軍馬。」但一版蕭峰莫非在遼軍中伏有細作，否則怎麼連來軍是「北路軍馬」

都知道？二版則改為蕭峰點了點頭。總之，二版蕭峰不再說出是遼軍何路軍馬了。

五・蕭峰自盡後，群豪議論聲中，一版有人道：「兩國罷兵，他成了排解難紛的魯仲連，卻用不著自尋短見啊。」二版為免掉書袋，將「魯仲連」改為詞意更白的「大功臣」。

三種版本的王語嫣

金庸小說寫盡了各種性格的大俠，在我心中，大俠的典範當屬蕭峰與楊過。蕭峰與楊過又有所不同，蕭峰極其陽剛，楊過則較為陰柔，蕭峰給人的信任感更勝於楊過，不論江湖局勢如何兇險，只要有蕭峰在場，總會讓人感覺「沒有問題，蕭峰一定可以搞定」。

可想而知，我很喜歡蕭峰，也很喜歡《天龍八部》。

鋼鐵般的硬漢卻被無情的命運作弄，當我讀到蕭峰失手打死愛人阿朱，手足無措，悔恨無已時，忍不住隨之落淚。

這段故事在閱讀《天龍八部》多年之後，仍常常於我的腦海中浮現，它讓我明白，一個能力再高強的人，都逃不開命運的擺弄。

除了蕭峰的故事外，《天龍》最讓大家津津樂道的話題，無疑是段譽在苦追王語嫣之後，終於抱得美人歸。

段譽的戀愛讓我們知道「至誠足以動人」，一個男人只要真心對待一個女人，一定可以感動她，她遲早會以真情回應你，與你相伴一生。

但二版段譽與王語嫣的經典愛情，竟在新三版翻盤了。

新三版將段譽與王語嫣的戀情，改為段譽追求到王語嫣之後，霎時醒悟，原來他對王語嫣的愛慕只是「心魔」作祟，因為他將王語嫣想成了完美無瑕的「神仙姊姊」，才會斯文掃地的追求她。段譽還想起，在追求王語嫣的情路上，王語嫣常對他愛理不理，甚至羞辱他。他頓時明白，他愛王語嫣，但王語嫣並沒那麼愛他。

此時的段譽「驀然回首，那人卻在燈火闌珊處」，他發現最愛他的木婉清與鍾靈始終守在他身邊，願意為他付出一切。段譽於是決定捨棄王語嫣，改娶木婉清與鍾靈為妻。

新三版將段譽與王語嫣改為勞燕分飛，書方出版時，二版讀者均無法接受。然而，我相信讀者們若再沉澱一下思緒，就會發現，金庸確實是「過來人」，對感情有著深刻的理解。一個人若要尋覓終身互相照顧的伴侶，與其苦追不愛自己的人，還不如跟深愛自己的人共度此生。

二版與新三版的王語嫣有著極大的不同，有趣的是，一版與二版的王語嫣差別更大。

二版王語嫣是個完全不會武功的嬌嬌女，她行走江湖，必須依恃武功高強的表哥慕容復。一版王語嫣則完全相反，一版王語嫣名叫王玉燕，書中說她武功高強，更勝於慕容復。若從一版的描述來看，與其說「北喬峰、南慕容」，還不如說「北喬峰、南玉燕」。

一版王玉燕武功高強，慕容復則對復國非常熱血，兩人的名字合起來，即是「復燕」。可知在興復大燕的道路上，武功高強的王玉燕應可領一支娘子軍，襄助慕容復的起義兵馬。但二版廢去了王語嫣一身武功，王語嫣也就只能找個武功高強的男人依附，才能在江湖中長保平安了。

從一版、二版、到新三版，從王玉燕、二版王語嫣、到新三版王語嫣，在同一個故事架構下，同一個角色，名字翻轉、武功翻轉、性格翻轉、愛情結局翻轉，彷佛是完全不同的三個人。類似這樣的人物翻轉，在金書中俯拾即是。欣賞金庸版本變革，也就因此妙趣無窮。

也就因為有這樣的妙趣，多年以來，我仍喜愛比較不同版本的金庸小說，熱情始終不減。

心一堂 金庸學研究叢書

《金庸武俠史記〈射鵰編〉三版變遷全紀錄》 王怡仁
《金庸武俠史記〈神鵰編〉三版變遷全紀錄》 王怡仁
《金庸武俠史記〈倚天編〉三版變遷全紀錄》 王怡仁
《金庸武俠史記〈天龍編〉三版變遷全紀錄》 王怡仁
《金庸武俠史記〈笑傲編〉三版變遷全紀錄》 王怡仁
《金庸武俠史記〈鹿鼎編〉三版變遷全紀錄》 王怡仁
《金庸群俠身心靈診療室——蝴蝶谷半仙給俠士俠女的七十七張身心靈處方箋》 王怡仁
《金庸武俠史記〈書劍編〉〈碧血編〉——探尋金庸的修訂心路》 辛先軍
《金庸武俠史記〈白・雪・飛・鴛・越・俠・連〉編——探尋金庸的修訂心路》 辛先軍
《金庸商管學——武俠商道(一)基礎篇》 歐懷琳
《金庸商管學——武俠商道(二)成道篇》 歐懷琳
《金庸小說中的佛理》 鄺萬禾

金庸版本的奇妙世界　寒柏、愚夫
寒柏、鄺萬禾、潘國森、許德成
《金庸雅集——武學篇》
《金庸雅集——愛情篇影視篇》
《金庸與我——雙向亦師亦友全紀錄》　潘國森
《金庸命格淺析——斗數子平合參初探》　潘國森
《金庸詩詞學之一：雙劍聯回目　附各中短篇詩詞巡禮》　潘國森
《金庸詩詞學之二：倚天屠龍詩　附射鵰三部曲詩詞巡禮》　潘國森
《金庸詩詞學之三：天龍八部詞　附天龍笑傲詩詞巡禮》　潘國森
《金庸詩詞學之四：鹿鼎回目　附一門七進士叔姪五翰林》　潘國森
《話說金庸》（增訂版）　潘國森
《總論金庸》（增訂版）　潘國森
《武論金庸》（增訂版）　潘國森
《雜論金庸》（增訂版）　潘國森
《金庸家族》（足本增訂版）　蔣連根
《金庸的江湖師友——影視棋畫篇》（足本增訂版）　蔣連根

《金庸的江湖師友——作家良朋篇》（足本增訂版） 蔣連根

《金庸的江湖師友——師友同業篇》（足本增訂版） 蔣連根

《金庸的江湖師友——學界通人篇》（足本增訂版） 蔣連根

《金庸的江湖師友——明教精英篇》（足本增訂版） 蔣連根

《金庸的江湖師友——金學群豪篇》（足本增訂版） 蔣連根